Ein Mann im F

Roger Pocock

Writat

Diese Ausgabe erschien im Jahr 2023

ISBN: 9789359251820

Herausgegeben von
Writat
E-Mail: info@writat.com

Inhalt

TEIL I

KAPITEL I

AUF DEM LABRADOR

Diktiert von Herrn Jesse Smith

Schreiben Sie noch nichts auf, denn ich bin noch nicht bereit.

Wenn ich dieses Garn selbst schreiben würde, würde ich es von Spitze zu Spitze gut und rot machen, mit ausgestreckten Krallen, gefletschten Zähnen und einem Fell voller Emotionen. Es wäre nicht langweilig, nein, oder ein Beweis.

Aber dann geht es darum, Ihnen zu gefallen, und dafür bin ich da.

Also streichle ich das Fell glatt, lege die Pfoten sanft hin, falte das Lächeln auf und schnurre. Eine Art Wahrhaftigkeit beschleicht mich. Wird auch langweilig.

Nein, ich weiß nicht, wie ich anfangen soll. Wenn dieses Garn ein Seil wäre, würde ich es aufrollen, bevor ich mit dem Abwickeln beginne. Sie legen das Ende so ab und flämisch, Ring für Ring, bis die Bucht aufgerollt und glatt ist und bereit ist, beim Laufen abzublättern. Ich habe einmal einen Lynchmord hinausgezögert, um genau das zu tun und den Patienten zu beruhigen. Es hat alles so gut geklappt!

* * * * * *

Als wir Kinder brav waren, stammten wir, die Mutter, die sie besaß, aus reinrassigen Zuchttieren; Aber wenn es uns schlecht geht, scheinen wir Vater nachgeahmt zu haben. Sie sehen, das Volk meiner Mutter war auserwählt, eine Art geborene Gerettete. Sie ließen zu, dass im Himmel Platz für 144.000 gerechte Menschen wäre, die meisten aus Nova Scotia, aber wenn sie sich daran machten, die Nachbarn zu sortieren, wurden sie exklusiv. Den McGees ging es gut, bis Tante Jane McGee aufstand und einen ehrwürdigen Erzdiakon heiratete, der als Bischof brennen sollte. Die Todds waren auf dem Weg zum Ruhm, mit Zweifeln an Onkel Simon, der Kapitän eines Walfängers gewesen war, bis er Gnade fand und einen Trockenwarenladen eröffnete. Als die Erben sahen, dass er in Gnade starb und einen Wert von zehntausend Dollar hatte, kamen sie zu dem Schluss, dass der Herr vernünftig handeln sollte, bis sie herausfanden, dass Onkel sein Vermögen wohltätigen Zwecken überlassen hatte. Dann brachten sie einen Text auf sein Grab: „Denn er hatte große Besitztümer."

Die McAndrewses haben Eckgrundstücke im Neuen Jerusalem und sind sicherlich der Maßstab der Moral, bis Cousin Abner unentschlossen wurde und Gedichte schrieb. Sie waren alle auch so verdammt respektabel gewesen.

Wie dem auch sei, das Muttervolk ist als Stamm ein Millionär und in Nova Scotia ziemlich gut verankert. Sie würde auch wie ein Buch reden. Man würde nie vermuten, dass Mutter in der Kirche Harmonium spielt, mit einer Stimmgabel, um die Stimme des Predigers zu schärfen, schwarze Stiefel, weiße Socken, geflochtene Krinoline, Touch-Me-Not-Rüschen, Stupshaube, rundherum mit Kratzern versehen -die Küsser-Rosen. Ja, ich habe die Daguerreotypie gesehen, die Arbeit eines konvertierten Fotografen – nichts zu bezahlen. Thars Mutter – volles Segelkostüm, bei Lloyd's mit 100 A-1 bewertet, das wichtigste Schaf in der Herde des Herrn. Dann erfährt sie, dass sie heimlich unter den Ziegen geheiratet hat. Ihr Name ist aus der Familienbibel gestrichen, mit einem starken Hinweis an den Herrn, ihren Eintrag aus dem Buch des Lebens zu streichen. Sie hat einen Matrosen vor dem Mast geheiratet, einen Liveyere aus Labrador, einen Mann ohne Dollar, der im Verdacht steht, Episkopalist zu sein. Sie war mit dem führenden Lebensmittelgeschäft in Pugwash verlobt. Oh, groß ist ihr Fall, und ihr Name wird nicht mehr erwähnt. „Die Wege des Herrn", sagt sie, „sind sicherlich wunderbar."

Heutzutage ist der Labrador nicht ganz so angelegt, dass er zur Mutter passt. Sie ist an Luxus gewöhnt – Kohle im Unterstand, Schafe im Keller, Kühe im Stall, Tauschgeschäft um die Ecke, Post, Kirche, Schule und ein Gefängnis direkt vor der Tür, damit sie es genießen kann, dass die Gottlosen ihren gerechten Lohn bekommen . Aber in unserer Zeit war der Labrador nur Gottes Land, nur Felsen, Eis und Meer, um stolzen Herzen Angst zu machen – es brauchte keine Lehrer. Es tötet die Schwächlinge – es sind keine Ärzte nötig. Eine Schule zur Männererziehung – es braucht keine Prediger. Das Gesetz lautete: „Arbeiten oder verhungern" – kein Platz für Anwälte. Es sind Polizei, Gericht und Henker, alles komplett, Feuer und Hagel, Schnee und Dämpfe, Wind und Sturm, die sein Wort erfüllen. Heutzutage schätze ich, dass es in der Straße ein Kino gibt, das die Aufmerksamkeit von den Fakten ablenkt, und dass man Melasse per Funk bestellt und die Rechnung per Nachnahme an Torngak, Lab schickt. Kann ich nicht die Stimme meiner Mutter über die Jahre und die Kontinente hinweg hören, während sie die Lektion liest: „„Er wirft sein Eis wie Brocken hinaus: Wer kann seiner Kälte standhalten?"'

Das Haus meines Vaters war ein umgestürzter Schoner, der mit Rasen bedeckt war, und er war sicherlich stolz darauf, ein größeres Anwesen zu haben als jedes andere Liveyere an der Küste. Oben gab es einen Laderaum zum Verstauen von Winterfischen und unten Platz für die Familie, das Gespann aus sieben Huskyhunden und sogar ein oder zwei Schnüre

Feuerholz. Wir Kinder spielten früher oben im Laderaum mit Newf'nlanders, wenn die Winterstürme die Gipfel von den Hügeln rissen und der Eskimo-Teufel draußen blaue Schreie heulte. Die Huskys singen Wolfsgesänge über den Mangel an Fischen, und wir hören, wie die Mutter dem Vater ihre Meinung sagt. Das ist ungefähr das Erste, an das ich mich erinnere, aber es dauerte Jahre und Jahre, bis ich alles sagen konnte, was meine Mutter über den armen Vater dachte.

Früher tat mir Vater irgendwie leid. Sie sehen, er bearbeitete die Knochen durch sein Fell, pelzte den ganzen Winter über und fischte im Sommer, und was er verdiente, bekam er per Lastwagen von der Firma; Wir Liveyeres verdankten alle der Hudson Bay, aber Vater arbeitete am härtesten, und er schuldete das meiste, Hunderte und Aberhunderte Felle. Das Unternehmen vertraute ihm. Es gab keinen vertrauenswürdigeren Mann an der Küste als ihn, der seine Mutter zu ernähren hatte und sechs Kinder, dazu sieben Huskys und die Tante seines Vaters, Thessalonika, eine Witwe mit vier Kindern und einem Tumor, bis hin zur letzten Hoffnung jenseits der Küste lebte Felsen. Vater hat immer Unrecht und kaut Black Plug Baccy, um seinen Mund davon abzuhalten, seine Fehler zu verteidigen. „B'y“, sagte er einmal, als Mutter hinausging, um ein paar Worte zu den Huskys zu sagen; „Ich hatte einmal einen Wasserkocher, der keinen Dampf ablassen konnte – ging kaputt und brach mir den Arm. Wenn deine Mutter jemals still wird, lauf, ach, lauf!“

Ich flüsterte ihm zu: „Stört es dich nicht?“

Er grinste. „Draußen ist es irgendwie beruhigend. Wir wissen nicht, was der Wind und die Wellen sagen. Wenn sie Englisch sprechen würden, würde ich – ich würde zum Grubenarbeiter werden und Kohle hauen, wie sie es unten in Nova Scotia tun.“ – woher deine Mutter kommt.“

Es gab Geheimnisse über Vater, und ob sie es jemals herausfand! Sehen Sie, er sah aus wie ein weißer Mann, hatte die gleichen lockigen Haare wie ich und war furchtbar stark. Aber in seinem Inneren – verrate es niemals! – war er teilweise ein kleiner Junge, genau wie ich, und die andere Hälfte von ihm – lass es dir niemals anmerken! – war ein Bergsteiger. Ich habe seine drei Brüder gesehen, die besten Kerle, die es je gab – ja, schottische Mischlinge – und Mutter wusste es nie. „Jesse“, flüsterte er, „schwörst du, dass du es nie verrätst?“

„Hilf mir, Bob.“

„Es wäre die Hölle, verdammt.“

„Wie ist die Hölle?“

„Gebete und geschrubbt werden, für immer und ewig.“

„Aber Mutter wird nicht da sein?“

„Aber nein. So schlimm ist es gar nicht. Sie wird im Himmel sein und sie zu respektablen Engeln und reinigenden Aposteln machen. Sie waren auch Fischer. Sie werden es fangen!"

Da liege ich auf Vaters Knien, mit der Nase in seinem Wildlederhemd, und noch heute bringt der Holzrauch im Lager diesen Wuff zurück, während seine Stiefel im Sommer fischig rochen. Was zuerst oder danach passiert ist, ist alles durcheinander, aber da ist der Rauchgeruch und Schwester Maggie, die ganz weiß und erstarrt in der Koje liegt.

Es riecht nach Fisch, und Polly, die mich immer mit einem Pantoffel verprügelt hat, liegt weiß und erstarrt da. Und doch wusste ich, dass sie im Sommer nicht frieren durfte.

Dann riecht es nach Rauch und der große Tommy, größer als sein Vater, erbricht Blut. Ich sagte, er würde es meiner Mutter anhängen, weil sie den Boden verschmutzt hatte, aber Vater umarmte mich nur und sagte mir, ich solle den Mund halten. Ich habe ihn bestraft, falls auch Tommy einfrieren würde. Dann erzählte mir Vater, dass Tommy dorthin gehen würde, wo die Milch von einer Kuh kommt. Man stößt einfach den Dosenöffner in die Kuh – und schon strömt die Milch heraus, ganze, zuckersüße Milcheimer. Dann gibt es große große Vogelfelsen, zu denen die Hühner kommen, um zu brüten, und sie legen frische Eier, echte frische Hühnereier – Steine, die ganz weiß mit Eiern sind. Und es gibt Gemüsetische, also grüne Lebensmittel. Beim ersten Mal schwillt man an und ist fast pleite, aber man gewöhnt sich schnell an das Grün. Tommy geht zu Civilization. Es sind Monate und Monate frei, und wenn man dort ankommt, sind die Leute so furchtbar gemein, dass sie einen Fremden verhungern lassen würden, ohne auch nur ein „Komm rein" zu sagen. Die Männer tragen Hosen bis zu den Fersen, und was die Frauen betrifft …

Mutter kommt herein und sieht Vater an, also vergisst er, etwas über die Frauen bei Civilization zu sagen, aber manchmal erzählte er, oh, viele Geschichten. Er sagte, es sei für Leute wie uns schlimmer als Neu-Jerusalem.

Ich schätze, Tommy ist gestorben, und Joan auch, und Mutter würde abgemagert und trocken werden und sich hin und her schaukeln. „Der Herr hat gegeben", sagte sie, „und der Herr hat genommen; gepriesen sei der Name des Herrn."

Es waren nur noch Pete und ich übrig, und Vater wedelte mit seiner Pfeife über dem Ofen zu Mutter. „Sie werden sterben, Ma'am", hörte ich ihn sagen und sie schniefte nur. „Wenn ich sie nicht nach draußen gebracht hätte, wären sie jetzt tot, Ma'am."

Sie nannte ihn einen Indianer. Sie hat ihn genannt – ich weiß nicht, wie sie ihn nicht genannt hat. Ich hatte geschlafen, und als ich aufwachte, kochte sie gerade das Frühstück, während sie ihn anrief und noch viele weitere Dinge anrief, die sie wohl vergessen hatte zu sagen. Aber er trug mich auf seinen Armen durch die kleine niedrige Tür hinaus, und es war stechend kalt und das Nordlicht strahlte.

Er kuschelte mich warm auf der Komatik, spannte die Huskys an und schlenderte weit oben am Tickle und durch den weichen Buschschnee, und bei Sonnenaufgang machten wir seinen Winterausflug am Torngak Creek. Wir überwinterten dort, pelzten ihn, und jedes Mal, wenn er von der Fallentour nach Hause kam, verkaufte er mir alle Felle. Ich war die Firma, also hat er einen Haufen Schulden angehäuft. Dann machte er mir kleine kleine Schneeschuhe und Fellkleidung wie er und eine echte Bibermütze mit Schwanz. Ich war sicherlich stolz, als er mich auf die Pelz- und Rebhühnerjagd mitnahm. Ich war mit ihm beim Angeln, im Herbst gingen wir auf die Jagd, den ganzen Winter über fingen wir Fallen, bis es Zeit für die Versiegelung war, und nur zwei- oder dreimal im Jahr waren wir wieder bei meiner Mutter. Wir würden ihr ein Stand-Wigwam aus Feuerholz bauen, damit es nicht im Schnee verloren geht, wir würden ihre Nahrung aus der Festung, die vielen Fische und den Herbstlachs transportieren.

Dann sah ich auch Pete, der rot geworden war und einen stechenden Husten hatte. Er wollte mit mir spielen, aber ich wollte nicht. Ich konnte es einfach nicht. Ich hasste es, irgendwo in seiner Nähe zu sein.

„Habe ich es dir nicht gesagt?“ Vater zeigte auf Pete, der hustete. „Habe ich dich nicht gewarnt?“

Aber Mutter verzog den Mund zu einem schmalen Strich.

„Pete“, sagte sie, „ist gerettet.“

Als wir das nächste Mal kamen, war Mutter ganz allein.

„‚Der Herr hat gegeben‘“, sagt sie, „‚und der Herr hat genommen; gesegnet sei der Name des Herrn‘, aber es wird irgendwie eintönig.“

Sie hatte damals nicht viel zu sagen, es schien ihr egal zu sein, aber sie war einfach taub. Er wickelte sie warm in die Komatik ein, mit nur einem Sack Kleidung, ihrer Bibel und dem Album mit Fotos aus Nova Scotia, ja, und den Porzellanhunden, die sie auf dem Arm trug. Vater markierte den Weg vor uns, ich nahm die Gee-Stange, und als der Tag kam, machten wir den Winterkipper. Dort pflegte Mutter das Haus so sauber, wie sie es zu Hause tun würde, und es war so sauber, dass wir fast Angst hatten, hineinzugehen. Wir hatten noch nie solch ein Essen, aber sie wollte uns nicht in Unrecht setzen oder Abende arrangieren, in denen wir Vaters Sünden beichten mussten. Es war ihr egal.

Es war im März oder vielleicht April, als Vater bei rauem Wetter unterwegs war und seine Fallen umrundete. Er kam nicht zurück. Es hatte einen Schneesturm gegeben, einen wolfsheulenden Hurrikan, der einen Streifen kahlen Bodens rund um die Rückseite der Hütte weggeblasen hatte, während sich die große Schneewehe immer höher und dichter ansammelte, bis der Kamm wie ein Meer über unser Dach wuchs Brecher, eingefroren, so dass man auf dem Überhang laufen konnte. Und genau zwischen Dunkel und Ente kam das Husky-Team meines Vaters ohne ihn zurück.

Ich schätze nicht, dass ich älter als zehn oder elf Jahre war, aber wissen Sie, dieser Labrador meint es ziemlich ernst mit uns und bringt sogar Kinder dazu, verantwortungsbewusst zu handeln. Gehen Sie ruhig vor, und es gibt Hungersnöte, Erfrierungen, Schwarzbeinigkeit und alle möglichen Gründe, die gegen Faulheit sprechen. Es erzieht irgendwie.

Mutter war schlimmer als still. Sie hatte etwas an sich, das mir draußen mehr Angst machte als alles andere. Am Morgen folgte ihr Blick mir, als wollte sie sagen: „Geh und such deinen Vater." Sicherlich lag es an mir, und wenn ich nicht groß genug wäre, um die Huskys zu fahren oder die Waffe meines Vaters einzupacken, dachte ich, ich könnte es zu Fuß schaffen, seine vier Pfund schwere Axt zu tragen. Sie winkte mich zu sich und küsste mich – nur einmal in zehn Jahren, und ich lief schnell durch die Tür, außer Reichweite, damit sie mich nicht sah, wie ich fast weinte.

Es war schön und gut, vor meiner Mutter mutig anzugeben, aber als ich draußen war, hätte mir jede Ausrede gereicht, um zurückzugehen. Ich wünschte, ich hätte die Streichhölzer zurückgelassen, aber das hatte ich nicht. Ich wünschte, der Schnee wäre zu weich, aber er war hart wie Sand. Ich wünschte, ich wäre kein Feigling und der Busch würde nicht so wölfisch aussehen, und was wäre, wenn ich den Eskimo-Teufel treffen würde! Oh, ich war mit Sicherheit der ängstlichste kleine Junge und absolut sicher, dass ich mich verirren würde. Es war niemand zu sehen, wenn ich mich unter Vaters Holzstab hinsetzte und weinte, aber ich hatte zu große Angst, weil die oberen Äste wie Arme mit Krallen aussahen. Dann ging ich weiter, weil ich gehen wollte, und da war Vaters Spur geebnet, die an Bake-apple Marsh vorbeiführte. Die kleinen Bäume, ein Schnitt hier, ein Schnitt dort, die Spitze eines Baumes wurde abgehackt und hängt herunter, dann Big Boulder, Johnny Boulder, Small Boulder, überqueren die Kluft, der erste tote Fall, weitere Sprünge, eine leere Falle Nummer eins – wie gut Ich erinnere mich noch heute. Der Weg war so eben wie Straßen und die Sonne schien warm, als er ins Tal blickte.

Dann sah ich einen Männerhandschuh, einen alten Wildlederhandschuh, der aus dem Schnee ragte. Vater hatte seinen Handschuh fallen lassen, und ohne ihn wäre seine Hand eingefroren. Als ich ihn fand, wie froh wäre er, es zu bekommen!

Aber als ich versuchte, es aufzuheben, war es schwer. Dann löste es sich, und Vaters Hand ragte hervor. Es war tot.

Natürlich weiß ich, dass ich mich durch den Schnee hätte graben sollen, aber das habe ich nicht getan. Ich rannte, so viel ich konnte. Dann geriet ich außer Atem und kam beschämt zurück.

Es geschah nicht aus Liebe zum Vater. Nein. Ich hasste es, diese Hand zu berühren, und als ich das tat, wurde mir schlecht. Dennoch war das besser, als Angst vor Berührung zu haben. Es ist nicht so schlimm, wenn man es wagt.

Ich habe gegraben, mit einem Schneeschuh als Schaufel. Da war das Wildlederhemd, das gut roch, und die langen Fransen, mit denen ich seine Nase gekitzelt hatte – dann fand ich sein Gesicht. Ich konnte das einfach nicht ertragen, sondern drehte mir den Rücken zu und grub, bis ich zu der großen, großen Falle Nummer vier kam, die er für Wölfe und Biber benutzte. Er muss unter den Schnee getreten sein, ohne es zu sehen, und dabei hat er sich das Bein gebrochen. Dann hatte er versucht, sich nach Hause zu schleppen.

Als ich aufstand, um Luft zu schnappen und mich abzukühlen, sah ich zum ersten Mal den Wolf, der friedlich dastand und mit dem Schwanz wedelte. Zuerst dachte ich, er sei einer unserer eigenen Huskys, aber als er seinen Namen nicht kannte, war ich mir sicher, dass es sich um den Wolf handeln musste, der oben bei Two Mile Crick lebte. Wölfe wissen, dass sie selten sind und teure Felle haben, daher hatten weder Vater noch ich mehr als die Spuren dieser Person gesehen. Es war ihm schlecht geworden, die Geschäfte seines Vaters zu kontrollieren, anstatt sich um seine eigenen zu kümmern. Deshalb wurde er der Inspektor genannt. Es war auch März, der Mond der Hungersnot. Natürlich habe ich meine Axt geworfen und verfehlt. Sein hungriges Lächeln ist immer noch hinter einem Busch zu sehen, und ich frage mich, ob er etwas mit mir oder seinem Vater zu tun hat. Deshalb stieg ich auf die Schneeschuhe und ging direkt an ihm vorbei, ohne mich zu trauen, meine Axt zu holen. Ja, er wollte mich zuerst sehen, aber natürlich würde ich kein Tier dazu ermutigen, zu glauben, er hätte einen Mann erschreckt. Er hätte Vater kaum seine Spuren sehen lassen, aus Angst, sie könnten gefangen oder erschossen werden. Also ging ich langsam und stolz und führte ihn von Vater weg – zumindest spielte ich das und wünschte mir die ganze Zeit, dass der kleine Sohn der Mutter zu Hause wäre. Nach einer Weile schnappte ich mir einen abgehackten Stock dort, wo Vater gebrannt hatte, nicht so heftig wie eine Axt, aber genug, um mir mehr oder weniger Respekt zu verschaffen.

Manchmal war der Inspektor im Wind und beobachtete meinen Geruch, manchmal war er im Wind, um ihn aus der Vogelperspektive zu betrachten, oder wieder auf meinen Spuren, um zu sehen, wie klein sie aussahen – und oh, sie fühlten sich tatsächlich klein an!

Nach dem, was ich bei diesen Menschen gelernt habe, sind Wölfe freundlich zu jungen Menschen, sanft und freundlich, selbst wenn sie vom Hunger gequält werden, und sie lieben es einfach, ein Kind und seine seltsamen Verhaltensweisen zu beobachten. Sie scheuen den Menschen, weil sein Wille sie stark zwingt und seine Waffen magisch sind. Deshalb respektieren sie seine Fallen, seine Kinder und alles, was ihm gehört. Nur wenn sie vor Hunger sterben, schnappen sie sich seine Hunde, Katzen und kleinen Schweine, aber es ist nicht bekannt, dass sie Menschen oder seinen Jungen Schaden zufügen.

Der Inspektor war größer als ich, stärker als jeder Mann, schneller als jedes Pferd. Ich sage dir, der Mähnenwolf ist klüger als die meisten Menschen, und wenn er nicht seine Jungen frisst, ist er ein Gentleman der Natur.

Das Problem war nicht, dass er jagte, sondern dass ich Angst hatte. Wenn er mich gewollt hätte, ein Blitz, ein Bissen und ich frühstücke. Es war nur die Neugier, die ihn so nah hinter sich ließ wie einen heimlichen Geist. Wenn ich mich zum Kampf umdrehte, schien er sich zu entschuldigen, und dann pfiff ich weiter eine Hymne.

Wenn ich das gewusst hätte, wurde er für eine Vorderansicht direkt vorn in der Sackgasse versteckt. Aber ich schlug panisch mit meinem Stock um sich und traf seine Schnauze, sodass er aufschrie. Dann verlor er die Beherrschung. Er trug den Ausdruck „Tut mir leid, aber Geschäft ist Geschäft“. Ich rannte auf ihn zu, stolperte über einen Baumstumpf, stieß einen Schrei aus und er sprang mir direkt an die Kehle.

Und mittendrin fiel ein Schuss, eine Kugel streifte meinen Arm und ich heulte weiter. Noch ein Schuss, und der Inspektor rannte davon. Dann rieb ich mir die Stelle, an der die Kugel wehtat, irgendwie schmollend und vor Kummer, als ich plötzlich gepackt und in den Armen meiner Mutter fast erstickt wurde. Sie war mit dem Husky-Team gekommen und folgte mir; Sie hatte auch geschossen, und ich war ganz knapp dran.

Sie hatte keine Tränen mehr für Vater übrig, und als ich mit dem Schluchzen fertig war, gingen wir zu der Leiche und luden sie in die Komatik für den Heimweg. Das sind Dinge, die ich dir nicht gerne erzähle.

Es war nicht gerade eine schöne Reise, mit dem Inspektor als Aufsichtsperson. Als wir wieder an der Kippe ankamen, wagten wir es nicht, die Huskys rauszuholen, auszuladen oder auch nur anzuhalten, um zu fressen. Wir mussten geradeaus weiterfahren, Mutter und ich, den Tickle hinunter, an unserem alten leeren Haus vorbei, und dann die ganze Nacht den Baccalieu hinauf.

Als wir den Pfosten erreichten, war die Sonne gerade vom Eis verschwunden, und wir sahen, wie ein kleiner Ball die Fallen der Flagge hochschnellte und dann zu einer großen roten Flagge mit den Buchstaben HBC zerbrach. Das bedeutet „Hier vor Christus".

Die Luft war voller lauter Geräusche, wie das Kreischen von Möwen, die im Sturm schreien, und da war Mr. McTavish auf dem Bürgersteig und marschierte mit seinen Dudelsäcken, um die Leute aus ihren Sonntagsbetten zu wecken. Er hatte Hosen bis zu den Fersen, genau wie sein Vater es gesagt hatte, und aß jeden Tag seines Lebens fetten Speck. Er war stark wie ein Ochsengespann, ein großer, hübscher, roter Mann mit weißen Zähnen, als er sich in der plötzlichen Stille der Pfeifen lächelnd umdrehte. Dann sah er den Körper seines Vaters mit völlig versteiften Beinen und Armen, und die Falle Nummer vier hielt immer noch die gebrochenen Knochen fest. Er hatte seine Pelzmütze abgenommen.

Mutter stand eisenhart neben der Komatik.

„Faktor", sagt sie, „ich bin gekommen, um seine Schulden zu bezahlen."

„Nein, es ist Sabbat, Ma'am. Sie werden bis Montag keine Schulden begleichen. Kommen Sie herein und trinken Sie etwas Tee – Sie dummes Ding."

„Du hast seine Seele verhungern lassen, und jetzt habe ich seinen Körper mitgebracht, um seine Schulden zu begleichen. Wirst du *das* bis Montag hier lassen?"

Mr. McTavish sah sie an und flüsterte mir dann etwas zu. „B'y", sagte er, „wir müssen sie zum Weinen bringen, sonst wird sie wahnsinnig. Grüß dich, Frau, grüße. Bei Gott, ich werde dich grüßen lassen!"

Er marschierte den Bürgersteig auf und ab und stimmte durch das Geschwätz der Möwen im Sturm eine Melodie, die mir das Fleisch auf den Knochen zum Zittern brachte.

Einmal schrie die Mutter auf und versuchte, ihn zum Anhalten zu bewegen, aber er ging weiter vor ihr hin und her, die ganze Zeit mit den Augen auf sie gerichtet, durch sie hindurch schauend, und der ganze Kummer der ganzen Welt war im Körper zu spüren und das Jammern und diese hoffnungslose, schreckliche Melodie. Sie bedeckte ihr Gesicht mit den Händen und versuchte, sich festzuhalten, während das große Schluchzen sie erschütterte, und sie schwankte wie ein Baum im Sturm, bis sie auf die Knie fiel, bis sie sich auf die Leiche warf und weinte und weinte.

KAPITEL II

DAS GLÜCKLICHE SCHIFF

Cap'n Mose von der *Zedekia W. Baggs* 'e war ein Sonntagschrist. Die ganze Zeit über trug er einen Seidenhut, den einzigen auf dem Labrador. Ja. Sonntags waren wir an Land und redeten aus einem Buch über Prädestination und Gnade, während wir an unserem Liegeplatz blieben, aber nie ein Wort über Fische oder den Zustand des Eises. Mutter war im christlichen Glauben erzogen worden, und wenn Mose in ihrer Hütte vorbeikam und bewunderte, wie sie kochte, freute sie sich von ganzem Herzen und lud ihn direkt zum Abendessen ein. Er küsste mich und redete leise über kleine Kinder. Ja. So haben sie mich als Jungen auf eine Seehundfahrt zur See verschleppt, ohne mir irgendeinen Lohn zu zahlen.

Mutter wusste nie, wie Kapitän Mose an Wochentagen war, und an Bord der *Zedekia gab es keinen Sonntag* . Ich erinnere mich, wie ich mich hinten in Ole Olesons Koje versteckte und Gott bitte um Gottes willen bat, mich in ein Tier zu verwandeln. Jede Art würde genügen, denn ich habe Männer gesehen, die freundlich zu Tieren waren. Sie wissen, dass ein Tier größtenteils aus einem reinen Herzen und vier Beinen besteht, was ein großer Vorteil ist. Allerdings eine merkwürdige Welt, wenn alle unsere Gebete erhört würden.

Sichern Sie es. Ein Mann macht sich auf den Weg, um Abenteuer zu erzählen, und wenn seine Opfer keinen Grund finden, wegzugehen, verdankt er ihnen all das Glück, das er hat. Es ist gemein, den Menschen Leid zu bereiten, die bereits ihren vollen Anteil tragen. So fahren wir mit der Nacht fort, als ich vor der *Zedekia floh* und mich dem *glücklichen Schiff anschloss* .

Wir lagen im großen Packeis vor Cape Breton und holten eine Ladung Robbenfelle. Solange es hell war, waren alle Leute auf dem Eis, schlugen Robben, legten die Kadaver in Pfannen, formten sie und schleppten dann die Häute an Bord, um sie einzusalzen.

Wir bekamen unser Abendessen und gingen dann todmüde zu Bett, aber das Schiff ächzte so sehr, dass ich nicht zu schlafen wagte. Ein Schiff hat keinen Mund, der sein Alter verrät, und doch ist es bei Schiffen und Frauen so ziemlich das Gleiche, denn je jünger sie sind, desto weniger müssen sie angemalt werden. Die *Zedekia* war alt, einfach nur bemalt und punkig, und sie stöhnte sicherlich unter dem Ansturm des Rudels. Ich hatte zu viel Angst, um zu schlafen, also ging ich an Deck.

Ich hatte immer nach einer Chance Ausschau gehalten, wegzulaufen, und da war Jim, der Ankerwächter, der tot auf den Bitts hockte und schlief. Er war immer so, als ihn niemand verfolgte.

Ich wage es nicht, an die Küste zu gehen. Wissen Sie, ich hatte von Niggern an Land gehört, die weggelaufene Jungen fressen. Aber ich sah die Lichter des Dreimastschoners ein paar Meilen luvwärts. Ich schnappte mir eine Versiegelungsgaffel und rutschte auf das Eis.

Zuerst hatte ich Angst, als die Pfannen unter mir schaukelten, dann wärmte ich mich auf und wurde mutig, bis ich fast ins Nasse rutschte, und danach schaute ich nach, bevor ich sprang. Vom Norrard wehte eine starke Brise, die sich seit Einbruch der Dunkelheit zu einem Hurrikan entwickelt hatte, und dann wehte es noch mehr, bis ich aus Angst, weggeblasen zu werden, nicht mehr auf die Stange springen konnte. Bei jedem anderen Schiff hätte ich mir gewünscht, wieder an Bord zu sein.

Wissen Sie, wie sich durch das Schleifen um jede Pfanne ein Rand aus zerbrochenen Splittern bildet? Dieser Rand leuchtete weiß im Schwarz des Wassers, der ganze Leitfaden, den ich hatte. Aber manchmal waren die Windböen wie von Graupel gesäumte Sensen, also war ich geblendet und wartete und fror, bis eine Flaute kam und ich weitermachen konnte. Es war heller Tag, und ich schätze, jeder Schritt wog eine Tonne, bevor ich diesen Schoner baute.

Ein grauer Mann, dick, mit Kinnbart, hob mich nach oben. „Weit gekommen?" sagt er, und ich drehte mich um, um ihm den *Zedekia zu zeigen* . Sie war nicht da. Sie war weg – gescheitert.

So kam ich an Bord des *Happy Ship* , genau wie ein kleiner verlorener Hund, in meiner Haut war kein Platz für mehr als Knochen und Hungersnot. Captain Smith sagte immer, er hätte mich als Familiengeist engagiert; aber er zahlte mir einen ehrlichen Lohn, fütterte mich mit ehrlichem Essen, während ich mich, was Kleidung und Bett anging, so wohl fühlte wie ein kleines Kaninchen. Er lehrte mich Lesen und Schreiben und Zeichensetzung mit seinem Gürtel, Summen, Hand, Riff und Stier, Katechismus, Knoten und Spleißen, Nähen, Rakel, Straßenregeln, Soojie Moojie, Psalmen Davids, Verfassung der Vereinigten Staaten, und Posaune spielen, mit drei Pillen und einer guten Leckerei an regelmäßigen Samstagabenden. Der kleine Sohn der Mutter fing an, aufmerksam zu werden.

Dann fünf Jahre im *Pawtucket* die ganze Zeit, von Montreal bis Colon, von Banjos, die in den *Portales* von Vera Cruz klirrten, zu Signalhörnern, die in Quebec weinten, und den Austernbooten, die am alten Point Comfort schliefen, und der Gloucester-Flotte, die nach Hause stürmte Zobel und Dagos sonnen sich an den Kais von Havanna. Saugen Sie Orangen im Beiboot im Mondlicht und warten Sie darauf, dem alten Mann an Bord zu helfen, wenn er betrunken ist. Beobachten Sie, wie die Nigger in Norfolk Baumwolle in einen Landstreicher treiben; Spüren Sie, wie die Flut an Tantramar vorbeischnarcht. Riff-Home-Versuche, wenn sie zum Blasen kommt, mit den Keys in Lee; Kann ich nicht einfach *spüren,* wie der alte *Pfandschein* pünktlich zu Weihnachten nach Hause tobt?

Hast du gehört, dass das Meer Gefühle hat – das Weinen, das Lachen, stumme Trauer, lodernden Zorn, den Frieden, die Müdigkeit, die Mutterfreundlichkeit, die Stille wie Gebete von etwas, das nicht brutal oder menschlich ist? aber mehr als menschlich, so großartig und schrecklich, dass du es kaum wagst zu atmen?

Worte, nur Worte, die nicht passen, die Außenseiter, die sich über ernste Gedanken lustig machen. Wir Männer sind dumme Tiere, die nicht sagen können, was wir meinen, während ich immer vermutet habe, dass Menschen wie Katzen und Wölfe nicht so viele Emotionen empfinden, wie sie in Liedern ausstrahlen.

Der Seefahrer ist ein Seemann, ein Seemann, nur ein Landtöricht, denn es gibt Dinge, die kein Seemann sagen kann, Dinge, die selbst Landsleute nicht in Dollar und Cent begreifen können.

Scheint, als wäre ich einen Punkt daneben? Ich sage nur Dinge, die der Kapitän gesagt hat, in Zeiten, in denen es ernst war, als wir an einem Bach angelten oder uns auf die Suche nach Enten machten. Wenn er jemals ohne mich an Land gehen würde, wäre ich wie ein verlorener Hund, und er trank, bevor die Sonne über dem Rahenarm stand. Aber unterwegs waren es nicht Herr und Junge, sondern nur Vater und Sohn. Er hatte mich sogar nach sich selbst benannt, und deshalb heiße ich Smith.

Ich weiß nicht mehr, welcher Hafen – irgendwo am Sankt-Lorenz-Strom, wo wir Holz für den Golf von Mexiko verladen haben, aber der Kapitän und ich waren zum Angeln unterwegs. Mutter war vom Labrador gekommen, um mich zu finden, alte graue Mutter. Sie haben ihren Koffer aus Robbenfell auf unserem Kai abgeladen, sodass einer der Porzellanhunde darin von der Nase bis zum Schwanz gespalten wurde; Aber Mutter saß einfach auf einem Poller und kümmerte sich nicht darum. Sie setzte ihre runde Hornbrille auf und lächelte den Steuermann am Achterschiff und den zweiten Steuermann vorn an, den Ornary-Seemann, der das Namensschild malte, und Bill, der in seinem Bootsmannsstuhl die Takelage hinunterteerte, und die Bumboat-Wäscherin der dem alten Mann die Hemdsärmel zerrissen hatte. Ja, sie schenkte jedem Mann ein Lächeln, das ihm das Herz zu erwärmen schien, aber kein Wort störte sie bei der Arbeit, denn sie saß einfach glücklich da, als sie den Pfandschein sah, *und* sie bewunderte sicherlich alles, von Old Glory bis Blue Peter – bis unser Nigger-Koch kam und Pfützen über den Tellerrand schüttete. Anscheinend hatte er von der Dame gehört und grinste, aber er war wieder in seiner Kombüse, wie ein Kaninchen in seinem Bau, während sie die Gangway hinaufmarschierte. „Dreck kann ich nicht ertragen", sagt die Mutter, und selbst der neue Junge hörte außer dem Platschen kein Wort.

Denn Mutter begleitete diesen Nigger gerade durch die Kombüse, am anderen Ende hinaus, über die Backbordreling, und beförderte ihn in den blauen Hafen, zum ersten und einzigen Bad, das er jemals hatte. Dann nahm sie ihre Hornbrille, ihre alten Wildlederhandschuhe und ihre Haube ab und machte sich an die Reinigung einer Kombüse, die seit den Tagen von Präsident Lincoln nicht mehr gewaschen worden war. Boden, Herd, Wände, Balken, Töpfe, Kessel, Teller und Geschirr, sie wusch und schrubbte und polierte. Sie hatte keine Zeit, dem nassen Nigger oder dem Maat zuzuhören, und kaum ein Mann an Bord konnte ihrer Mutter mehr als ein Ja oder Nein entlocken. Sie kochte ihnen ein Abendessen, das zu gut war, um es zu essen und zu verderben, dann stellte sie das Geschirr in Ordnung, brachte die Lampe zum Leuchten und machte sich daran, sich das Schiff zeigen zu lassen. Man hätte sehen sollen, wie die Müßiggänger hinten und die Jungen vorne rot wurden, als ob alle ihre Mütter erwartet würden. Was den Nigger anbelangt, so haben es sich die Männer zur Gewohnheit gemacht, ihn über Bord zu werfen, bis er des Kommens müde wurde.

Der Kapitän und ich kommen mit dem Beiboot zurück, machen fest und steigen an Bord. Da ist die alte graue Mutter mit der Hornbrille, die ruhig in ihrer eigenen Küche sitzt und uns nur sagt, wir sollen uns gleich zum Abendessen hinsetzen. Der Kapitän wohnt achtern, und ich gehöre nach vorne, da ich ein gewöhnlicher Seemann bin und an Bord weniger wichtig bin als das Schwein des alten Mannes. Doch irgendwie wusste Mutter Bescheid, fütterte uns beide in der Kombüse und stand daneben, während wir fütterten. Kein Wort, aber Mutter hatte Feuer für Kapitän Smiths Zigarre und blickte mich hungrig an, aus Angst, man würde sie an Land schicken.

„Nun, Ma'am“, sagt der Kapitän, „haben Sie Ihr Gepäck nach achtern geschickt? Oh, wir bekommen Ihr Gepäck bald an Bord.“

Dann hörte ich ihn an Deck, wie Mutter das Stauholz in der freien Koje achtern verstaute und den Truthahn des Niggers auf den Kai hinauswarf.

Irgendwie seltsam für mich, mich an meine Mutter zu erinnern, hager, bitterhart, immer im Recht, mit viel zu sagen. Und hier war die kleine Mutter, die auf der Brust meines Trikots schluchzte. Genauso hat sich meine Mutter verändert. Sie sagte, sie habe es satt, dass der Labrador wegkäme, um die Welt zu sehen, Leute zu treffen und eine gute Zeit zu haben; aber würde ich mich schämen, sie auf See bei mir zu haben? Sicherlich war das vor langer Zeit die alte Mutter gewesen, und jetzt war es die junge Mutter, die lachte, nur weil sie geweint hatte.

Schande, d? Auf dem gesamten Weg von Joe Beef's Clear bis nach Rimouski werden Sie heute die Geschichte hören, wie der alte Seebrauch, einen Liegeplatz im fairen Kampf zu gewinnen, von einer Dame an Bord der Pawnticket praktiziert *wurde* .

Sie haben von Schiffsmännern gehört, aber wir hatten von der ersten Schiffsmutter gehört. Und die Art und Weise, wie sie sich einschlich, war sicherlich heimtückisch. Gutes Wort. Lassen Sie sie Geschäfte anziehen, Sie werden feststellen, dass sie Verwalterin und Zahlmeisterin ist, ganz sicher Gift für die Ausrüster. Oh, sie kümmert sich um die Wäsche, und bevor Sie sich umdrehen können, ist sie Krankenschwester und Ärztin. Sie muss Königin sein und der Schoner ist ein Seepalast, als wir plötzlich entdeckten, dass sie nur als Köchin unterschrieben hat.

Jetzt schlafen wir bei elf Knoten bei Strahlwind und Key West weit am Steuerbordbug, das Gleiche gilt für die zweite Hundewache, wenn ich nach achtern eingeladen werde. Da sitzt der alte Mann an der Stelle des Kapitäns, da sitzt die Mutter am Kopfende des Tisches und näht, und sie bittet mich, auf dem Sitz des Steuermanns Platz zu nehmen, als wäre ich der Erste Offizier und nicht der Hund des Kapitäns.

„Sohn“, sagt sie – seltsames, kleines, leises Lachen, „Sohn. Das wirst du nie erraten.“

Ich bin ein bisschen schmollend, wenn es darum geht, Rätsel zu lösen.

Dann wird der alte Mann rot bis auf die Kiemen und kichert. Er schlägt sich auf sein dickes Knie und zappelt. Dann steht er auf und küsst die Mutter mit einem dicken Kuss direkt auf die Lippen.

„Kannst du es nicht erraten?“ sagt Mutter.

„Ich bin der alte Mann“, kichert er, „sie ist die alte Frau.“ Dann streckte er seine Pfote aus. „Setz sie da hin, mein Sohn!“ sagt er; „Wie heißt du, Junge?“

Er hatte eine Hand wie eine Bärenfalle. "Schmied!" Ich quietschte. "Schmied!"

„Tatsache“, sagt er. „Füllen Sie sich einen Kelch von diesem Sherrywein mit etwas Zucker. Trinken Sie, Junge, zum Captain und Mrs. Smith. Und jetzt gehen Sie mit Ihnen und reichen Sie die Flasche weiter.“

Da bin ich schüchtern vor Schüchternheit, spritze Wein, dumm wie ein Fisch, weil ich nur einen Mund vor meinem Gesicht habe; Dann bin ich im Foyer und erzähle den Jungs, dass es auf hoher See Meuterei gibt, unter dem Kommando des Kochs, und wir hissen die Aurora Borealis als Flagge, bis wir eine Ladung Sterne laden und zum Paradies aufbrechen.

Am nächsten Tag, oder nächste Woche, oder vielleicht auch am darauffolgenden Montag, hat das Schiff Kopfschmerzen, der Himmel sitzt auf den Masten, das Meer ist wie Öl, die Laken schlagen auf die Schatten auf dem Deck, wo der Teer kocht, und unsere Füße ist wie überbackener Toast.

Wir Matrosen sind aus dem Ruder gelaufen, und Pierre Legrandeur erzählt seine Perlen, bis sie als Glücksbringer über Bord geworfen werden. Der alte Mann ist in einer stinkenden Stimmung, die Mutter liegt mit üblen Kopfschmerzen im Bett, der erste Maat wie ein verwundeter Seehund, der zweite hat einen Hauch von Sonne und der Junge hat einen Wasserwelpen am Hals. Wir verstauen jedes einzelne Stück Segeltuch, stellen ein Sturmbock auf die Größe eines Handtuchs ein, alles an Deck ist fest verzurrt, und die Glasscheibe sieht schlimmer aus als je zuvor. Dann sagt Papa, wir sollten am besten Vorsichtsmaßnahmen treffen, also versucht er, die Masten unterzubringen, und schickt ein Fass Öl holen.

Der Himmel ist wie Kupfer, das von Blitzen umrandet ist, dann huschen Blitze über uns hinweg, der Horizont faltet sich zusammen, und im Süden hüllt eine trichterförmige Wolke den Himmel ein. Es gibt keine Luft, und ich habe bemerkt, dass das Schiffchen brennt, also muss es unter der Trichterwolke fast dunkel gewesen sein. Gerade als es einschlug, rief jemand: „Alle einsteigen!“ und ich hörte den Maat schreien: „Du meinst, alles über Bord!“

Zuerst konnte ich nicht viel sehen, da ich damit beschäftigt war, Mutter aus der versunkenen Hütte zu holen. Als ich ein Fall um sie und den Besanstumpf herumgelegt hatte, hatte ich gerade noch Zeit zum Atmen. Das Meer war abgeflacht, weiß unter dem schwarzen Himmel, und was von uns übrig blieb, wehte größtenteils umher. Pierre tat mir leid – er war hinter seinen Rosenkränzen her, und auch Mick – er hatte mir einen Dollar geschuldet. Ich habe die Masten und den Bugspriet etwas vermisst. Auch die Galeere ist verschwunden, und das gute alte Beiboot ist zu Kleinholz verarbeitet. Die Schiffskatze miaute herum und hatte keine Ecke mehr, in der sie sich zusammenrollen konnte.

Papa übernahm gerade wieder das Kommando über das, was noch übrig war. Es hatte auch keinen Sinn, zu schreien, also wartete er und winkte. Die Masten auf der Schiffsseite rissen Löcher in uns hinein, bis wir abdrifteten. Dann zu den Pumpen, aber das geschah quasi *von Amts wegen* , nur um uns warm zu halten. Arbeiten ist wärmer als Warten.

Da wir mit Holz beladen waren, konnten wir nicht sinken, was praktisch war. Aber wie Mutter sagte, auf dem Dach war kein Dreck, und wir konnten nicht die Treppe hinuntergehen. Wir wollten zum Beispiel etwas Wasser trinken.

Nun haben wir drei Tage lang unsere ausgetrockneten Münder mit Biergeschichten erfrischt, als ein Fischereifahrzeug vorbeikommt und den Geruch von Bergung riecht. Zufällig ist er einer von diesen mit Feluken manipulierten Dago-Schweinen aus Invicta, Texas. Er wagt es nicht, eine Haarbürste über einen Wascheimer zu ziehen, aus Angst, in seiner eigenen Tross zu versinken. Aber er ist ein Meister im Gestikulieren, deshalb würde sein Bild gerne in die Zeitungen kommen, weil er Schiffbrüchige rettet. Auch seine Kosten waren für einen Wasserbrecher und etwas ausgefallenes Essen recht moderat – bis wir die Rechnung sahen.

Ich wusste bis dahin nie, dass unser alter Herr der Besitzer war. Natürlich ist das in Ordnung, nur würde er mit seiner Versicherung nach hinten rennen. Deshalb würde er auf dem Schiff bleiben, also ist es sinnlos, darüber zu reden. Was die Mutter betrifft, so kommt sie an Bord der Feluccy, mit der Schiffskatze im Arm und einer Art kaltem, dummem Lächeln, das brav wird und mich umbringt. Sie blieb tapfer, bis ihr der Hauptgeruch in der Kabine des Dago auffiel. „Es ist zu viel", sagt sie und reicht mir die Katze, „zu viel. Ich werde wieder ertrinken."

Sie küsste mich und ging zurück an Bord des Wracks.

Aber ich sollte bei unseren Matrosen an Bord der Dago bleiben, Invicta schnell holen und einen Schlepper mitbringen. Papa hat mir vertraut, sogar den Feigling gespielt und ihn verlassen. Es graut mir, an die viertägige Reise zum Hafen von Invicta zurückzudenken.

Damals war ich fünfzehn und galt als heimelig. Das Maul, das ich bekam, wäre für einen Hund groß, lächle – sechsdreiviertel. Als ich in Invicta an Land war, sah ich immer noch irgendwie fröhlich aus, also hielten mich alle Schlepperführer für einen Scherz. Es waren vier Tage und drei Nächte vergangen, seit ich geschlafen hatte, also würde ich wohl komisch aussehen, wenn ich einen Schlepper mieten wollte.

Ich zeigte eine Vollmacht und schrieb mit unauslöschlichem Bleistift auf Papas alte Dicky-Krawatte, aber die Schlepper erwarteten Bargeld, und die Agenten zogen es mir heim.

Da spielten unsere Matrosen schiffbrüchige Helden, die eingeladen waren, Erfrischungen zu sich zu nehmen und zu erzählen, wie mutig sie gewesen waren, was die Preise für Schlepper auf bis zu zehntausend Dollar erhöhte. Trinken Sie lieber einen Whisky, um das Lächeln zu mildern, bevor es zu Krämpfen kommt, würden sie sagen. Und die Stimme der Mutter scheint aus der Luft zu rufen.

Samstagabends ist im Büro nichts los, alle Schlepperbesatzungen sind an Land, aber der Hafen wird am Montag in Bewegung kommen. Vertrauen Sie darauf, dass erwachsene Männer mehr wissen als ein bloßer Junge. Behalten Sie eine steife Oberlippe, seien Sie fröhlich und trinken Sie etwas. Das Glas ist heruntergelassen, die Möwen fliegen landeinwärts, das Wetter braut sich zusammen. Ich sah in meinem Kopf, wie die Gischt über das Wrack peitschte.

Es war dunkel, als ich mit Kapitän McGaw zum Kai ging, um die *Pluribus Unum zu besichtigen* . Er zeigte mir einen Schlepper, der für zehntausend Dollar günstig war – die Läden waren komplett, es dampfte, der Ingenieur war auf dem Gelände, obwohl er an Land gegangen war, um etwas zu trinken. Er hatte eine hübsche Hütte auf der Brücke, ein schlaues kleines Gloryhole davor. Ja, alles war wirklich praktisch, so dass ich ihn nur mit einer Sicherungsnadel hinters Ohr schlagen musste und er direkt in die Bugluke fiel. Alles, was ich jetzt wollte, war ein Navigationsoffizier, dem ich vertrauen konnte.

Das bringt mich zu Mr. McMillan, unserem zweiten Offizier, der ein Dutzend gebratene Austern in einer Pappschachtel mit Drahtgriff kaufte, alles für fünfundzwanzig Cent, obwohl das Mädchen offenbar einen Kuss erwartete.

„Hallo, Frankie", sage ich und klopfe ihm auf die Schulter. Eine Fockmasthand kann seinem Offizier mit weniger Aufwand ein wirklich würdevolles Verhalten verleihen. „Sag mal, Mac! Weißt du, was Greed getan hat?" Ich schnappte mir seine Austern. „Gier, er würgt den Welpen", sage ich, und in meinem Kopf sah ich, wie die Möwen um das Wrack kreisten, wo etwas zusammengekauert lag. „Komm schon, Welpe!" „Sagte ich und winke Frankie mit den Austern die Straße entlang, sodass der ganze Verkehr stehen bleibt, um zu bewundern, und unser Zweiter Offizier gut läuft." Noch mehr sagte ich, als ich ihn vielleicht eine Meile an Bord der *Pluribus Unum begleitete* . Und dort aß ich ihnen Austern, während er grob und unhöflich war, aber die ganze Zeit über sah ich, wie das Wrack sich krank und durchnässt von der Dünung des Golfs hob, die Möwen kreisten und wie sie herabtauchten und nach einem Haufen zerrissener Kleidung pickten neben dem Rad.

Oben auf dem Masttopp des Schleppers gestand ich ein, dass ich im Unrecht war, während Frankie Mac treu versprach, mir die Haut bis über die Ohren abzureißen, wenn ich erwischt werde.

„Bitte, Sir", sage ich, „es sind nicht so sehr die Austern, die mir Sorgen machen. Es ist dieser Kapitän McGaw, den ich unterschlagen habe. Cayn kann es nicht als entführt bezeichnen, weil er über sechzig ist, aber ich habe ihn illegal damit betäubt." eine Sicherungsnadel, und ich höre ihn stöhnen – Zeiten, in denen man innehält, um zu keuchen.

Aber Frankie Mac glaubte kein Wort, bis er in den Vorschirm hinunterging, um nachzufragen, während ich die Luke anbrachte und festmachte.

Sie sehen also, ich hatte einen Schlepper und die Besatzung an Bord, also war das nächste, was ich tun musste, die Trossen einzuholen, abzustoßen und sie auf der Ebbe treiben zu lassen.

Es ist Vorsicht geboten, wenn man sieht, wie viele Wasserhähne und Dinge einen Maschinenraum beherbergen, und sie alle sind haufenweise effizient. Das erste, was ich in die Hand nahm, erwies sich als ordentlich Dampf, denn mein linker Arm war eine Woche lang rosa und hatte Blasen. Als nächstes fand ich einen Wasserhahn namens Bilgenventil-Einspritzung, der das Meer einlässt, wenn man das Schiff versenken will. Ich drehte ihn ganz um und setzte mich auf die Vorderluke, während ich an meinem Arm lutschte, und unterhielt mich mit der Crew.

Sie waren gesprächig und schlugen mit einer Axt auf die Luke ein, sodass ich kaum ein Wort sagte. Dann hatten sie Angst, wir würden explodieren, bevor wir ertrinken. Allus in meinem Kopf würde ich die Möwen sehen, die um das Wrack kreischen, und Mutter, die sie bekämpft. Das aufgehäufte Ding am Steuer war Papa, denn ich sah das Weiße in seinen Augen, als das Schiff ihn schlingerte. Und die Möwen –

Käpt'n McGaw flehte mich an, dann Mr. McMillan. Sie haben geschworen, mich umsonst zum Wrack zu bringen, sie würden ihren Bibeleid leisten und Vereinbarungen unterzeichnen. McGaw hatte eine Frau und eine Familie an Land. McMillan war verliebt.

Ich schaltete die Einspritzung des Bilgenventils ab, öffnete die Vorderluke und ließ die beiden arbeiten. Sie waren ziemlich zahm, und in dieser Nacht habe ich geschlafen – nur um aufzuwachen und kreischend über die Dinge, die ich in Träumen gesehen habe.

Sieben Tage lang suchten wir nach dem Wrack, bevor wir aufgaben und aufgaben, zumindest taten es die Kapitäne. Dann senkte sich die Nacht schwarz über uns herab, und die Dünung leuchtete ganz phosphoreszierend. Ich denke immer an Mutter in einem hellen Meer unter einem schwarzen Himmel, wie es in dieser Nacht war, als unser Schlepper versehentlich in das Wrack lief.

Ich sprang zuerst an Bord. Das arme Schiff lag auf gleicher Höhe mit der Dünung und hob und senkte sich gerade so weit, dass das dünne grüne Wasser, lauter helle Flecken, über das Deck rollte. Mutter war da, ihr bloßer Arm streckte sich aus, ihre linke Hand hob ihren Rock, ihr Gesicht blickte nach oben und träumte, während sie sich in einem langsamen Tanz umdrehte und umdrehte und schwankte. Es ist das, was man einen Walzer nennt, und als ich dastand und zusah, konnte ich fast sehen, wie die Musik sie wiegte, während sie Kreise webte und Wasser aus Sternen über ihre nackten Füße ergoss. Scheint, als ob die Musik aufhörte und sie direkt zu mir kam. Spricht wie ein kleines Mädchen. „Oh, Mama“, sagt sie, „schau mal“ und spreizt ihre Hände so, als würde sie ein langes Band zeigen, „verwässerte Seide“, murmelt sie, „nur neun Cent pro Yard. Oh, vielleicht nicht.“ Ich, darf ich nicht, Mama?“

Und da war Papa, mit all dem Wasser aus Sternen, das ihn immer wieder umspülte.

KAPITEL III

JUGEND

Ein Hund legt sich in seine Haut, den Schwanz zum Wedeln griffbereit – sein gesamter Besitz liegt da.

Das Gleiche gilt für mich, am Strand sitzend, mit Mütze, Trikot, Overall, Seestiefeln, einer Papiertüte mit Erdnüssen, dem gestrandeten Wrack des alten *Pawnticket* vor mir und den beiden Gräbern dahinter. Es gibt mehr, worüber ein Hund nachdenken muss, mehr, an das er sich erinnern muss, und nichts, womit er wedeln muss. Seit zwei Tagen bin ich dort und die Erdnüsse werden immer knapper. Kleine graue Mutter, Papa, das *glückliche Schiff* , einfach tot, das ist alles, tot. Die Flut kommt und ebbt, der Wind kommt und geht, es gibt Tage, Nächte und die kleinen Wellen, die die Zeit schlagen – die Zeit – die Zeit, als ob es ihnen etwas ausmachte, was ihnen aber egal ist.

Ich habe die beiden Pferde nicht kommen hören, aber hinter mir steht ein junger Mensch, der irgendwie Aufmerksamkeit erregt. Wenn er sich bewegt, hört man das Klirren von Eisen, knarrendes Leder und den Pferdegeruch, und dann setzt er sich mit gekreuzten Beinen neben mir nieder. Ich schob ihm die Erdnüsse zu, aber er zündete sich eine Zigarette an und bot mir eine an. Obwohl das nicht der Fall war, fühlte er sich einfach wie ein Seefahrer, also störte es mich nicht, dass er dort war.

„Der Ozean“, sagt er, „ist das überhaupt so?“

„Außer bei schönem Wetter.“

„Das ist ein Schiff?“

"War."

"Tot?"

"Tot."

Er wollte sich mein Taschenmesser ansehen und als ich es ihm reichte, sah er den Schriftzug „Green River“ auf der Klinge. Er war am Green River und dort gibt es keine solchen Messer.

Dann erfuhr ich von den eisernen Dingern an seinen Fersen – den Sporen. Wir warfen Erdnüsse, mein Messer gegen seine Sporen, und er gewann leicht. Seltsam, wie er sich ständig zur Schau stellen will. Er hatte noch nie zuvor Salzwasser gesehen. Die Schifffahrt, das Anlaufen des Hafens oder die Räumung, ob im Ausland oder an der Küste, der Hellafloat Yank, der

Skowogian Coffin, das Familienpaket, der Liniendampfer, der Tramp, der Fischer, der Holzfäller, der Geordie und der Greaser waren für ihn alle gleich. „Klingt nach Indianersprachen", sagt er, „kann man nicht weiß reden?" Also gingen wir schwimmen, und danach gab es ein Mittagessen, das er bei sich hatte – ein Viertel eingelegte Zwiebeln und Zigaretten. Es scheint, dass es das Vakuum ist, das die Herzen so schwer macht.

Dieser Fremde fängt an, mir Blödsinn und Kuhgeschichten vorzuwerfen. Es sieht so aus, als wären Kuhjäger eine Art Seefahrer der Prärie, nur dass es anders ist. Seefahrende Männer werden nass und kalt und ruiniert, aber Cowboys haben stattdessen Abenteuer, Aufregung und rote Streifen des Lebens. Als ich dem Meer folgte, fehlte mir das Leben. Dieser Typ ist zwar nicht mehr als zwei Jahre älter als ich – sagen wir mal siebzehn, aber er hat fünf Jahre lang für einen Mann geritten, vier Jahre für einen anderen, sechs Jahre in Arizona, dann drei in Oregon, bis er dazukam etwa ein halbes Jahrhundert herauf. Er ist auch weltoffener als ich – war in einem Zug der Eisenbahn. Um vier UHR NACHMITTAGS fühle ich mich sicherlich gedemütigt , und wenn er weitermacht, werde ich um vier Uhr morgens jung genug sein, um mich auf den Schoß meiner Mutter zu setzen.

Sagt, sein Name sei Bull Durham. Bestimmt habe ich diesen Namen auf kleinen Tabaksäcken gesehen. Bull besitzt diesen Baccy, der nach seinem Vater benannt ist. Und sicherlich muss sein alter Mann ziemlich gut repariert sein. „Das ist so", sagt Bull und errötet, um zu zeigen, dass er bescheiden ist. „Siehst du, Junge, der alte Mann ist ein Bischof. Ja, natürlich Bischof von Durham. Lebt in London, England. Habe einen Palasttisch und eine Bank darin." Das House of Lords. Ich werde ein Lord sein, wenn er ausscheidet. Ich bin von Rechts wegen der Ehrenwerte Bulle, obwohl ich es hasse, wenn die Jungs im Lager das wissen – ihnen ein wirklich gemeines Gefühl geben, wenn sie alle auch mitfahren so gut wie ich, oder fast, und manche können sogar noch besser klettern.

„Und du bist der Junge eines echten Lords!"

„Sicher. Ich muss auch Bischof sein, wenn ich auf das Anwesen komme. Ich bin eine Art Vizebischof, mein Junge. Siehst du diese Handschuhe? Sie haben eine Schnur, an der man sie festbinden kann hinten, weil ich eingezogen wurde. Ich habe einen Fideikommisse, den ich dir im Lager zeige, und ein Paar Erbstücke.

„Vizebischof", sage ich, „ist das so etwas wie ein Gefährte? Ich habe noch nie von einem Gehilfen eines Bischofs gehört."

„Er paart sich in zwei Zügen", sagt Bull, „Taufe und Feuersbrunst."

„Aber", sage ich, also bringt er mich einfach zum Schweigen und sagt, ich sei vielleicht unwissend, aber das sei keine Entschuldigung dafür, unwahr zu sein.

Nun ja, sein Gerede machte mich klein und gemein wie eine ausgehungerte Katze, aber das war nichts im Vergleich zu den Emotionen am anderen Ende von mir, als er mich auf eines dieser Pferde setzte. Ich wollte laufen. Gehen! Das Schändlichste, was er kannte, war, herumzulaufen und zu lügen. Wenn ich gehen würde, hätte er nichts mehr mit mir zu tun. Ich fuhr, bis wir zur Fähre kamen.

Sie wissen, dass es in Büchern auf der Seite eine Reihe von Sternen gibt, die die Trauer des Autors zum Ausdruck bringen. Als wir in Invicta City einfuhren, hatte ich sie ganz schlimm erwischt. Zeichnen Sie die Linie nach rechts:

* * * * * *

Wir essen im Palladium zu Abend und ich habe fast Angst. Die Kelche sind voll mit rosa-weißen Servietten, die zu ausgefallenen Mustern zusammengefaltet sind und sich bei Berührung auflösen. Es gibt eine Speisekarte, auf der steht, was kommt, auf Französisch, sodass man nicht weiß, was man isst, und ich frage mich, ob ich herausfinden kann, ob ich ein À-la-Menü mit den Fingern oder einem Löffel angehen soll. Bull sagt, es sei nur Französisch für „Puckeroo", eine Art vierbeiniger Grabvogel, der in Silberminen lebt, aber wenn mir das nicht gefällt, holt mir die Dame einen *Feind* . Nun, ich bestelle eins und am Gesicht der Dame sehe ich, dass ich etwas falsch gemacht habe, noch bevor sie sich beim Manager beschwert. Es tut mir wirklich leid, wenn ich daran denke, dass ich eine Dame beleidigt habe.

Der Manager ist mir gegenüber misstrauisch, aber Bull spricht so schnell Französisch, dass selbst Froggy nicht mithalten kann, obwohl er lächelt und mit den Schultern zuckt und uns Sang-Fraws zu trinken gibt.

Diese Art von Cocktail, den ich getrunken habe, war der erste Likör, den ich probiert habe. Es ist kraftvoll wie ein Hafenschlepper und reißt mich aus dem Gespräch, während das Restaurant langsam mit einer Schlagseite nach Steuerbord umdreht und Bull im vorderen Fenster um einen Korb voller dekorierter Eier handelt. Sagt, es seien Vintage-Eier, alle grün-antik und ungebraucht. Seit Jahren schreckt der Millionär von Invicta vor der Ausgabe zurück. Wenn wir gehen, ist es meine Aufgabe, den Korb zu tragen, denn Bull hat einen gebrauchten Sattel dabei.

Bull lässt mich Cocktails trinken, damit ich am Abend meines Tages nicht verwirrt werde. Ich weiß, dass ich mich mit großer Würde verhalte und mehr Cocktails möchte.

Ich weiß nicht, warum Bull mich dem Herrn vorstellen muss, der unten an der Straße den Erdnussladen betreibt – wo ich doch schon einmal dort gehandelt habe. Wie auch immer, ich habe Affable Jones kennengelernt und bin der Markis von Worms – was auch ein Pseudonym ist. Wir gehen weiter zum Opernhaus, klettern durch ein kleines Hinterfenster hinein und finden ein Ankleidezimmer. Der umgängliche Jones verkleidet sich als Mönch, Bull Durham behauptet, er sei bereits als Vizebischof arrangiert, und ich soll ein Huhn sein, weil ich im Cotillon Vintage-Eier verkaufe. Trotzdem bleibe ich dort stundenlang allein, und erst wenn sie mit einem Cocktail zurückkommen, erkläre ich mich bereit, mich als Huhn zu verkleiden – was ziemlich überfüllt ist, wenn ich durch das kleine Fenster hinausgehe. Wir gehen weiter die Straße hinauf, ich schleppe Eier mit mir herum und übe mich im Hühnchen-Talk, und es scheint, dass die breite Öffentlichkeit überrascht ist.

So kommen wir in die Freimaurerhalle, die nur aus Lichtern, Musikkapellen und modischen, in Kostümen gekleideten Menschen besteht, die den *Pferdetanz tanzen* . Ich habe den Namen von Bull, der sagt, dass der nächste Tag mein Tagesbuh im Omelett-Cotillion ist. Scheint auch alles arrangiert zu sein. Affable Jones stellt die Damen links und die Jungs rechts im gesamten Saal auf. Bull marschiert in der Mitte hinauf, die Sporen hinter sich her, und da bin ich als Huhn gekleidet, mit einem Korb voller Eier, und frage mich, ob dieser Cowboy hier die beiden Personen sind, die ich sehe, oder nur die, die ich hören kann. Die Band spielt leise, Affable serviert den Jungs Blechlöffel, und ich gebe jedem ein dekoriertes Ei und lege es vorsichtig in die Schüssel des Löffels, bis nur noch ein paar übrig sind, und ich bin zusammen mit Bull in Sicherheit.

Bisher scheinen alle zufrieden zu sein. Bull flüstert mir ins Ohr: „Geh zur Hintertür, du Sohn eines Meereskochs“, was einen in der Tat beleidigt; winkt der Band mit einem Ei zum Schweigen zu und ruft: „Meine Damen und Herren.“ Von der Hintertür aus habe ich gesehen, wie alle Kerle bewegungslos dastehen müssen, aus Angst, ein Ei fallen zu lassen.

„Meine Damen“, sagt Bull, „hat jemand von euch eine lebende Maus gesehen? Auf dem Weg nach oben scheint es mir, als hätte ich meine Maus fallen lassen, und sie klettert auf Röcke, um die Einsamkeit zu genießen.“

Dann gibt es Schreie, Schreie, Damen, die sich in die Arme ihrer Kerle werfen, Eier, die Kürbis fallen lassen, Eier, die knallen, Bull, der jeden Mann mit Eiern bewirft, der sonst nicht beschäftigt ist, und so ein Gestank, dass alle Lichter ausgehen. Ich werde am Genick des Huhns gepackt, renne durch die Hintertür hinaus und werde auf den Rücken eines Pferdes geschleudert. Bull schreit: „Ride! Ride! Beweg dich!“ Er peitscht die Pferde mit seinem Quirt, er schreit mich an: „Reite, sonst werden wir gelyncht!“

Mein Mund ist voller Federn, das Huhn zerfällt – ich kann nicht reiten – ich traue mich nicht, herunterzufallen. Im Großen und Ganzen trieb ich Mr. Horse die Sporen des Huhns zu und ritt wie ein Hurrikan in Panik. Das alles erinnert mich daran, dass die Hinterteile einer Vogelimitation Trost spenden, wenn sie stößt. Zeichne sie trotzdem mit Sternen.

* * * * * *

Mit zwanzig Meilen zwischen mir und Invicta City geht es mir besser. Die Sonne scheint über die östliche Skyline, die Pferde toben, ich sitze auf den Resten des Huhns und Bull Durham sagt, ich sei seine Adoptivwaise. „Du bist geritten", sagt er, „wie ein Pudding am Spieß, du hast deinen Schwanz durch deinen Hut gerissen, du siehst aus wie eine halbhäutige Narrenhenne, und du hast der armen Stute das Maul aufgerissen, bis sie lächelt." von Ohr zu Ohr. Aber im Großen und Ganzen heitert dich das Ganze auf, *und es kommt noch mehr* .

Rückblickend scheint es mir, dass die Verhandlungen am ersten Abend ruhig verliefen. Das war die dicke deutsche Feuerwehr, die bei Mondschein ein jährliches Bankett über Grundstücke verteilte, auch auf dem Weg nach Norden, bis der Wagen in einem Fluss kenterte.

Das war die Beerdigung eines spät verstorbenen Schweins mit städtischen Ehren, bis wir es herausfanden.

Dann waren wir in einem Erweckungslager eine Erscheinung von Engeln, nur Bulls Flügel fingen Feuer und verdarben die ganze Anspielung.

Ja, wenn ich auf die tollen Abendunterhaltungen zusammen mit Bull Durham zurückblicke, sehe ich jetzt, wie erfolgreich sie mir das Reiten beigebracht haben. „Was Sie brauchen", sagt er, „ist Selbstvertrauen. Ich muss die bloßen Fragen des Habeas Corpus vergessen, wie Ihre Zehen zeigen und ob Sie hübsch aussehen. Vertrauen Sie einfach darauf, dass Ihr Pferd durchkommt, damit Sie Ich habe es in der Blüte jugendlicher Unschuld gefangen und an den nächsten Telegrafenmast gehängt. Du brauchst immer noch Eclair, wie die Franzosen sagen, und du hast keinen *Ung-Bong-Punkt* , aber dein *Kampfpferd* fühlt sich ermutigt, dich letzte Nacht siebzig Meilen zu packen. und bei Sonnenuntergang werden wir im Lager sein.

Einmal war ich in einem Theater und habe ein Theaterstück gesehen. Thar ist Akt eins, mit der Hoffnung auf den zweiten Akt fünfzehn Minuten. Das ist ein Akt nach dem anderen, bis man die Zeit dazwischen nur noch mit Kriegsschreien der Indianer füllen muss, bis zum fünften Akt, in dem alle Damen und Herren erschossen oder geheiratet werden. Es kann einfach nicht weitergehen. Also sagt das Publikum: „Lass uns etwas trinken gehen", und die Band geht etwas trinken, und die Dame mit den Programmen sagt dir, du sollst verdammt noch mal da raus.

Es ist alles vorbei. Der Millionär Lord Bishop of Durham ist nur Bulls Schwiegervater. Bull ist noch nicht gerade ein Cowboy – aber er hilft seiner Mutter, Mrs. Brooke, die Köchin auf einer Ranch ist. Es handelt sich zwar nicht gerade um eine Viehfarm, aber sie züchtet Schweine mit guter Rassequalität. Bull wird bei seiner Mutter nicht besonders beliebt sein, weil sie mit den hundert Dollar, die sie ihm zur Tilgung einer kleinen Schuld geben würde, wunderschöne Feiern veranstaltet. Ich komme besser nicht auf die Ranch, nachdem ich Mamas Sohn vom Pfad der Tugend abgebracht habe.

Nein, ich kann den Sattel nicht aufstellen, ohne das Pferd hysterisch zu machen, und was die Verwandlung in einen Cowboy angeht, was hat es mit meiner Anstellung als Colonel auf sich? Am besten klettere ich von der Stute und gehe zu Fuß auf die Jagd nach einem Job. Bis dann, Jesse.

Weit weg auf der Straße liegt der Staub von Bulls Pferden, und ich setze mich am Wegesrand nieder. Ein Hund legt sich in seine Haut, den Schwanz zum Wedeln griffbereit, all seine Besitztümer um ihn herum. Ich habe nicht einmal einen Schwanz.

KAPITEL IV

Die Torture durch Folter

Der Labrador war gut zu mir, das Meer war besser, der Bestand an der Wand, ich habe vier Jahre lang Kühe geschlagen, und ich bin mit Sicherheit dankbar. Es gibt viele Berufe, die außerhalb meines Lebensbereichs liegen, und die über viele Jahrhunderte hinausgegangen sind, die für einen Arbeiter sehr angenehm gewesen sein müssen. Das würde ich auch gern probieren. Aber soweit ich gesehen habe, reizt mich dieser Beruf, Kühe zu schlagen, bis zu dem Punkt, an dem Gras auf den Himmel trifft, am meisten. In jedem anderen Beruf ist der Job nur Arbeit, aber alles, wofür ein Cowboy bezahlt wird, ist eine Form der Freude – reiten, seilen, ausschneiden, schießen, Spuren und Schilder studieren, Marken lesen, Kuh lernen. Ein bockendes Pferd, ein Schießfeuer, eine Schießerei, ein Ansturm sind vielleicht Geschmackssache, denn ich kenne gute Männer, die sich schüchtern verhalten.

Es gibt auch Nachteile: Ich würde Durst oder Sandstürme niemals so darstellen, als seien sie arrangiert, um einem lahmen Pferd oder auf einer Schafweide Freude zu bereiten, oder zu behaupten, sie seien fröhlich, nein. Aber dann weiß man erst, dass man glücklich ist, wenn man unglücklich ist, und man würde die Sonne selbst hassen, wenn sie nie untergehen würde.

Ich habe nicht vor, viele Abenteuer zu erleben, da es sich meist um Dinge handelt, die ich lieber jemand anderem passieren würde. Ein Abenteuer kommt und es heißt: „Wie geht's?“ Es ist erledigt und „ *Adios!* “

Ich wäre auf die übliche Art und Weise beinahe getötet worden.

Die Sonne würde uns auf Pferden finden, wie wir uns auf der Suche nach Vieh zerstreuten; Er hatte sich auf den Weg gemacht und ließ uns im Sattel zurück, mit einer nächtlichen Herde, die wir noch reiten mussten. Hart ernährt, viel gearbeitet, ganz im Freien zum Leben und knochenmüde, fragen Sie nicht: „Was ist mein Kissen?“ Nein. Die Sonne scheint durch uns hindurch, und wenn es kalt ist, zittern wir, bis wir schwitzen. Der Regen, die Nordwinde – oh, es war alles so natürlich! Das Leben mit der Natur macht den Menschen natürlich.

Wir haben nicht viel geredet – Stolz ist nicht gesprächig. Beim Reiten oder Kämpfen gaben wir dem Vorarbeiter jedes Gramm, das wir hatten, und bei Bedarf noch mehr. Es kamen Menschen zu uns, gemein, schmutzig, zäh oder verängstigt, die sich vor dem Absitzen abschätzten und ebenfalls bereit waren, weiterzumachen. Diejenigen, die blieben, waren Brüder, und unser gesamter Besitz gehörte normalerweise dem Kerl, der beim Poker das hölzernste Gesicht zeigte.

Damals gab es auf der Welt nur zwei Arten: Puncher und Tenderfoot, wobei das letzte Bein aus Versehen entstanden war. Darüber hinaus gehörten wir Cowboys zwei Sekten an, unserer Truppe und anderen ohne Bedeutung. Und in unserem Outfit erhob diese Jesse-Person, die ich bin, den Anspruch, Trauzeuge zu sein, indem sie ein Paar goldbeschlagene Sporen erhielt, die sie auf dem Hof von Pieface, unserem alten Vorarbeiter, gewonnen hatte. Ich hatte einen gerollten Hinterzwiesel, einen doppelrigigen Cheyenne aus geschnitztem Leder und silbernes Horn – einen tollen Sattel, der vor allen Ankömmlingen den ersten Preis für „Anseilen und Festbinden“ erhielt.

Waffe, Gürtel, Quirt, Zaumzeug, Hut, Handschuhe, alles, meine gesamte Ausrüstung war mit Silber beschlagen und alles darin war eine Trophäe beim Tauschen, Pokern oder Kämpfen. Zusätzlich zu meinen Ponys hatte ich Tiger, ein ganz schwarzes Hengstfohlen, das ich gebrochen hatte – obwohl ich zugeben muss, dass er alles andere als überzeugt war. Wenn ich noch einen guten Zahltag in meiner Hinterhand hinzufüge, dann glaubst du, ich würde ihnen zwölf Apostel als Onkel zugestehen? Weißt du, was Ruhm ist? Wall, ich nehme an, es liegt vor allem daran, jung zu sein.

Heutzutage habe ich keine Jugend mehr, der ich mich rühmen könnte, aber es ist schön, zurückzublicken, sich an Sailor Jesse zu erinnern, mit neunzehn, 1,80 Meter groß und ausgefüllt, voller Erbsünde und nichts kopiert, fühlte sich klein, auch für so viel Kubikinhalte Gesundheit, Wachstumskraft und sprudelnden Spaß. Auch feierlich wie ein Prärieinjun, wohl wissend, dass ich innerlich komisch war, und für den dreijährigen Jungen, der ich war, große Scheu davor, entdeckt zu werden.

Rückblickend scheint es mir, dass all diese Eitelkeiten nur ein Teil des natürlichen Lebens und des Natürlichseins waren. Ich habe gesehen, wie sich Hahnenvögel genauso verhielten wie Hühnervögel – was den Eindruck erweckte, dass sie nicht erfreut darüber waren.

Die Zeit, von der ich spreche, unsere Truppe hatte über dreitausend Stück Langhörner zum Kreis S gebracht und war direkt nach Abilene geritten. Dann sollten wir mit dem Zug zu unserer Heimatranch im Süden fahren und ich hoffte, zu meinem Hundewelpen Rockyfeller zurückzukehren. Auch in meiner Koje auf der Widderweide lag ein Porzellanhund, von der Nase bis zur Spitze gespalten, aber repariert. Ja, ich sehnte mich nach Hause. Und doch war ich noch nie zuvor auf einer Eisenbahn gewesen und fürchtete, die Jungs würden herausfinden, wie viel Angst ich vor Zügen hatte.

Ein Matrose fühlt sich seltsam, wenn er auf Straßen an Land geht, die zu beben scheinen, obwohl man weiß, dass das nicht der Fall ist – ja, das ist es, was ein Puncher auch fühlt, wenn er in einer Stadt an Land geht. Lässt Sie sozusagen mit O-Beinen watscheln und macht die Sporen auf einem Gehweg viel zu laut. Ich sprach errötend Abilene an und stand wie angewurzelt da, während ein Mann, der Golduhren verkauft, meinen in den Sattel eingravierten Namen liest und mich dann mit *Mister* Smith anredet. Der alte Pieface, der um meine Moral fürchtete, trat diese Person zwar plötzlich und heftig, aber trotzdem stieg mir *Mister* zu Kopf.

Der Geruch von drinnen ließ meinen Magen kribbeln, während wir uns mutig an der Bar aufstellten, um einen ersten Drink zu trinken. Der rohe Roggen fühlte sich an wie Flammen, obwohl die darin schwebende eingemachte Kirsche vertraut schmeckte, wie Seife. Gleichzeitig zuckte meine Tasche beim Anblick einer Glücksspielanlage, und ich war innerlich überzeugt, dass dieser Ort nicht gut für Kinder ist. Es ist der Vorarbeiter, der mich mit einer Nachricht losgeschickt hat.

Ich rollte meinen Schwanz und machte mit Tiger einen Bogen davon, um die Sehenswürdigkeiten der Stadt zu genießen. Er scheute sich haufenweise, und es ist merkwürdig, warum er sich gegen Schilder, Markisen, Laternenpfähle und sogar gegen eine harmlose Person, die betrunken dalag, wehrte. Dann schnaubte uns eine Eisenbahnlokomotive ins Gesicht, sodass Tiger und ich geradewegs eine kleine Seitenstraße hinaufstürmten . Dafür gibt er alles, was er kann, wegen eines knienden Mannes mit Strohhut und verletzter Seele, der reichlich betet. Natürlich drehte sich dieser Büßer um, um den Kampf zu genießen – und enthüllte ganz sicher das Gesicht meines alten Freundes Bull Durham. Wir hatten uns jahrelang nicht gesehen, und sobald Tiger müde war, beschloss Bull, den Herrn zu finden, und fragte, ob ich gerettet sei, weil er völlig erschöpft war. Ich sah, dass er sie schlecht erwischt hatte, und teilte ihm mein Bündel Geld mit. Also aßen wir Zigarren, ein Pfund Schokoladencreme, einen Austerneintopf und er kaufte eine Flasche Heilmittel für seine Leber. Wir teilten das mit und gingen weiter, während er an meinem Steigbügel vorbeiging, zum Erweckungstreffen.

Diese Erweckung fand in einer Scheune statt, also bin ich hineingeritten. Tiger brauchte dringend Religion, und als die Leute versuchten, ihn zu vertreiben, trat er sie. Du hättest einfach hören sollen, was der Prediger dem Herrn über mich erzählt hat, und die ganze Gemeinde stöhnte darüber, dass ich so jung und schön war, mit silbernem Geschirr und den heißesten Aussichten – genau wie Pieface immer sagte, wenn ich zu spät zum Frühstück kam.

Sie hatten ein großes Holzkreuz auf dem Podium, und irgendwie, ich weiß nicht warum, schämte ich mich dafür. Ein Mädchen in einem weißen Kleid sang *Rock of Ages* – oh, am schönsten, ihre Arme um das Kreuz geschlungen, das sonnenhelle Haar umgab sie wie eine Glorie.

Ich könnte weinen. Ja. Denn ihre großen Katzenaugen waren auf mich gerichtet, während ihre Stimme durch und durch mich durchdrang, und – plötzlich entstand eine stumme Sehnsucht in meinem Gürtel. Scheint, als hätte sich die halbe Flasche Lebergift umgesehen, die ganzen Schokoladencremes gefunden und sich für den Kampf bereit gemacht. Aber nein, der Whisky war immer noch ruhig, obwohl ich mich blass fühlte.

Etwas lief schief, denn eine schreckliche Panik packte mich im Hals. Angenommen, ich hätte mich mit der Religion infiziert! Oh, so schlimm kann es gar nicht sein. Die Vorstellung, gerettet zu werden, so wie diese wurmigen Eisenbahner und Stadtpfadfinder, waren verärgert, weil der Himmelspilot die Hölle erklärte. Nach Gottes Bild geschaffen? Nein. Das gilt nicht für Feiglinge.

Und doch sind es Kühe zu Schafen, etwas stimmt nicht, wenn mir die Tränen übers Gesicht laufen, denn ein Mädchen – warum war ich seit fünfzehn Jahren in jedes Mädchen verliebt, das ich sah? Als Art waren sie selten, manche gut, manche sogar besser. Der Anblick von Mädchen stieg mir in den Kopf wie Schnaps, und diese hier war bestimmt gut mit ihrem sonnenhellen Haar, ihren geröteten Wangen, weil ich sie anstarrte, ihren schmollenden Lippen, die zurechtwiesen, wenn ich einen Kuss zuwarf, ihren gelbbraunen Augen –.

Oh, hatte ich mir wirklich die Ohren gewaschen? Angenommen, ich hätte Hochwassermarken! War es an meinen Händen? Ich zog meine Handschuhe aus, um nachzufragen. Darum geht es, klar. Ich muss alles wiedergutmachen, bevor ich vorgestellt werde. Ich muss Tiger loswerden. Ich schwang mich, trieb die Sporen mit einem Sprung durch die Türen, schrie „Injuns“ und stampfte, wobei ich Kies und Panik in Abilene verstreute. Ich bin einfach wie ein Mann losgefahren, um unseren Kochwagen unten an den Bahnhöfen abzuholen.

Nun, soweit das Rasierglas es sehen konnte, war ich schön sauber, aber dieser Spiegel hat nur einen kleinen Ausblick, und ich gehe kein Risiko ein, sondern habe mich am ganzen Körper ausgezogen und geschrubbt. Der Ort war so voller Publikumsverkehr, dass ich von der Nase bis zu den Fersen errötete, bis ich wieder angezogen war und meine Haare und Stiefel glänzte. Dann habe ich mir aus der Wrangler-Ausrüstung einen ganz besonderen, kirschroten Seidenschal besorgt.

Einige unserer Jungs machten freundliche Zeichen, als ich auf dem Rückweg vorbeikam, und feuerten ein paar Schüsse hinter mir her, um Glück zu haben, aber ich hatte keine Zeit zum Spielen. Ich nahm gerade an der Erweckungsversammlung teil, als der Hut vorbeikam, und reuige Sünder gingen zur Tür, kamen zurück, um zu bleiben und für Tiger zu bezahlen. Ich gebe Bull zehn Dollar für den Hut, aber er steckte sie in seine eigene Tasche.

Er schien auch verärgert zu sein und sagte: „Verschwende nicht, willst nicht." Dann erklärte er, dass die Feuerleiter Miss Ellis nur fünfzig Dollar pro Tag zahlte, während er Hunderte verdiente.

In diesem Moment starb sie und ich wurde vorgestellt. „Sagen Sie, Polly", sagt Bull, „hier ist Sailor Jesse, der ihn kennenlernen möchte."

Sie blieb stehen, irgendwie ungeduldig auf das Abendessen, und ihre Stimme war samtweich, voller Verachtung.

„Oh, pschah!"

Harte goldbraune Augen voller Verachtung, weiches goldbraunes Haar, ein sommersprossiger Hals, rote Lippen, wild, wilder Tiger –

„Noch ein verdammter Bittsteller?" fragte sie und Bull hielt ihr ein Feuer für ihre Zigarette hin. „Ist es gerettet?" Sie hat hinzugefügt.

Ich konnte nicht sprechen. Ich wollte ihr sagen, wie ich all die Religion, die ich gesehen hatte, verachtete, die Fanatiker, die sie hervorbrachte, und die Feiglinge. Ich würde lieber mit den Ziegen brennen, als unter den Schafen zu meckern.

„Oh, das ist ja alles in Ordnung", sagte sie, als würde sie mir antworten, und offen wie ein Mann schüttelte sie mir die Hand. „Guter Stunt von mir, was? Obwohl ich zugebe, dass ich diesen bühnenübergreifenden Auftritt gerne hätte."

Sie ließ das Wetter durchgehen, bewunderte Tiger, redete mit Bull über Browns und Joneses, drehte mir den Rücken zu, bat ihn zum Abendessen, ging mit ihm weg, und das ist alles. Eierschalen, die in den Aschehaufen geworfen werden, könnten sich anfühlen wie damals.

Niemand liebte mich, außer unserer Ponyherde, die kläglich nach Futter und Wasser fragte. Eine Witwe O'Flynn fütterte mich mit dem Abendessen, ihr Essen war so knapp und schlecht, arme Seele, dass sie einen Dollar verlangen musste, damit es sich bezahlt machte. Sie behielt ein Holzbein und einen kleinen Sohn. Unsere Jungs waren zu diesem Zeitpunkt natürlich schon betrunken und schliefen nur noch, während sie hingefallen waren. Deshalb war ich trostlos wie ein mondheller Hundegeheuler und ritt mit meinem Nachtpferd durch die Herde, während Pollys kleines Haus über der Prärie in leuchtenden Lichtern erstrahlte. Ich sah, wie Bull und der Prediger gegen Mitternacht von dort weggingen und irgendwie extravagant in die Stadt gingen. Die Lichter gingen aus. Manchmal schlief ich etwas, oder ich ritt auf der Herde und bewachte ihr kleines Haus, bis die Kälte kam, bis die Morgendämmerung anbrach, bis die Sonne aufging.

Es war halb nach dem Frühstück, als ich Bull wieder sah, der wie gestern auf den Knien lag und lautstark betete, was mir übel wurde. „Probe“, sagt er, „weil Polly geschlagen hat und ich der Haupttrauergast sein soll.“

Er war meine einzige Chance, den Agenten von Miss Polly zu treffen, also habe ich das Gespräch herumgeführt, als sich ein Typ in unser Gespräch einmischt. Er hatte Puffärmel bis zur Hose und war ganz frech gekleidet, stand rittlings und wollte beeindrucken. „Oh, was ist meine Waffe?“ sagt Bull.

Diese Person gab an, ein Gentleman mit einem starken englischen Akzent zu sein. Er hatte zu Hause in Ammersmith Hunderte von Pferden, wollte aber hier eine eigene besitzen, weiß ich nicht.

Also blickt Bull zum Himmel und betet: „Oh, erlöse uns noch nicht von der Versuchung!“ Während ich dieser Person anvertraute, dass Bull in religiösem Wahn versunken sei. Bull hatte allerdings Recht, weil ich Seemann war und scheu vor Pferden; Und er sah selbst, wie ich auf meiner Sam fuhr, oder es war etwas Schreckliches. Hat mir gesagt, ich solle lieber lästern, statt zu brüllen. Es ist in den Zehen, in den Aalen, junger Kerl, und sei nicht auf dem Bally-Tier. Er gab mir Unterricht, nur ich hatte Angst, aber außerhalb der Stadt war der Boden weicher zum Fallen, und ich gewann Mut. Passiert, dass Miss Pollys Haus gegenüber lag. Ich kletterte unbeholfen hinunter, schob einen Kieselstein entlang von Sams Widerrist und ließ mir von diesem Herrn erklären, wie man einen „Arschmaul-Unter“ setzt. Du 'Alter' ist 'ed', platziere das 'und' auf dem 'Orn' des Sattels, also. Dann hup! Der Kieselstein hat den Rest erledigt.

Sie behaupten, diese fliegenden Männer seien in Sicherheit, während sie in der Luft bleiben und mit Putten hüten. Darum geht es. Erst als dieser frühe Flieger herunterkam – zack –, wurde er wütend und setzte sich da, um mich anzuprangern. Ja, ich war missverstanden worden, und als ich ihm sagte, es sei das Beste, benutzte er Adjektive. Er hat mit mir seinen Diamantring um einen Dollar gewettet, dass er Sam reiten würde, und ich muss zugeben, dass der kleine Mann Mut hatte. Er hätte auch gewonnen – wenn Sam nicht gewesen wäre.

Nun ist es teilweise dieser Unterhaltung vor Ort und dem Diamantring, den ich ihr gab, zu verdanken, dass Miss Polly begann, mich mit bloßem Auge wahrzunehmen und sagte, ich würde vielleicht zum Abendessen kommen.

Und dieser Abend war mit Sicherheit wunderbar, in einem Salon voller Antimacassars und Schaukelstühlen mit rosa Schleifen. Sie zeigte mir Plüschfotoalben und handgemalte Bilder von unbekleideten Damen. Sie spielte *Abide with Me* auf dem Harmonium; Sie ließ mich Gedichte in ihr Geburtstagsbuch schreiben. Es gab Champagner, die kleinen Zigaretten mit

Träumen darin und eine Flasche, nicht größer als mein Daumen, die so heftig roch, dass es mir fast den Kopf weggeblasen hätte. Oh, es war alles so elegant und ausdrucksstark, dass ich stolz darauf war, ins Haus gelassen zu werden.

Ihr Volk war eine echte Gesellschaft, ihr Papa ein Armeegeneral, durch den Krieg ruiniert, ihre Mutter war eine erstklassige Virginianerin. Aber dann war sie auf die Bühne gegangen, also gab es böse Verdächtigungen.

Ich halte Misstrauen für eine Form der Gemeinheit, wenn es Frauen betrifft. Meine Mutter hätte sich vor nackten Damen gescheut, und mein Vater hatte eine starke Abneigung gegen Zigaretten. Was den Geruch betrifft, so heftig, dass er in Flaschen abgefüllt werden musste, muss ich zugeben, dass ich schockiert war. Aber dann sehen Sie, Mutter und Vater und ich als arbeitende Menschen sollten nicht die ausgeprägten Sinne spüren, die zu Reichtum gehören. Es steht mir nicht zu, dass ich als Richter für Vollblüter auftrete oder eine Dame als unmoralisch bezeichne, weil sie einen Löffel benutzt, während ich eine Schaufel bräuchte.

Nein, ich habe Weltlichkeit gespielt, aus Angst, diese Dame könnte mich für unwissend halten. Ich war nicht mehr ein kleines Kind, das in der Zivilisation herumirrte und Angst davor hatte, als kindisch herausgefunden zu werden. Und in einem Haus geriet ich sicherlich in Panik – es gehörte draußen unter Pferden dazu.

So geschah es, dass damals, während ich Miss Polly bewachte, kein Mann in Abilene mit ihr sprechen oder mir ihren Namen nennen konnte, bis ich ihm die Erlaubnis gab. Sie wurde als die Ermordung von Sailor Jesse bekannt, und jede Person, die meine Ermordung berührte, musste wahrscheinlich beerdigt werden.

Es war der siebte Tag, an dem sie mich heiratete. Ich weiß es, denn Bull, der als Trauzeuge auftrat, forderte einen Kuss, den sie ihm gab. „Bull“, sagt sie, „habe ich nicht gewettet, dass ich Sailor Jesse innerhalb einer Woche heiraten würde? Du schuldest mir zwanzig Dollar.“ Ich sah, dass der Witz auf mich gerichtet war.

Ich war in einem Traum gewesen. Die Liebe hatte die gelbe Prärie wie Gold erstrahlen lassen, dieses kleine Präriehaus zu einem heiligen Ort und die Frau darin zu etwas, zu dem ich niederknien und beten würde. Bald würde es kleine Kinder geben, mit denen ich spielen kann, stolz darauf, Essen zu verdienen, und die große Ehre, all das vor Schaden zu bewahren.

Ich bin rein wie ein Bär, ein Wolf oder ein Fuchs in die Ehe gegangen und habe erwartet, dass mein Partner derselbe ist wie ich, der das Leben schenkt und schenkt, der Erde treu und furchtlos darin, das Richtige zu tun.

Die Leute sagten, ich sei mit neunzehn jung zum Heiraten, aber ganze neun Jahre lang hatte ich meinen Lebensunterhalt verdient, mich durchgekämpft und meinen Teil zum Glück beigetragen. Mir wurde ein Mund serviert, der groß genug war, um zu lachen, ein Gesicht, das die Leute zum Lächeln brachte, wenn ich traurig war, Augen, um Spaß zu sehen, ein Herz, um einen Witz anzunehmen, wenn einer angeboten wurde, und wenn es weh tat, war ich es nicht als erstes kreischen. Nein: Solange der Witz auf meiner Seite war, habe ich mein Bestes getan, ihn wie ein Mann hinzunehmen.

Aber angenommen ... Nun, ich würde es am besten erklären, dass der englische Tenderfoot bei unserem Hochzeitsfrühstück war und, ermutigt, seinen besten Scherz machte. Am Anfang war er nur „Ho, hoo, hoo“, so komisch, dass er nicht sprechen konnte, die wartenden Kerle grinsten immer langweiliger, und Polly lachte nur, um ihn zum Weitermachen zu ermutigen. Dann kamen Worte heraus, die die Jungen beunruhigten. Jake Haffering, der Vorarbeiter der Bar T, sagte dem Schwein, es solle den Mund halten, während andere sich bewegten, um freizukommen. Ich war irgendwie dumm, wollte den Punkt erklären und konnte nicht glauben, dass der Witz meine Frau betraf, obwohl ich inzwischen aufgestanden war und die Waffe in der Hand frei hatte. Dann sah ich es, aber der Raum schien dunkel und der Tenderfoot war undeutlich, er wich zurück und griff schlampig nach den Waffen, während meine Kugel in seine Schulter einschlug. Es wirbelte ihn herum, als er fiel.

Ich konnte das Summen der Fliegen im Fenster hören, als ich zu mir kam und die heiße Straße draußen und die gelben Ebenen dahinter sah.

Es war der alte Jake von der Bar T, der sich damals zu Wort meldete, und zwar klar und deutlich.

„Mein Junge“, sagt er, „steck deine Waffe hoch. Das ist richtig. Dieser Tenderfoot hier blutet in Arterienstößen. Bulle, sehen Sie nach, ob Doc Stuart nüchtern ist.“ Bull rannte zum Arzt. „Nur ein Tenderfoot“, sagt Jake, „beleidigt die Frau eines Cowboys – was den Tod eines natürlichen Todes bedeutet. Ma'am“, er wedelte mit dem Finger zu Polly, „es ist nicht lange her, seit Sie zu uns gekommen sind. 'Tain Es ist nicht mehr als einen Tag her, seit du mir und den anderen Anwesenden gesagt hast, dass du zum Spaß heiratest. Du hast über Warnungen gelacht, und dieser hier, Jesse, hätte den Mann erschossen, der ihn gewarnt hat. Du bist eine Dame, und diesen Jungen hast du geheiratet Zum Spaß möchte ich sehen, dass du wie eine Dame behandelt wirst. Ich gebe zu, dass er beim ersten Mal verunsichert war und ihm das Herz dieses Tenderfoots fehlte, was nicht einer durchschnittlichen Übung entspricht; aber es ist an der Zeit, dass du anfängst, den Sinn des Witzes zu erkennen.“

Sie nahmen den Tenderfoot weg, und wir waren allein, ich sah zu, wie die rote Blutlache braun wurde. Polly saß mit bleichem Gesicht auf dem Tisch und starrte durch das Fenster auf die Mittagshitze der Ebene und trommelte Melodien. Ich erinnere mich, dass ich eine Flasche Champagner nahm, einen großen Kelch füllte und ihn austrank. Die Fliegen summten immer noch vor dem Fenster. Der Gedanke, dass sie mir das Trinken beigebracht hatte, brachte mich zum Lachen, also aß ich noch einen und beobachtete die Fliegen auf dem Boden. „Ich verstehe", sagt Polly, „jetzt verstehe ich." Daraufhin begann sie zu schreien.

Ich hätte dir sagen sollen, dass ich, nachdem unsere Jungs von der Flying Zee Abilene verlassen hatten, ein kleines A-Zelt auf der Prärierückseite von Pollys Haus aufschlug. Dann konnte ich meine Ponys im Gras sehen und die Luft aus dieser stinkenden Stadt schnüffeln.

Aber seit ich in das Haus einzog, störte etwas meine Nase – etwas Unruhiges – oh, ich weiß nicht, was es war, hinter all den Hausgerüchen, die mir ein Gefühl des Bösen vermitteln, das ich kaum ertragen konnte drinnen bleiben.

Und es gab Zeichen. Als ich von einer Besorgung in die Stadt zurückkam, entdeckte ich eine Männerspur, die zur Tür führte, als Polly behauptete, sie hätte keine Besucher. Warum sollte sie sagen, dass sie den ganzen Morgen allein war, wenn auf dem Wohnzimmertisch Pfeifenasche liegt , oder ich den feuchten Geruch einer gekauten Zigarre wahrnehmen würde? Sie lachte nur.

Als ich eines Nachts aus der Stadt kam – sie hatte mich dorthin geschickt – sah ich den Schatten eines Mannes über die Jalousie im Wohnzimmer laufen. Ich feuerte und verfehlte, eine dumme Tat, denn es warnte ihn und gab ihm Zeit. Die Lampe war aus, bevor ich das Haus erreichte, und Polly, die etwas hysterisch war, stellte sich mir in den Weg.

Es wäre sinnlos, ein Streichholz zu zeigen, das den Fremden beim Zielen unterstützt, sich an ein Fenster zu stellen oder Geräusche zu machen. Vielmehr blieb ich ganz still stehen, und nach einer Weile herrschte bei Polly überraschend Totenstille. Ich konnte diesen Mann nicht hören, fühlen oder sehen. Ich konnte ihn riechen, aber das half ihm nicht, sich zu orientieren. Ich konnte die Luft von ihm schmecken, aber sie flackerte. Ich habe ihn gespürt. Das kann ich nicht erklären – nein. Man spürt es einfach, wenn ein Mann starrt. Ich habe darauf geschossen. Dann bekam Polly natürlich alle möglichen Anfälle.

Am nächsten Morgen verfolgte ich die Blutuntersuchung und brachte sie ins Krankenhaus. Anscheinend hatte ein junger Mann aus der Bank angefangen, zu zaubern, und Blei verschluckt.

Noch vor dem Frühstück sagte ich Polly, sie solle ihr Stauzeug einpacken, da wir aus Abilene ausziehen würden. Ich behauptete, ich könnte genug verdienen, um meine Frau zu ernähren, ohne dass sie in die Gesellschaft gehen müsste.

„Auf Cowboy-Lohn?" sagte sie lachend. „Für vierzig Dollar im Monat? Ich gebe mehr als das für Champagner aus. Hier, *Miss* Jesse, wer bezahlt das – Sie? Wer behält Sie, äh, Miss Prunes – und – Prismen? Ich schäme mich dafür, dass ich eine Dame bin, äh? Ich bin auch eine Dame, und vergiss das nicht. Und jetzt verschwinde von zu Hause."

Ich zündete ein Streichholz an dem Bo-Kay aus Papierblumen an, häufte es auf die handgemalten Bilder, die Papierfächer, die Schaukelstühle und warf die Kohleöllampe in die Flammen; Dann, während sie mir mit den Zähnen die Schulter aufschlug, trug ich sie zu meinem Zelt. „Das ist jetzt dein Zuhause", sagte ich, „das Zuhause eines ehrlichen Arbeiters", sagte ich, „und wenn ein anderer Harter mein Zuhause beschmutzt, dann ich." werde dich töten.

Die Einweihungsfeier versammelte die Nachbarn, aber sie hatte keine Verwendung für Nachbarn. Nur sie sahen die Linie, die ich in den Staub um das Zelt herum zeichnete, die tote Linie. Wenn später irgendein Mann in die Nähe dieser Linie kam, schrie sie.

Aber sie hatte mir das Trinken beigebracht, und ich trank Tag für Tag, Nacht für Nacht, während sie verängstigt im Zelt saß und stöhnte, als ich kam. Erst als sie geheilt war, konnte ich Arbeit bekommen, nicht während ich den ganzen Tag und die ganze Nacht zusehen musste. Erst als sie geheilt war, konnte ich Arbeit finden, meinen Lebensunterhalt verdienen und meine Frau behalten, wie es sich für Frauen gehört. Und ich – und ich – wenn ich mich einmal nüchtern verhalten würde, würde ich mich erinnern und mich erinnern und verrückt werden.

Sie schwor, dass sie mich liebte, sie schwor, dass sie Buße getan hatte, und ich glaubte, bis sie sich zum Glauben bekannte. Ich hatte ihre Art von Religion gesehen. Ich hätte sie lieber als Atheistin, als dass sie heuchelt. Sie würde aufrichtig bleiben und meine treue Frau sein, wenn ich mit dem Trinken aufhören würde , wenn ich sie mir nur wegnehmen würde. Aber sie hatte mich aus Spaß geheiratet, und falsch wie eine gesprungene Glocke brüllte sie Lügen und Lügen, wohlwissend wie ich, dass ich zu spät in ihr Leben getreten wäre, wenn sie jemals das gewesen wäre, was sie behauptete . Wie konnte sie die Mutter meiner Kinder sein, wenn ich trank und meine Ponys verkaufte, um Alkohol zu kaufen, denn es gab keinen Ausweg.

Und als ich nur noch Tiger übrig hatte, kam Bull eines Nachts zu mir, als gerade die Dämmerung hereinbrach. Er war weg gewesen, ich hatte ihn wochenlang nicht gesehen, und als er im Roundup-Saloon zu mir kam, sah ich, wie viel Angst er davor hatte, mit mir zu sprechen. Ich war auch betrunken, wusste kaum, was er sagte, und sagte ihm nur, er solle die Klappe halten und etwas trinken. Pollys Mülleimer ist verletzt? Nun, das ist in Ordnung – wurde Roggen – Polly angeschossen? Das ist gut, wir würden alle etwas trinken. War sie tot?

Sie war tot.

Und ich war damals genauso nüchtern wie heute.

„Ermordet?" Ich fragte.

„Jesse, sie hat sich selbst erschossen."

"Ist das so?"

„Durch die Stirn – über den Augen. Komm, Jesse."

Als nächstes stand ich in der Zelttür und es war drinnen so dunkel, dass ich ein Streichholz anzünden musste. Die Schwefelspitze brannte blau, das Holz flammte auf, und für diesen Moment sah ich, als ich mich bückte, das schwarze, dunkle Loch zwischen den Augen, den Fleck trocknenden Blutes. Dann ging das Streichholz aus und ich – das war genug.

Ich gab Bull, was ich übrig hatte, um die Beerdigung zu bezahlen.

Dann ritt ich ganz allein auf Tiger, während mein Schatten langsam vor mir herzog, während der Mond unterging.

KAPITEL V

DER BRENNENDE BUSCH

Bei den Indianern geht ein Junge, bevor er zum Krieger ernannt wird, allein zu Fuß, nackt, hungrig, durstig, weit weg in die hintere Wüstenregion. Dann wartet er einfach, Sonnen, Wochen, vielleicht einen ganzen Mond, bis der Große Geist zufällig seine Aufmerksamkeit erregt. Dann zeigt ihm der Große Geist einen Stock oder einen Stein oder irgendeinen gewöhnlichen Gegenstand, der seine Medizin sein soll, sein Wampum, der Zauber, der ihn bei der Jagd oder im Krieg beschützt. Dazu kommt noch die Tortur durch Folter, die in der Medizinhütte durchgeführt wird, damit alle Häuptlinge sehen können, dass er waffenfähig ist. Ihm wurde das Geheimnis des Kriegsweges verraten, indem er seinen Rang als Mann einnahm.

Unter den Bibel-Indianern erinnern Sie sich an einen Kerl namens Moses, der draußen in der Wüste den Großen Geist in einem brennenden Busch sah. Später errichtete sein Stamm eine Medizinhütte, und die Rumpfgeschichte ist mächtig natürlich.

Dieses indische Leben erklärt Männern wie mir, die unwissend erzogen und nie erwachsen geworden sind – oder zumindest nicht, um sie zu verletzen – eine Menge. Ich habe die Tortur durchgemacht, die mir gut getan hat, und ich war dort, wo Moses hinging, und auch der Herr Christus, auf der Suche nach der Medizin des allmächtigen Vaters.

Denn so wie ich die Ponys zu ihrem Wohl gebrochen hatte, bis sie friedlich wurden, so war auch ich selbst pleite. Da ich als junges Pferd voller Stolz und Sünde war, wurde ich gezähmt, bis er mich für eine Weide wert hielt. Vorher habe ich hart gearbeitet – ja, aus Stolz. Ein ruckelndes Pferd wirft kilometerweit reine Verschwendung in die Luft, die besser direkt in die Richtung herausgezogen wird, in die Sie gehen. Ich arbeite jetzt im Service.

Sie wissen, wie Sie, wenn Sie in Schwierigkeiten waren, zurückschrecken und an scharfsinnige Worte denken, die Ihnen wehgetan hätten, und an schmutzige Taten, von denen Sie sich gewünscht hätten, sie getan zu haben. Diese Teufel müssen verschwinden, wenn du deine Männlichkeit behalten willst. Sie sind schwerer zu besiegen als eine geschwätzige Frau, und selbst der kleinste von ihnen liefert einen gewaltigen Kampf. Aber wenn der Letzte getötet wird, gibt es Raum für Frieden.

Das Faultier wandelt vor Ärger, Frieden folgt danach. Wasser gibt es nichts, bis man dürstet, Ruhe gibt es nichts, bis man müde ist, Ruhe gibt es nichts, bis man dem Sturm standgehalten hat, Frieden gibt es nichts, bis man nach dem Krieg ist. Aber Frieden ist wie das Wasser nach dem Durst, Ruhe, wenn du müde bist, Ruhe nach dem Sturm, nur der Verdienst von Kriegern. Viele finden Frieden im Tod, nur wenige im Leben, und ich fand Frieden in der Wildnis, die wahre Medizin zerrissener Seelen, frisch aus der Hand des allmächtigen Vaters.

Und ich habe Reichtum gefunden. Es scheint, dass viele Leute Dollars mit einer Art Reichtum verwechseln. Ich habe manchmal ein paar davon probiert, Dinge, mit denen man leicht egoistisch ist oder die man verschenkt, um sich Selbstgerechtigkeit zu erkaufen. Die Abrechnung mit ihnen löst das Gefühl der Armut aus. Sie sind der Stoff und die Substanz der Gemeinheit, und kein Mann geht geradeheraus. Dollar gehen verloren, werden weggeworfen oder Ihren nächsten Angehörigen überlassen, sind aber kein guter und dauerhafter Besitz. Ich mag sie auch.

Was ist der gute und bleibende Besitz, der wahre Reichtum? Ich war schon oft in der Zivilisation unterwegs und habe Menschen getroffen, die an einer Stelle verrostet und verrottet sind, von einer Weile bis zu einem langen Leben, ja, und ich bin stolz darauf, mich des langen Verfalls zu rühmen. Sie hatten ein gutes Gedächtnis, aber nichts, woran sie sich erinnern könnten. Sie sind praktisch genug als Geldbörsen, wenn sie mit Münzen gefüllt sind. Aber wo sie arm sind, bin ich reich, mit einer Fülle von Erinnerungen, manche gut, manche schlecht, alle real. In Münzen wie „gesehen“, „bekannt“ und „erledigt“ bin ich Millionär. Ach ja, aber manchmal wünschte ich, ich könnte mich von Dingen trennen, die ich „gelebt“ habe, um Anfängern zu helfen und Motten von Kerzen fernzuhalten. Gelebte Dinge sind keine aktuelle Münze, die man verschenken, verkaufen, verlieren, werfen, ja, vererben kann. Das Fleisch und die Knochen meines Körpers, das Leben meiner Seele, das ich gelebt habe, und mein Leben, bis ich mit Gott abgerechnet habe. Seltsam, das Letzte zu sagen. Ich denke, Er wird lachen müssen, und Er, der das ganze Leben voller Humor gemacht hat, wird einige Dinge genießen müssen, die Er bestrafen muss.

Ich habe Frieden gefunden, ich habe Reichtum gefunden, ja, und ich habe etwas mehr gefunden als in der Wildnis. So süß wie der blühende Kaktuswald am Salt River ist diese große Erinnerung.

Es geschah, nachdem ich die Dinge der glücklichen Einsamkeit gefunden hatte. Damals machte ich mich für das Bar-Y-Team an die Arbeit und zerlegte die Lightning-Hengste. Wir waren ein paar Wochen von zu Hause weg und fuhren mit einer Gruppe Ponys bis zum Mesa Abaho, und eines Nachts lagerten wir am äußersten Randfelsen des Grand Cañon. Die Navajo-Indianer waren mürrisch, das Lager trocken, das Gras spärlich, die Herde in tollpatschiger Stimmung und plötzlich wurde es Nacht.

Ich hatte gerade einen Mann abgelöst, um sein Abendessen zu holen, und ritt in Alarmbereitschaft durch die Herde. Ich roch den Rauch des Lagers, sah den Funken des Feuers auf den ruhenden Jungen leuchten und hörte ihre friedlichen Gespräche in der großen Nacht. Sie schienen solche unbedeutenden Geschöpfe zu sein, die seit dem Morgengrauen voller Aufregung sind, so klein wie Insekten am Rande des Nichts, während kilometerweit unter uns der alte, alte, wolfartige Colorado River den Grand Cañon spielte, wie ein Geiger eine Geige spielt. Aber der Fluss in der Schlucht schien nicht mehr als ein Rinnsal in einer Spalte zu sein, das von der Nacht zum Schweigen gebracht wurde, während man die mächtigen, lodernden Sterne hörte – wie sie zeigten, schwankten und trieben, wie eine Herde auf der Milchstraße ritt. Und das schien nichts weiter zu sein als Cowboys, die Stock fahren. Würde Gott seinen Kopf drehen, um seine Sternherden vorbeiziehen zu sehen, oder würde er unsere Erde wie ein lahmes Kalb bemerken, das hinten stehen bleibt?

Und was bin ich dann?

Das war meine große Lektion, mehr Gewinn für mich als Frieden und geistiger Reichtum, denn ich wurde zum Staub der Erde gedemütigt, unter dem Staub der Sterne. Als eine sehr bescheidene Sache, für die es sich nicht zu beten lohnt, konnte ich zumindest Herr über mich selbst werden. Ich ritt nicht mehr gegen Bezahlung, sondern trennte meine Ponys aus der Lightning-Herde, bestieg mein Zuchtpferd William, verabschiedete mich in Montecello von den Jungs und ritt dann langsam nach Norden in die britischen Besitzungen. So komme ich endlich an diesen Ort, eine alte verlassene Ranch. Es gibt niemanden, der so arm an Dollar ist, dass er den zerlumpten Jesse beneiden könnte, oder der reich genug ist, mein Haus auszurauben. Sie sagen, dass dort, wo der Regenbogen auf die Erde geht, verborgener Reichtum liegt – dort lebe ich.

TEIL II

KAPITEL I

ZWEI SCHIFFE VOR ANKER

Kates Erzählung

Mein Pferd hatte Hunger und wollte zurück zur Ranch. Ich hatte auch Hunger, traute mich aber nicht hinzugehen. Ich hatte meinen Mann betrunken auf dem Küchenboden liegen lassen, und wenn er aufwachte, würde es noch schlimmer sein.

Meilenweit war ich dem Rand des Banklandes gefolgt und hatte nach der richtigen Stelle gesucht, nach einer Stelle, an der die Felsen zwölfhundert Fuß steil in den Fluss hineinragten. Es darf nichts geben, was den Sturz aufhalten könnte, keine Gefahr, am Leben zu bleiben, dorthin zurückgebracht zu werden, ihn wiederzusehen. Aber der Rand war nie steil, und vielleicht war der Platz an der Sodaquelle doch der beste. Dort führt der Weg von der Ranch in einer scharfen Kurve über den Rand der Klippen hinunter zur Fähre. Dahinter stehen drei große Bullenkiefern auf einer Landzunge, und die Klippe ist mindestens 150 Meter steil. Das sollte weit genug sein.

Ich ließ mein Pferd an der Quelle trinken, dann gingen wir langsam über den lautlosen Teppich aus Kiefernnadeln weiter. Ich würde mein Pferd bei den Kiefern lassen.

Jemand war da. Vier beladene Packponys standen im Schatten der Bäume und wedelten mit dem Schwanz, um die Fliegen zu vertreiben. Eine fünfte, eine Wildlederstute, unbeladen, mit bandagiertem Bein, stand im Sonnenlicht. Hinter dem nächsten Baum sprach ein Mann. Ich habe mein Pferd gezügelt. „Jetzt, Jones", sagte er zu dem verletzten Tier, „du nimmst dich zu ernst. Du kommst nicht in den Himmel? Nein! Warum dann deine Tasche packen? Warum Aufhebens machen?"

Ich hatte die dumme Idee, dass der Mann, wenn er mich entdecken würde, wissen würde, welches Geschäft mich zu dieser Landzunge führte. Ich hielt den Atem an.

„Und da du deinen Sonnenschirm zu Hause gelassen hast, Jones, komm herein, aus der Sonne. Komm schon, du sonnenverwöhntes Waisenkind."

Sein langsamer, köstlicher texanischer Akzent brachte mich zum Lächeln. Ich wollte nicht lächeln. Die Stute, ein Abbild des Elends, hob ihr bandagiertes, furchtbar geschwollenes Bein und humpelte in den Schatten. Ich wollte nicht lachen, aber warum hieß sie Jones? Sie sah aus wie ein Jones.

„Der forschende Geist“, sagte der Mann hinter dem Baum, „ist sicherlich vom Geschäft abgekommen, sonst hätte man gewusst, dass Klapperschlangen nach Schlangen riechen. Dann frage ich – warum scharren?“

Seine Stimme hatte einen so seltsamen Klang schmerzlichen Mitgefühls. Er begann tatsächlich mit der Stute zu streiten. „Ich habe den Pizen herausgesaugt, Jones, ich habe ihn mit meinem Klappmesser herausgehackt, ihn mit Pulver ausgeblasen, deine Fessel mit Lehm gefüllt – der besten Lehmsorte – Millionäre können ihn dir nicht abkaufen. Und ich habe ihn genommen von deiner Fracht. Was soll ich denn sonst noch tun? Die Flaschennahrung ist nach Hause, und wir haben keine Hustenmischung mehr. Warum, was in aller Welt –“

Die Stute schnaubte ihm mit gespreizten Beinen ins Gesicht.

„Zucker ist es? Warum hast du das nicht vorher gesagt?“

Jones richtete ihr gutes Auge auf den Mann, als ob sie gerade erst von seiner Existenz erfahren hätte, humpelte zügig hinter ihm her, während er in seinen Küchenkartons kramte, griff als erstes nach der Zuckertüte und bekam eine Ohrfeige. Der Mann, der die Stute immer im Auge hatte, kehrte zu seinem Platz zurück und setzte sich wie zuvor auf die Ferse. „Drei Klumpen“, sagte er und hielt sie einzeln in der Hand, um sie zu schnappen. „Du verhältst dich irgendwie genesen, Jones. Kein Zucker mehr. Und sei kein Trottel!“

Die Stute küsste sein Gesicht.

„Alles zurück! Zurück Wasser! Jetzt danke der Dame hinter mir!“

Und ich hatte mir meine Anwesenheit immer noch unbekannt eingebildet.

„Wie um alles in der Welt“, keuchte ich, „wussten Sie, dass ich hier bin?“

Der Blick des Mannes war immer noch auf die verwundete Stute gerichtet. „Wall, Mrs. Trevor“, sagte er gedehnt.

„Du kennst meinen Namen? Dir hast du die ganze Zeit den Rücken gekehrt! Du hast mich noch nie in deinem Leben gesehen – zumindest habe ich dich noch nie gesehen!“

„So ist es“, antwortete er nachdenklich. „Ich brauche nicht zu erzählen, wie sich das Hengstfohlen anhört, das dein Mann mir gekauft hat. Was das Quietschen des Schweinsledersattels einer Dame betrifft, so gibt es keine andere Reiterin, die weniger als hundertdreiundachtzigeinhalb Meilen zurückgelegt hat ."

Was für ein Mann könnte das sein? Mein Hengstfohlen zog die ganze Zeit zu ihm, als würde ein Magnet ihn anziehen.

„Diese Jones“, fuhr der Mann fort, „die von einer Schlange gebissen wurde, hat Angst, dass sie in die Höhe geschleudert wird, also sind meine Augen irgendwie damit beschäftigt, sie festzuhalten, während sie anschwillt. Sie hat mich jedoch heftig getreten, und.“ Das Laden von Zucker ist kein Anzeichen dafür, dass ich versterbe, also hoffe ich im Großen und Ganzen, dass sie mitmacht, während ich das Abendessen koche.“

Er stand mir gegenüber, die Tüte immer noch in der Hand, und mein Fohlen fragte demonstrativ nach Zucker. Sehr groß, hager, tief gebräunt, vielleicht fünfundzwanzig Jahre alt, er schien mir unermesslich alt, so tieffaltig war sein Gesicht. Und doch war es das Gesicht eines Menschen, der Frieden hatte. Reinheit des Lebens, uriger Humor, sofortiges Mitgefühl haben ihm vielleicht jenen wunderbaren Charme seines Benehmens verliehen, der Tiere sichtlich anzog und mich sicherlich faszinierte, als ich seine Einladung zum Abendessen annahm. Ich war seit Tagesanbruch weg, und jetzt schien die Sonne im Westen. Was mein Ziel betrifft, so hatte ich das Gefühl, dass es warten könnte.

Also saß ich unter den Kiefern und tat so, als würde ich Jones säugen, während die Schatten über dem gelbbraunen Gras und den orangefarbenen Nadeln auf den Felsfeldern bis zum Rand der Landzunge länger wurden.

Der Mann sattelte mein Pferd ab, entlud seine Ponys, holte Wasser aus der natürlichen Apollinaris-Quelle, aber als er zurückkam und mich dabei erwischte, wie ich ein Feuer anzündete, flehte er mich an, damit aufzuhören und mich auszuruhen, während er das Abendessen zubereitete. Und ich war froh, mich ausruhen zu können und dachte an den Frieden jenseits des Randes der Landzunge. Dennoch war es interessant zu sehen, wie ein Mann in der Wildnis den Haushalt führt und wie sehr sich seine Verhaltensweisen von denen einer Frau unterscheiden. Keine Hausfrau hätte sorgfältiger sauber sein können, keine schnellere Geschicklichkeit an den Tag gelegt oder auch nur annähernd die stille Leichtigkeit gezeigt, mit der dieser Waldarbeiter das Geschirr für eine Person herstellte, das ausreichte, um zwei Personen zu bedienen. Aber eine Frau würde eine Bratpfanne nicht reinigen, indem man sie anbrennt und kaltes Wasser darüber schüttet. Er streute Mehl auf eine Bodenplane und machte den Teig, ohne die Leinwand zu benetzen. Möchte ich Brot, Slapjacks oder einen Kuchen? Er backte einen Laib Brot in einer Bratpfanne, die auf dem Rand zwischen glühenden Kohlen stand, und als ich mich fragte, wie ein Kuchen ohne die Hilfe eines Ofens entstehen konnte, vergaß ich diese Klippe ganz.

Er kochte den Speck vor und würzte ihn dann während des Bratens. Als der Kaffee kochte, warf er eine rote Kohle hinein, um den Kaffeesatz auf den Boden zu werfen. Wenn ich an englische Picknicks dachte, dann nur als Kontrast. Mein Gastgeber hatte die schäbigen Barrieren, Beschränkungen und Traditionen dieser Welt, in der Picknicks stattfinden, nie gekannt, ich hatte sie fast vergessen. Ich denke, Grenzer sind in Wirklichkeit Geister, die aus der Ritterzeit in unser Jahrhundert aller Vulgaritäten verirrt sind. Sie sind nicht demütigt, sondern nur amüsiert über die Herablassungen unserer Welt. Ungebildet? Sie sind für ihre Welt besser ausgebildet als wir für unsere. Ihre Fakten stammen aus erster Hand aus dem Leben, unsere nur aus zweiter Hand aus Büchern. Analphabet? Ich würde gerne sehen, wie einer unserer Professoren die Spuren auf einem Grenzpfad liest. Welchen Nutzen hatte die Ausbildung, die mich an den Rand dieser Klippe geführt hatte? Mein Gastgeber, der immer am Rande des Todes lebte, hatte Augen, die meine Gedanken zu sehen schienen. Wie sonst hätte er wissen können, dass Schweigen so gütig war? Der von der Schlange gebissenen Stute schenkte er sein Mitgefühl, mir sein Schweigen. Jones und ich waren seine Patienten und wir vertrauten ihm beide.

Er hatte mich herausgefunden. Das, was ich vorgehabt hatte, war ein Verbrechen, und voller Gewissensbisse fürchtete ich, er könnte etwas sagen. Das konnte ich nicht ertragen. Sein Lager war bereits gereinigt und in Ordnung, seine Pfeife war gefüllt und angezündet, jeden Moment konnte er die erholsame Stille brechen. Aus diesem Grund habe ich zufällig gefragt, ob er nicht aus den Vereinigten Staaten käme.

Seine Augen sagten deutlich: „Das ist also das Spiel, nicht wahr?“ Sein breites Lächeln sagte: „Nun, wir werden spielen.“ Er setzte sich im Schneidersitz. „Ja“, antwortete er, „ich bin amerikanischer Staatsbürger, außer“, fügte er leise hinzu, „an Wahltagen, und dann“, er hob ein schlaues Auge, „bin ich irgendwie Brite. Kanadier? Nein, Das kann ich auch nicht behaupten, wenn ich vom Labrador komme, denn das ist Neuland, einen Tagesmarsch näher an der Heimat.

„Sagen Sie, Frau Trevor, Sie kennen meinen Namen noch nicht. Ich bin Smith, und bei meinen Freunden heiße ich hauptsächlich Jesse.“

„Darf ich bitte einer Ihrer Freunde sein?“

„Wenn ich mich gut benehme, kannst du das. Es schadet nicht, wenn ich es versuche.“

Hinter uns warf die Sonne Strahlen goldener Pracht und blauer Baumschatten, die über den Felsrand in die nebligen Tiefen des Abgrunds gingen. Da unten brüllte der Fraser. Dahinter, auf der Ostseite, erhob sich ein riesiger Abgrund aus Gold und Lila, der in unendlicher Höhe über unseren Köpfen von schwarzen Kiefern gekrönt war. Auf Höhe unseres Banklandes wurde diese erstaunliche Klippe quer von einem Schelf aus zartem Grün durchschnitten, mit hier und da schwarzen Hainen majestätischer Kiefern. Fast gegenüber, halb von den Bäumen verdeckt, thronte eine Blockhütte, die in ihrer Form und ihren exquisiten Proportionen an einen alten griechischen Tempel erinnerte.

„Und dort wohnen Sie?“

In dem Moment, als Jesse Smith mir seinen Namen genannt hatte, kannte ich ihn vom Ruf her gut. Kommentare von Surly Brown, dem Fährmann, und der bittere Hass meines Mannes hatten einen gefährlichen Charakter deutlich gemacht. Niemand sonst lebte im Umkreis einer Tagesreise.

„Das ist mein Zuhause“, sagte Jesse. „Siehst du einen undeutlichen Pfad, der die obere Klippe hinunterführt? Dort habe ich meine Ponys hinuntertreiben lassen, als ich aus den Staaten kam. Ich wusste nichts von der Planwagenstraße von Hundred Mile House zur Fähre, die an der vorbeifährt Nordende meiner Ranch.

„Dein Haus“, sagte ich, „erinnert mich immer an einen Adlerhorst.“

„Wall, es ist besser als das. Futter, Wasser, Unterkunft, Holz und Hausbesetzerrechte sind gut genug, um eine Ranch für arme Leute zu schaffen.“

„Und die enorme Größe des Ortes?“

„Hm. Ich behaupte nicht, dass ich von der Landschaft völlig überwältigt worden bin. Eine tausend Fuß hohe Mauer und eine dreißig Fuß hohe Schlucht sind groß genug für Grübchen und ersparen den Zaun. Aber wenn Sie diesen Bezirk in einem von … verlassen haben Wenn man sie über Nacht in die Canyons von Arizona bringt, geht es verloren.

„Nein. Was mich hart getroffen hat, war die Gesellschaft – ein Silberspitzbär und seine Frau, beide Tausendpfünder, mit ihren drei jungen Damen, jetzt verheiratet und hinter der Skyline ansässig. Das gibt es Zwei Paare erstklassiger Adler lagern immer noch entlang der Thar bei South Cave. Der Timberwolf, den ich getrimmt habe, weil er herumgewirtschaftet hat wie ein Geldempfänger. Thar war ein Hengst und sein Harem, dieser alte Idiot Jones war eine seiner jungen Stuten. El Señor Don Cougar und seine Señora lebten auch hier, bis sie mit Surly Browns neuer Herde ins Schafgeschäft einstiegen. Außerdem gab es jede Menge kleine freundliche Leute mit Fell, Haaren und Federn. Ja, ich war direkt zu Hause seit ich es gefunden habe.

„Aber Grizzlybären? Wie schrecklich!“

„Ja. Zuerst hatten sie Angst. Die grobe Behandlung, die sie von Jägern erfahren, macht sie gegenüber jedem Fremden irgendwie schüchtern. Seht ihr, Bären sehnen sich nach Menschen, genau wie die Heiden nach ihren törichten Göttern, während Kugeln, Pizen , und Tode sind irgendwie entmutigend. Ihre Gefühle vermischen sich, sie verhalten sich verwirrt, und wenn auf sie geschossen wird, werden sie natürlich feindselig, genau wie Sie und ich. Sie werden missverstanden, und dafür hat niemand ein freundliches Wort Grizzlybären.

„Aber die größten Jäger haben Angst vor ihnen."

„Die größten Kriminellen haben bei der Polizei am meisten Angst. Der B'ars hat für Sportler keine Verwendung, und ich auch nicht. Mein Gewehr ist wilder als jeder andere B'ar, und ich habe mehr Sportler gejagt als Grizzlys."

„War Mr. Trevor nicht einer von ihnen?"

Jesse grinste.

„Erzähl es mir", sagte ich, denn die andere Seite der Geschichte muss es wert sein, gehört zu werden.

„Wall, Mr. Trevor hat eine Anzeige gegen mich erstattet, weil ich ihn von meiner Ranch verjagt habe. Er wurde mit einer Geldstrafe belegt, weil er keinen Waffenschein und keinen Führerschein hatte und seine Kopfsteuer nicht bezahlt hatte, und Cap Taylor hat ihn verpflichtet, ihn zu behalten Frieden. Ich bin jetzt bei Mr. Trevor nicht beliebt, während er billig davongekommen ist. Nun, wenn die Bären schießen könnten –"

Daran hatte ich nicht gedacht. „Können sie gezähmt werden?" Ich fragte.

„Männer können sanftmütig sein, und sie müssen am meisten gezähmt werden. Thar waren drei Grizzlybären, die eine Gruppe namens Capen Adams adoptierten und mit ihm lagerten und reisten. Einst waren sie vier Landstreicher, die auf der Market Street in Frisco spazierten. Nein Dass ich mit diesem Adams einer Meinung bin, der seine Bären unter den Menschen in die Irre führt – der Geruch ist so stark und stört ihren Seelenfrieden. Aber ich glaube trotzdem, dass Capen Adams und ich irgendwie hintereinander her sind. Ich bin nur für Tiere attraktiv."

„Oh, sicherlich!" Ich lachte.

Aber Jesse wurde ziemlich düster. „Ich gehöre nicht zu den beliebten Attraktionen", beklagte er sich. „Die Nachbarn schrecken davor zurück, in die Nähe meiner Ranch zu kommen."

„Nun, wenn man Grizzlys beschützt und Sportler jagt, ist das sicherlich nicht verwunderlich."

„Kann doch nicht alle zufrieden stellen, was? Wall, vielleicht weidet die Herde so Einige alte Leute, und er raubte Gräber aus, um alles über sie in alten Zeiten herauszufinden. Er wollte die Atmosphäre dieser Tage einfangen, also half ich irgendwie. Gräber auszurauben ist nicht gerade eine heilige Berufung, die Gruppe hatte einen Sinn Auge, ein deutscher Name und eine Art herablassende Art, aber ich habe ihm trotzdem geholfen, eine Atmosphäre zu schaffen, ich und Eph."

„Wer ist Eph?"

„Oh, er ist nur ein Silberspitz, was wissenschaftliche Kreise *Ursus horribilis ord* nennen. Du hast nur deinen Blick dorthin geworfen, wo der Rinnsalstrom unter meine Hütte fällt. Seht ihr die Sarvis-Beerensträucher unten unter der Gischt?"

„Wo die Büsche wehen? Oh, schau, da steht ein riesiger Grizzly und zieht an den Zweigen!"

„Ja, das ist Eph.

„Wall, wie ich dir schon sagte, Eph und ich helfen dieser wissenschaftlichen Person dabei, die Atmosphäre ihrer alten Zeiten zu erfassen."

„Aber der arme Mann würde vor Angst sterben!"

„Zu beschäftigt mit Laufen. Als er Vancouver erreichte, war er jedoch sicherlich ein Krüppel und für die Wissenschaft von keinem Nutzen mehr."

"Verkrüppelt?"

„Ja, er hat seine Wahrhaftigkeit verloren, und ein Professor ohne Wahrheit ist wie eine Frau ohne Zunge, bleibehindert. Sein Vortrag in den Zeitungen von Vancouver übertraf Ananias und erregte außerdem eine Art Vorurteil. Die Nachbarn schrecken vor mir zurück, und ich bin nein." beliebter. Soll ich Eph anrufen?"

„Heute glaube ich nicht", sagte ich und stand hastig auf, „denn ich sollte eigentlich sofort nach Hause kommen."

Ohne jemals die Wunde zu berühren, hatte er mir den Mut zum Leben gegeben, hatte mein Verhalten des Morgens wie das eines albernen Schulmädchens erscheinen lassen; Dennoch fühlte ich mich einer gesellschaftlichen Vorstellung nicht ganz gewachsen. Ich sagte, ich sei sicher, dass Eph und ich keine gemeinsamen Interessen hätten.

„Also gehst du nach Hause und stellst dich der Musik?" sagten Jesses weise alte Augen.

„Mein Mann", sagte ich, „wird sich große Sorgen um mich machen."

Wortlos brachte er mein Pferd und sattelte es.

Und mit sinkendem Herzen stellte ich die Einsamkeit und den Schrecken, die mein „Zuhause" genannt wurden, dem ganzen Glanz der glücklichen Einsamkeit dieses Mannes gegenüber.

Während Jesse sich das Kopfstück anschnallte, brachte mich ein böser Geist dazu, das Wort „romantisch“ zu verwenden. In schnellem Groll ergriff er das Wort und zerriss es.

„Romantisch? Schlangen! Das ist nicht gerade romantisch an mir. Was ich nicht verdienen kann, ist es nicht wert, gestohlen zu werden, und ich verachte mit Sicherheit alle hilflosen Menschen.“

„Verzeih mir. Ich meinte nicht romantisch in diesem Sinne.“

„Frau, was meinten Sie?“

„Darf ich malerisch sagen?“

Er spuckte. „Gawd sei Dank bin ich das auch nicht. Ich würde mich erschießen, wenn ich denken würde, dass ich angeberisch bin, mich opernhaft kleide oder so tue, als wäre ich mehr als ich bin.“

Als ich sah, dass er wirklich verletzt war, zappelte ich ein letztes Mal.

„Darf ich sagen, was ich mit Romantik meine?“

Er hielt mir den Steigbügel zum Aufsteigen hin und bot mir seine Hand an.

„Werden Sie nie hungrig“, fragte ich, „nach dem, was jenseits des Horizonts liegt?“

Er seufzte vor Erleichterung, dann drehte er sich um und seine Augen sahen unendliche Entfernungen. „Aber ja! Das Land jenseits der Skyline ruft immer. Das ist etwas, das ich weghaben will, und ich weiß nicht, was ich will.“

„Das Land jenseits der Skyline nennt man Romantik.“

Er biss die Zähne zusammen. „Was will ein Schiff, wenn es vor Anker liegt? Was es will, ist Drift. Und ich liege vor Anker, weil ich der Drift abgeschworen habe.“

Daraufhin trennten wir uns und ich ging langsam heimwärts, bis zu meinem Anker. Lieber Gott! Wenn ich treiben könnte!

KAPITEL II

DER TREVOR-UNFALL

NB – Herr. Als Smith allein lebte, hatte er die Angewohnheit, lange Briefe an seine Mutter zu schreiben. Nach dem Tod seiner Mutter blieb dieser Brauch bestehen, aber da die Briefe nicht per Post verschickt werden konnten und es unangenehme Gedanken zu machen schien, sie in den Ofen zu werfen, wurden sie in seinen Satteltaschen verstaut.

Liebe Mutter im Himmel:

Mit diesem Packauftrag hier ist viel Geld verdient worden, und das Bündel in meiner Gürteltasche ist gewachsen, bis Doktor McGee einen Tumor vermutet. Er denkt, ich lasse ihn operieren, und tatsächlich würde das die Schwellung reduzieren.

Einmal in der Woche gehe ich mit meinem kleinen Rucksack zum Sky-Line-Claim, um eine Ladung Pfauenkupfer zu holen. Es kostet 300 Dollar pro Tonne aus Hornsilber und sieht eher wie Juwelen als wie Mineralien aus. Die Köchin von Iron Dale, Mrs. Jubbin, hat eine größere Auswahl an Kuchen und Torten als selbst Hundred Mile House, und nach dem Abendessen trinke ich eine Randfeuerzigarre, die wie ein Cracker knallt, während ich vor der Kulisse sitze und den Atem schmecke der Schneeberge. Dann belade ich die Ponys, hole Mick aus dem Kochhaus ab, wo er wegen der Knochen eine Vorliebe hat, Iron schleudert mir den Postbeutel zu und ich mache mich auf den Weg. Mein Ziel ist es, bis zur Abenddämmerung gutes Buschgras in den Gelbkiefern zu bilden, und der zweite Tag bringt mich hinunter nach Brown's Ferry, drei Meilen vor meinem Zuhause. Von der Fähre gibt es im Winter eine gute Straße nach Hundred Mile House, daher trage ich die Ladung mit dem Schlitten dorthin. Dort endet mein Vertrag, denn Tearful George tritt mit seinem Streichteam zur Eisenbahn an. Ich hätte diesen Vertrag auch, nur dass Tearful ein Mensch mit niedrigem Einkommen ist, der für einen Dollar die Woche ernährt werden kann, während ich, wenn ich zur Eisenbahn komme, teurer bin.

Haben Sie schon von der Cock and Bull Ranch gehört? Wenn Sie sehen, dass es von einem Missionar geleitet wird, haben Sie vielleicht die Nachricht im Himmel. Dieser Mann eröffnet eine Viehfarm mit einem Bullen und einer Kuh, einem Ziegenbock und einer Ziege, einem Hahn und einer Henne; Aber es geschah, dass die Kuh, die Henne und die Ziege auf dem Weg bergauf ertranken; und seitdem entspricht die Zucht nicht mehr den anfänglichen Erwartungen.

Nun ja, bei mir ist es ähnlich, seit mein Hengst William gestorben ist – an Trapezium, glaube ich, sagte der Arzt. Die Stuten grinsen mich seitdem an und es wird noch neun Monate dieses Packvertrags dauern, bis ich ein weiteres Zuchtpferd kaufen kann. Dann ist da noch die Hypothek, und der Grabmaler hat Ihren Grabstein beschlagnahmt, bis ich die Reparatur des Engels obenauf bezahle. Das Leben ist voller Sorgen, Mutter.

Dein liebevoller Sohn,
JESSE.

Regensturm kommt.

PS: Es ist Vorsicht geboten, wenn man beobachtet, wie sich Jones auf dem Heimweg schlägt. Wenn sie klettern muss, eilt sie wie ein kleines Pferd wie ein kleines Pferd, um zurück ins Buschgras zu gelangen. Die ganze Nacht in den Kiefern höre ich in meinen Träumen ihre Glocke, während sie und ihre Ponys fressen, dann weckt mich das Anhalten der Glocke, denn die Pferde dösen ein, von dem Zeitpunkt an, an dem die Orion untergeht, bis zu ihrem Cocklight, wenn ich mein Feuer anzünde . Beim Laden haben sie solche Grasbäuche an sich, dass ich mit dem Zurrseil ziemlich streng umgehen muss. Sie halten den Atem an, während ich sie festziehe, und so bekommen sie einen Tritt in den Magen.

Ja, es ist ein gutes Leben, und ich beneide niemanden. Trotzdem machte es mich letztes Mal irgendwie nachdenklich, als ich mich mit der Jones-Stute, die sich an mein Handgelenk schmiegte, schaukelte, der kleine Mick mit den Hinterbacken nach hinten schlug und die Sonne gerade zwischen den Kiefern brannte. Frauen kommen selten vor, und trotz all meiner Erfahrungen mit der verstorbenen Mrs. Smith – der glücklichsten Verstorbenen – ist das Leben ohne einen Partner nicht vollständig. Es schadet keiner Frau, Mutter, wenn ich einfach von meiner Spur abweiche, um den umliegenden Bestand zu beobachten.

Mrs. Jubbin gibt sich als Witwe aus und alle Jungs in der Mine bemerken, dass sie kochen kann. Abgesehen davon ist sie heimelig wie ein Stacheldrahtzaun, und Bubbly Jock, ihr Ehemann, ist noch nicht allzu sehr verstorben, da er im Oktober seine Strafe absitzen wird, und außerdem ist er geschickt im Umgang mit einem Gewehr.

Von den drei jungen Damen bei Eighty Mile ist Sally eine gute Kandidatin, aber zahlreich engagiert bei den Etappenfahrern und Kutschern entlang der Cariboo Road. Fräulein Wilth, die Schulma'am, hält eine verwitwete Mutter mit Zunge und Zähnen, damit sie, wenn sie riecht, den Köder in der Falle hat. Deshalb bleibt Miss Wilth Single. Das andere Mädchen ist eine junge Person, die kein Konto hat. Ich bin zwar nicht der Typ, der vor einer Frau zurückschreckt, weil sie schielt, aber ich bin auch ziemlich hartnäckig und beharrlich auf guten Moralvorstellungen, aber ich bin der Meinung, dass eine Person, die sich beim Essen kratzt, nie ganz die Dame ist. Sie sollte es privat machen.

Da ist die Witwe O'Flynn auf dem Weg nach Hundred Mile – sie ist hart, mit einem hölzernen Glied. Außerdem möchte sie über alte Zeiten in Abilene reden. Ich tu nicht.

Was die verheirateten Frauen betrifft, denke ich, dass man diesen Stamm mit Respekt am besten in Ruhe lässt. Wenn Sie mich wiedersehen, wird es im Himmel sein, und ich möchte Sie nicht enttäuschen, indem ich an einem anderen Ort auftauche. Ich würde den Glauben annehmen, Mutter, aber für die Art von Schweinen, die ich gesehen habe, die sich bekehrt haben, aber selbst um Gnade zu finden, werde ich nicht mit diesen Rindern weiden.

Ich habe mich zwar größtenteils von den verheirateten Damen ferngehalten und regelmäßig jeden Abend „Erlöse uns von der Versuchung“ gesagt, aber es war nicht schlimm, als ich nach unten kam, weil ich Mitleid mit Mrs. Trevor hatte. Frauen gelten als sehr hübsch darin, Männer zu lesen, aber als ich den kompletten Iltis erwischt habe, ist mir aufgefallen, dass er normalerweise verheiratet ist. Solange eine Frau einen klaren Kopf behält, ist sie klüger als ein Mann, aber wenn sie aus der Fassung gebracht wird, ist sie eine sichere Narrin. Sie hält sich an die übliche Art von Männern, aber als sie den Allround-Stinker trifft, wie ein Pferd ins Feuer rennt, rebelliert sie und heiratet ihn. Jedenfalls war Mrs. Trevor dort angekommen.

******

Angeblich Dienstag.

Auf der vorletzten Reise habe ich diese Dame zum ersten Mal gesehen. Der Weg von Trevor's trifft direkt am Soda Spring auf den Weg von Sky-line. Von dort aus schlängelt sich eine sichere Wagenstraße über den Rand der Bank und biegt nach Norden zu Brown's Ferry ab. An der Quelle hört man das Rauschen der Stromschnellen, man nimmt den Geruch des Flusses wahr wie ein nasses Messer, man blickt direkt ins weiße Wasser und auf der gegenüberliegenden Bank liegt meine Ranch.

Happens Jones ging davon aus, dass sie zur Schlangeninspektorin ernannt worden war, also musste ich an der Quelle pausieren, und Mrs. Trevor kam vorbei, um ihren Ärger loszuwerden. Sie ist hungrig; Wochenlang hatte sie nichts anderes als ihren Schatz, mit dem sie reden konnte, und sie ist sowieso genauso neugierig wie Mutter Eva. Die Neugier bei Antilopen und Frauen provoziert Wildbret und Heirat, da beide Arten zu schnell und scheu sind, als dass man sie sonst antreffen könnte.

Sie hat auch Anspielungen, weil sie Dinge sieht, die so groß sind wie ein Pferd, also ist sie völlig unscharf und denkt, ich sei romantisch und malerisch, während ich ein Arbeiter bin, der Dollars verdient. Dennoch liegt es in der Natur jeder Frau, sich dafür zu interessieren, und ich habe getan, was Sie gesagt haben, indem ich auf die Wahrheit abgezielt habe, ganz gleich, was mir begegnet.

Sicherlich ist mein Fleisch durchsichtig, so wie ihre Stimme durch meine Knochen dringt. Wenn Engel so sprechen würden, würde ich sterben, um es zu hören. Sie hat mir nichts erzählt, kein Wort über die Probleme, die sie umbringen, aber ihre Stimme brachte mich zum Weinen. Wenn du so gesprochen hättest, als ich noch dein Welpe war, hättest du diesen alten Pantoffel nicht nötig gehabt, Mutter.

Weil ich ihn nicht von den Rinderknochen losreißen konnte, ließ ich Mick oben im Sky-Line zurück, oder ich bat die Dame, meinen Hund aufzunehmen. Weißt du, er würde Trevor schon mal beißen, während ich selbst eine Diät machen muss, und meine Speisekarte ist irgendwie komplett. Als sie noch im Lager blieb, dürfte mein Vortrag dieser armen Frau etwas Trost gespendet haben. Sie wusste damals noch nicht, dass ihre Probleme nur noch eine Woche dauern würden.

Heute ist Kuchentag. Ich komme nun dazu, meinen letzten Ausflug von der Sky-Line zu beschreiben, bei dem ich die Ponys hetzte, nur für den Fall, dass Mrs. Trevor ihren *Cultus Cooly* nach Soda Spring mitnehmen könnte . Natürlich war sie nicht da.

Sie hätten gelacht, wenn Sie Jones gesehen hätten, nachdem sie so viel Wasser aus der sprudelnden Quelle voller Sodablasen getrunken hatte. Sie macht einfach Schluckauf, Schluckauf, Schluckauf den Weg hinunter und wechselt den Schritt, während der Schluckauf ihre armen alten Rippen erschüttert. Die Stute sah so komisch aus, dass ich die Spuren entlang der Straße zunächst nicht bemerkte.

Den Hinterschuhen nach zu urteilen, war Mrs. Trevors gemeines Hengstfohlen vor nicht mehr als zehn Minuten im Schnelldurchlauf zum Fluss hinabgestiegen und dann in tobendem, außer Atem geratenem Trab wieder die Straße hinauf. Irgendetwas muss schief gelaufen sein, und als ich mich einer Felsspitze näherte, die den Weg vor mir verbarg, schreckte Jones plötzlich mitten in einem Schluckauf heftig zurück. Auf der anderen Straßenseite verlief die Spur des Witwenbären, und Mick musste blaue Flammen rufen, um die anderen Ponys an dem Gestank vorbeizubringen. Vor mir tanzten die Spuren des Trevor-Hengstfohlens über die gesamte Straßenbreite und ruckelten kräftig und heftig angesichts des Bärengestanks. Dann habe ich die Felsspitze umrundet.

Da lag Mrs. Trevor auf einem Haufen. Die Nachmittagssonne fiel auf ihr Haar, das golden flammte, und ein grüner Kolibri schwirrte umher, als wäre er eine große Blume. Da Jones bei einer Leiche oder einem Hauch von Blut über die Baumwipfel gescheut wäre, wusste ich, dass sie nur ohnmächtig geworden war, aber ich tastete an ihrer Brust, um mich zu vergewissern. Ich sage Ihnen, es kam mir wie eine Unverschämtheit vor, meine Pfote auf eine schlafende Dame zu legen, und noch schlimmer: Ich brauchte nur meinen schmutzigen alten Hut, um Wasser aus einem Sickerwasser in der Klippe zu holen. Mein Herz klopfte, als ich mich hinkniete, um das Wasser zu verspritzen, und als dieser beschimpfte Kolibri an meinem Ohr vorbeischwirrte, zuckte ich zusammen, als ob der Teufel mich erwischt hätte, und schüttete den Hut voll über Mrs. Trevor. Da öffneten sich ihre Augen und starrten mir direkt ins Gesicht, aber sie machte eine Art Lächeln, als sie sah, dass nur ich da war.

„Jesse!“

„Ja, gnädige Frau.“

„Haben Sie meinen Mann gesehen?“

"Nein, madam."

„Ich weiß nicht, was mit ihm los ist“, stöhnte sie und biss die Zähne zusammen. „Er hat auf mich geschossen.“

„Die Waffe, die ich ihm gegeben habe?“

„Vier Schüsse.“

„Du bist weggelaufen, als dein Fohlen vor dem Bären gescheut hat?“

„Mein Knöchel! Jesse, es tut so furchtbar weh. Ja, der linke.“

Mein Messer riss ihren Reitstiefel auseinander. Das alte rote Kopftuch von meinem Hals diente ihr als nasser Verband und der Stiefelschaft diente als Schiene. Es gab keinen Anruf, um ihr mitzuteilen, dass der Fuß gebrochen war, und die Ohnmachtsanfälle erleichterten mir die Arbeit. Zwischendurch sagte sie mir, ich solle mich beeilen, wohl wissend, dass die Rückkehr dieses verdammten Fohlens Trevor zeigen würde, in welche Richtung sie laufen würde. Ich hatte keine Waffe, also wäre es ungesund, wenn Trevor zusammen mit dem .45-Revolver passiert wäre.

Ich konnte die Ladung Erz nicht auf meinen Ponys lassen, und wenn ich Mrs. Trevor mit herunterhängendem Fuß aufsitzen ließe, würde sie Zeit verlieren und ohnmächtig werden. Also habe ich alle Ponys außer Jones abgeladen und sie freigelassen, wobei Jones und Swift, der ein großes Herz fürs Reisen hat, behalten blieben. Als nächstes füllte ich eine der Rohledertaschen mit Bürste und band sie Jones als Rückenlehne um den

Hals. Ein Büschel Kiefernholz bildete einen Sitzplatz zwischen Jones' Packtaschen, wo ich meistens mein Essen trage. Mrs. Trevor auf den Rücken der Stute zu heben war eine ziemlich schwere Arbeit, aber das Schlimmste war, dass ich sie festzurren hatte. Ich nahm mein achtzehn Meter langes Seil und warf mit einer Hand einen Diamanten, der die Dame fest und fest anzog, um sie zu schleppen und zu befördern. Ihr Kopf und ihre Schultern lagen über Jones' Hals, ihre Gliedmaßen waren über seinen Hintern ausgestreckt, wo ich sie mit einem Schleuderseil befestigt hatte. Ich habe Bergbaumaschinen, Räder und einmal ein Klavier eingepackt, aber ich habe noch nie gehört, dass jemand eine Dame eingepackt hat. Um die Seile vor dem Verbrennen zu schützen, musste ich meinen Mantel, mein Hemd und mein Unterhemd zum Scheuern verwenden, so dass ich, als ich Swift bestieg, nur Stiefel und einen Overall trug und Mrs. Trevor sehen konnte, dass ich rot wurde an meinen Gürtel. Schockiert? Nichts! Großartige Damen schockieren nicht wie gewöhnliche Menschen. Nein, trotz der Schmerzen und der Furcht, die sie verfolgte, lachte sie, und es tat mir gut. Sie sagte, ich sehe aus wie Mr. Pollo Belvideary, ein Dago, den sie in Italien getroffen hatte. Dagos sind Schweine, aber die Art, wie sie sprach, machte mich stolz.

Jones führt gut, was für mich beim Reiten ohne Sattel gut war, denn wir hielten nicht an, um Blumen zu pflücken.

******

Waschtag nach dem Abendessen.

Wir waren kaum auf halbem Weg zum Fluss, als wir irgendwo oben auf der Bank Trevor nach achtern drängen und brüllen hörten. Daraufhin lief ich weiter und sagte der Dame, sie solle aufheulen, sobald es unerträglich schmerzte. Ich frage mich, wie viel Schmerz über das Ertragen echter Vollblüter hinausgeht. Diese Dame würde brennen, bevor sie überhaupt wimmern würde.

Als ich mich der Fähre näherte, wurde mir schlecht, denn der Kahn lag am anderen Ufer, der Mann war außer Sichtweite, und selbst Jones würde nicht auf die Idee kommen, mit einer Ladung Mineralien und einer Deckladung durch den Fluss zu schwimmen. Als wir an der Tür von Browns Hütte ankamen, stand Trevor in Sichtweite.

Nehmen wir nun an, dass Ihnen die Zeit knapp ist und Sie, sagen wir, eine halbe Minute optimal nutzen können, dann versuchen Sie, Ihre dreißig Sekunden so zu verteilen, dass sie den größten Nutzen bringen. Ich springe zu Boden und gebe Jones einen kräftigen Schlag auf die Off Quarter, der sie hinter Browns Kabine lenken würde; Dann schnappte ich mir mit einem Satz das Winchester-Gewehr des alten Brown aus den Schlaufen über dem Kamin, schob zwei Patronen vom Kaminsims nach Hause, rammte die

Mündung durch die Fensterscheibe, die den Blick den Weg hinauf freigibt, und fuhr fort, eine Bestandsaufnahme von Mr .Trevor.

Da die Augen des Mannes starr und wütend waren, war es eine sichere Tatsache, dass er niemals auf Argumente hören würde. Wenn ich ihn erschießen würde, würde das Pferd weiterstürmen und die Leiche vor Mrs. Trevors Füßen abwerfen, was zu plötzlich wäre, um zu gefallen. Wenn ich das Pferd im vollen Galopp anhalten würde, würde der Reiter weitermachen, bis er die Landschaft berührte, und danach würde es ihm nicht mehr gut genug gehen, um ihn zu verletzen. Deshalb wartete ich und folgte mit dem Gewehr, bis sich die Schulter des Pferdes weitete und ich damit klar auf das Herz zielte.

Das Pferd beendete seinen Schritt, aber während ich zur Tür rannte, brach es zusammen und fiel tot zu Boden, wobei der Kadaver drei Meter abrutschte, bevor er stehen blieb. Der Mann schoss in einer Staubwolke, die wie eine braune Explosion aussah, eine lange Kurve auf den Rücken. Sein Revolver wirbelte weiter herum, bis ein Stumpf den Abzug berührte und seine Kugel über meinen Kopf heulte.

Als nächstes hörte ich die Stromschnellen, als würde eine Kirchenorgel ein Kirchenlied beenden, und den Ruf von Mrs. Trevor.

„Du hast ihn getötet?“

„Nein, Ma'am, aber er hatte einen Unfall. Ich bringe ihn zur Ersten Hilfe in die Hütte.“

Als ich ihn erreichte, saß Trevor bereits aufrecht. Er sah irgendwie krank aus.

„Steh auf“, sagte ich und erinnerte mich daran, in Gegenwart einer Dame höflich zu sein. „Steh auf, du Cherub.“

Anstatt aufzustehen, holte er eine Flasche aus seiner Tasche und öffnete den Korken, um ein wenig zu essen. Ich warf die Flasche in den Fluss und half ihm mit meinem Fuß beim Aufstehen. „Mein armer, irrender Bruder“, sagte ich, „gehe bitte hierher, sonst trete ich dir den Schwanz durch den Hut.“

Er sagte, er fühle sich nicht sehr gut, und als ich ihn in die Kabine brachte, ließ ich ihn auf Browns Bett liegen und drückte ihn kräftig fest. Ich habe ihm einen Stock zum Beißen gegeben, statt meiner Finger, was privat ist. „Nun“, sagte ich, „Ihr Name ist Iltis. Sie müssen sich dort ausruhen, Herr Iltis, bis ich den Provinzpolizisten bekomme.“ Aus seinem Gesichtsausdruck konnte ich schließen, dass er mich irgendwie nicht mochte.

Swift und die Stute grasten auf Kiefernspänen neben der Hütte, und Mrs. Trevor sah wunderbar friedlich aus.

„Ihr Mann“, sagte ich, „ruht sich aus.“

Sie lachte schief, und als ich sah, dass sie Schmerzen hatte, goss ich Wasser über ihren Fuß.

„Das ist besser“, sagte sie, „wie gut du zu mir bist!“

Der alte Mann Brown kam mit dem Stocherkahn rüber und war mächtig verdrießlich, weil ich einen Pferdekadaver vor seiner Hüttentür hatte verrotten lassen, und noch schlimmer, als er sah, dass ich einen Verrückten in seiner Koje festgebunden hatte. Außerdem hatte er kein Interesse daran, zuzusehen, wie Damen als Ladung auf Lasttieren benutzt wurden oder wie ich bis zum Gürtel nackt war und mich mit seinem Gewehr davonmachte. Ich gebe ihm sein Winchester, das er neben seiner Tür abgelegt hat, und einen Dollarschein, aber er war immer noch voller Verärgerung und verschwendete die Zeit der Dame. Schließlich drängte ich die Ponys an Bord des Kahns und stellte die Führungsleinen so ein, dass wir entlang des Kabels begannen und es dem alten Mann überließen, zu kommen oder zu bleiben, wie es ihm gefiel. Er kam. Tatsache ist, dass ich mich daran erinnerte, dass ich, während ich Mrs. Trevor zu mir nach Hause brachte, einen Boten brauchte, der für den Arzt, die Krankenschwester, die Einkäufe und den Polizisten mitkam. Ich fürchte, der alte Brown hat sich einen Riss zugezogen und ist an einem Nagel hängengeblieben, als ich ihn in den Kahn hob. Seine Sprache war reichlich.

Jetzt dachte ich, ich hätte Mrs. Trevor und Mr. Trevor und Mr. Brown arrangiert und die Summe so addiert, dass der alte Geometry selbst es nicht besser hätte herausfinden können. Wohingegen ich die Tatsache außer Acht gelassen hatte, dass Browns Koje achtlos an die Wand seiner Kabine genagelt war. Als Trevor sich abmühte, lösten sich die Heringe, das Bett kenterte, das Seil lockerte sich und der Iltis löste sich und fand Browns Gewehr. Ich hatte die Ponys aus dem Kahn geführt und war gerade dabei, Brown zu unterrichten, als der Iltis von der anderen Seite des Flusses auf mich losfuhr. Trotz all seiner Fehler konnte er gut schießen, denn sein erster Treffer streifte meine Kopfhaut und machte mich halb blind. Daraufhin machte die Dame durch Schreien auf sich aufmerksam, und der dritte Schuss traf den armen Jones.

Ich bin nicht religiös, da ich erst dreißig bin und nicht bereit bin, diese Seite des Rheumatismus zu reformieren, aber alle Sünden, die ich genossen habe, wurden in dieser einen Minute plötzlich und vollständig bestraft. Blind vor Blut, halb betäubt und schwindelig, hörte ich die Stute, wie sie am Ufer entlang stürzte und Felsbrocken verteilte. Keine kopflastige Ladung würde dieser Belastung standhalten, ohne umzukippen, also würde die Frau, die ich liebte – ja, das wusste ich jetzt ganz genau – so lange geschleift werden, bis ihr von der Stute das Gehirn rausgeschmissen wurde. Es schien mir eine Ewigkeit zu dauern, bis ich meine Sinne erwecken, mir die Augen abwischen und auf den Wallach steigen konnte. Als mein Sehvermögen und meine Sinne zurückkamen, ritt ich, wie ich es in meinem ganzen Leben noch nie gewagt hatte, zu reiten, galoppierte Mr. Swift über rollende Felsbrocken, die steil wie ein Dach waren, und alles schlitterte. Ich brachte Swift seitlich die Böschung hinauf ins Gras, rannte an der Stute vorbei und warf Swift dann vor Jones. Die Stute ging gerade zu Boden, als ihre Ladung kenterte, so dass sie und die Dame, Swift und ich, alle auf einem Haufen durcheinander lagen.

Mein kleiner Hund Mick leckte gerade meine Kopfhaut, als ich aufwachte, und es schien mir zunächst, dass etwas schief gelaufen sein musste. Mein Kopf befand sich zwischen zwei Felsbrocken, die Schulter der Stute drückte auf meine Nase, meine Beine waren unter Wasser und irgendwo in der Nähe rauschten Stromschnellen. Swift versuchte, Halt zu finden, und Mrs. Trevor schrie, was sie konnte. Ich wartete, bis Swift weg war und die Dame stehenblieb, um Luft zu holen.

„Ja, Ma'am“, sage ich.

„Oh, sag, du bist nicht tot, Jesse!“

„Nur teilweise“, sagte ich, „und wie geht es dir?“

„Ich schneide die Fesseln durch, aber oh, dieses Messer ist so stumpf!“

„Mach dein Messer nicht kaputt. Wirst du tun, was ich sage?“

"Natürlich werde ich."

„Strecken Sie dann auf der anderen Seite der Ladung nach außen. Das Ende dieser Verzurrung ist fest mit der After-Basket-Linie verbunden.“

Als ich das zwei- oder dreimal erklärt hatte: „Ich habe es“, antwortete sie. "Lose!"

„Ziehen Sie an der Vorderlinie des Diamanten.“

„Richtig. Oh, Jesse, ich bin frei!“

„Auf dem Kopf der Stute knien, unter die Packtasche greifen, den Latego finden und loslegen.“

Sie fummelte eine Weile herum und meldete dann alles klar.

„Runter von der Stute.“

Im nächsten Moment stand Jones auf, um sich zu schütteln, knietief im Fluss, und mit einer Ohrfeige schickte ich sie los, um sich Swift oben am Ufer anzuschließen. Mrs. Trevor saß auf einem Felsbrocken und starrte über die Stromschnellen, ihr Blick war auf etwas gerichtet, das mitten im Bach herabkam. Ihr Gesicht war ganz grau und sie umklammerte meine Hand und hielt sie fest wie der grimmige Tod. Was mich betrifft, hätte ich nie damit gerechnet, dass selbst ein Verrückter versuchen würde, in Kleidung und Stiefeln durch den Fraser zu schwimmen.

„Ich kann es nicht ertragen!“ sie weinte und wandte ihr Gesicht ab. "Sag mir-"

„Ich schätze“, sagte ich und fühlte mich sehr ernst, „du wirst Witwe werden.“

Die Stromschnellen erwischten Trevor und ich schaute zu.

„Du bist eine Witwe“, sage ich schließlich.

Sie fiel in Ohnmacht.

Ich habe es satt, diesen Brief zu schreiben, und mein Handgelenk hat Zahnschmerzen.

JESSE.

KAPITEL III

LIEBE

Kates Erzählung

Jesse argumentiert, dass die Art und Weise, wie er mich gerettet hat, nichts Besonderes sei. Pferd und Gewehr sind wie Füße zum Laufen, Hände zum Kämpfen, Teil seines Lebens. „Wenn ich auf einer Giraffe geritten und dich harpuniert hätte, würde mein Name in allen Zeitungen stehen. Scheiße! Können und Mut sind Dinge, die den Mann beschämen, der sie nicht hat."

Ich habe Lionel Trevor geheiratet, als er wie ein Gott aussah, wie Parsifal, wie ein Engel sang und Europa zu seinen Füßen hatte. „Mit Europa stimmt etwas nicht", lautet Jesses Kommentar. „Westlich der Rocky Mountains nutzen wir solche Tiere nicht, außer um ihre Felle zu verkaufen."

Als Lionel seine Stimme verlor – für ihn mehr als Pferd und Waffe für Jesse –, wollte er mich nicht bitten, ihm in die Wildnis zu folgen, sondern versuchte mich zu überreden, in London zu bleiben. Ich sang „Eurydike" in *Orfeo* , meine Füße waren dank Lionel endlich auf der großen Leiter, und wenn ich ehrgeizig war, wer soll es mir verdenken? Doch im Guten wie im Schlechten waren wir verheiratet, und hier zwischen den Kiefern, in dieser himmlischen Luft, würden ihm höchstens ein oder zwei Jahre seine Stimme zurückgeben. Mein Platz war an seiner Seite, im Guten wie im Schlechten, und als er trank, als ich Tag für Tag zusah, wie das Licht der Vernunft in seinen Augen dem bestialischen Laster Platz machte, bis ich mich schließlich an einen Wahnsinnigen gefesselt fand – bis zu unserem Tod Trennen Sie sich – da sah ich zum ersten Mal Jesse, den einzigen Mann, dessen Augen Verständnis zeigten.

Ich kann nicht über den Tag schreiben, als Lionel, ein von Teufeln besessenes Wesen, mich wie einen Bären durch den Wald jagte. Es war nicht fair. Ich bin erst achtundzwanzig Jahre alt. Es war nicht fair, dass ich so behandelt wurde. Ich bezweifle, dass ich mich an alles erinnern kann, was passiert ist. Ich muss vor Schmerz und Angst verrückt gewesen sein, bis ich plötzlich auf einem Felsbrocken an diesem schrecklichen Fluss aufwachte und ihn an mir vorbeitreiben sah, gefangen in den Stromschnellen und ertrank. Ich hätte geschrien, ich sei so froh, bis er mich sah und mich im Sterben mit Lionels klaren, gesunden Augen ansah.

Ich wurde ohnmächtig, und als ich in der Dämmerung wieder erwachte, beugte sich Jesse über mich, nicht wie er ist, der robuste, kämpfende Grenzer, sondern ganz in Weiß gekleidet und mit einem Kranz aus geschlagenen goldenen Blättern, der Lorbeerkrone, bekleidet. Er war ein griechischer Krieger, und es schien mir, dass auch ich das griechische Kleid trug, ein milchweißes Schößchen. Wir gingen Seite an Seite am Strand zwischen den Klippen und dem Meer entlang. Er blieb stehen und schaute Richtung Meer, sein gebräuntes Gesicht war voller Angst, die sich, als er zusah, in Furcht verwandelte. Er schloss mich in seine Arme, und dann sah ich, dass aus der Ferne des Meeres eine Welle direkt auf uns zuraste, eine monströse Flutwelle mit gebogener und glasiger Vorderseite, gekrönt von einer cremefarbenen Brandung aus hoch aufgeworfenen Diamanten . Die Klippe versperrte jedem die Flucht, und wir standen da und warteten, in den Armen des anderen eingeschlossen, und empfahlen unsere Geister den Göttern –

Meine Augen durchbrachen die Vision, denn Jesse, der wahre Jesse dieses gegenwärtigen Lebens, schüttelte mich und flehte mich an, mich aufzuraffen. Er sagt, ich sei mit dem Rufen „Zeus! Zeus!“ aufgewacht. Er hob mich in seine Arme und trug mich.

Natürlich war ich hysterisch und überreizt, und der bloße Gedanke, dass Jesse und ich in einem früheren Leben vor Tausenden von Jahren ein Liebespaar waren, ist Unsinn. In dieser Nacht und drei Wochen danach lag ich im Delirium. In der Hütte des Fährmanns machte er mir ein Bett aus Kiefernzweigen, bis mein Hausrat und der chinesische Diener von der Ranch geholt werden konnten. Er schickte Surly Brown, um Doktor McGee und die Witwe O'Flynn als meine Krankenschwester zu holen, während ihr Sohn Billy angeheuert wurde, um seine Packzugarbeit zu erledigen. Von da an transportierte die Truppe Ladungen Erz aus der Mine und Ladungen von Hundred Mile House mit allem Komfort und Luxus, den man für Geld kaufen konnte. Jesse kaufte Zelte, die er neben der Hütte aufstellte, eines für meinen Diener, das andere für Brown und sich selbst, außerdem für Reisende, die von Zeit zu Zeit auf der Fähre übernachteten. Als ich gesund wurde, stellte ich fest, dass Jesse die Ersparnisse der Jahre ausgegeben hatte und keinen Dollar mehr übrig hatte.

Die Witwe pflegte mich tagsüber, Jesse nachts, und nach einem Versuch von Mrs. O'Flynn war er es, der meinen Fuß verband. In seinen Händen hatte er die zarte Kraft eines ausgebildeten Chirurgen, aber auch etwas mehr: diese mitfühlende Berührung, die Schmerzen lindert und sowohl dem Geist als auch dem Körper Entspannung bringt. „Es ist nicht so“, sagte er, „so, als ob du mich jedes Mal aus dem Stall geworfen hättest, wenn ich eine Hand auf deine Fessel gelegt hätte. Diese Jones, als sie sich den Fuß verletzte, hat mich einfach mit Füßen getreten.“

Als ich mich schließlich ins Freie schlich, um mich im Herbstsonnenlicht zu sonnen, verwandelten sich die Pappeln und Espen in Zitronengelb, der Sumach in Purpur, die abgefallenen Nadeln der Kiefern kleideten die Hänge in Orange, und ein milchig blauer Nebel lag darin der Kanon. Sehr schön waren jene Tage, als kein Windhauch den warmen Duft wehte und die Musik der Stromschnellen von sonnengewärmten Abhängen und leuchtenden Wäldern bis zum wunderschönen Kobaltblau des Himmels hallte. Von allen krankhaften Einbildungen geheilt, war ich zufrieden, mich auszuruhen.

Jesse hatte mit Anwälten die Nachlassprüfung von Lionels Testament und die Begleichung seiner Schulden vereinbart, wodurch mir nichts übrig bleiben würde. Soweit Jesse wusste, war ich mittellos, und bis zum heutigen Tag habe ich nie gewagt anzuerkennen, dass ich, geschützt vor der Verschwendung meines verstorbenen Mannes, über ein Kapital verfüge, das etwa siebentausendfünfhundert Dollar pro Jahr einbringt. Jesse hielt mich für mittellos, und als ich davon sprach, zu meiner Arbeit in Europa zurückzukehren, bot er mir an, das Geld für meine Überfahrt aufzubringen. Da ich wusste, dass seine Ranch bereits mit ihrem vollen Wert verpfändet war, fragte ich mich, wo die Tapferkeit dieses armen Mannes Grenzen hatte. Ja, ich würde zustimmen und ihm eine schnelle Rückzahlung zusichern, aber ich wagte nicht, ihm den Lohn zu nennen, der mir in Covent Garden angeboten wurde. Es schien unanständig, dass die Stimme einer Frau pro Woche mehr wert war als sein heldenhafter Verdienst für ein Jahr.

Ich sang ihm einfache emotionale Musik vor: Orfeos Klage, das Finale von *Il Trovatore* , das Engelslied aus Chopins *Marche Funèbre* .

Es war die letzte meiner armen kleinen Prüfungen, die in ihm Ritterlichkeit, Großzügigkeit, moralische Tapferkeit, körperlichen Mut, einen Sinn für Schönheit und einen angeborenen Humor bewiesen hatte, die mich sehr demütig machten. Alles, was ich mir törichterweise vom armen Lionel vorgestellt hatte, alles, was sich eine Frau von einem Mann erhofft, war hier jenseits der Zufälle von Rang oder Kaste. Wie erbärmlich schienen die Wertmaßstäbe, die Lionel als Gentleman und diesen Mann als gewöhnlich einstuften! Jesse ist von Natur aus etwas, das Herren mit ihrer Kultur nachzuahmen versuchen. Soll ich auf Imitationen zurückgreifen? Ich hatte das alles überlebt, bevor ich die Herrlichkeit der großen Wildnis erkannte, bevor ich Jesse traf und ihn liebte.

Könnte ich versprechen, zu lieben, zu ehren und zu gehorchen? Ich liebte ihn, ich ehrte ihn, und was das Gehorchen angeht, ist das natürlich die Art und Weise, wie sie behandelt werden.

Ich frage mich, warum es Frauen so wichtig ist, dass ein Mann einen Heiratsantrag macht? Es war nicht zu sagen, dass Jesse und ich verliebt waren. Es schien nur natürlich, dass wir heiraten sollten, und jeder Anschein von Trauer um den verstorbenen Mr. Trevor wäre unsympathisch gewesen.

Mein lieber Vater war mit meiner ersten Ehe zufrieden, weil – es kommt mir so seltsam vor – Mr. Trevor war ein solider Kirchenmann. Der alte Heilige hatte tatsächlich eine Befürchtung, denn Lionel gehörte einer sehr hohen Kirche an, und wenn er nach Rom zurückkehrte, um die religiöse Erziehung aller Kinder zu übernehmen – mein Vater hat Frieden in einem Land gefunden, in dem es keine doktrinären Sorgen gibt. Aber für seine Tochter würde er immer noch beten, damit sie nicht mit einem Ungläubigen verbunden würde. Meinem Vater zuliebe fragte ich Jesse nach seinen religiösen Überzeugungen.

„Wall", erklärte er, „meine alte Mutter war eine Hartschalen-Baptistin, und mein Vater gehörte der Prohibition an. Wenn also diese beiden Formen der Ignoranz hier zum Einsatz kämen, wäre ich eine Art Mischling."

„Sicherlich glauben Sie nicht, dass die Kirchen bloße Formen der Ignoranz sind?"

„Unwissenheit", er nahm das Wort nachdenklich auf. „Es ist eine Sache, die ich praktiziere und die ich leicht an der Art und Weise erkenne, wie sie angesprochen wird. In den Kirchen kommt sie nicht so selten vor, wie man denkt. Vielleicht können Sie mir, da Sie mehr wissen als ich, etwas über diese Predigt erzählen Mount. War es ein katholischer Mount, oder Baptist oder Episcopalian?"

„Sicherlich ein Hügel oder Berg."

„Und Jesus führte sein Volk weg vom Geruch der Konfessionen – Schriftgelehrte, Pharisäer und dergleichen, an einen Ort im Freien?"

Der Gedanke traf mich wie ein plötzlicher Sprühstoß mitten ins Gesicht, aber bevor ich meine Augen klarmachen konnte, war der Mann seinem Gedanken zu einem seltsamen Schluss gefolgt.

„Je mehr sie Kirchen und Kapellen bauen, um ihn einzusperren, desto mehr geht er in die Wälder. Ich folge ihm gewissermaßen."

Das ließ mich nur fragen, was mein lieber alter weißer Heiliger wohl gesagt hätte.

Sicherlich hätte er diese amerikanische Staatsbürgerschaft niemals akzeptieren können, und Jesses Nationalität ist unklar. „Das ist Gott", sagte er ganz ehrfürchtig, „und Mutter England und Onkel Sam, aber darüber hinaus kenne ich mich nicht besonders gut. Der Rest scheint so etwas wie Ausländer zu sein. Der Labrador? Oh, das ist nur Nebensache."

Was auch immer er ist, ich liebe ihn – primitiv, elementar, Verwandter der Waldgötter, Bewohner der weißen Sierras, des erhabenen Waldes und der süßen wilden Weiden. Meine Zweifel wandten sich vom Hauptthema ab und konzentrierten sich auf sehr kleine Details. Ich hatte nicht den Mut, mir vorzustellen, was für ein Schrecken er in zivilisierter Kleidung aussehen würde, wie unbehaglich er sich unter Leuten und Häusern fühlen würde oder wie solch teure Illusionen zerstört werden würden, wenn meine zynischen Verwandten ihn jemals essen sehen würden. Er ist Baptist und neigt aufgrund seiner Überzeugung dazu, in Ladenkleidung zu heiraten, mit einer Krawatte, die wie ein Schnürsenkel aussieht, und mit Glacéhandschuhen Nr. Ich zog Pest, Pestilenz, Hungersnot, Kampf, Mord und plötzlichen Tod solchen Festen vor und verwies auf unsere Armut und die dringende Notwendigkeit, schuldenfrei zu bleiben. Obwohl er im Labrador geboren wurde, war er die Hälfte seines Berufslebens ein Cowboy in Texas. Als Viehzüchter sollte er die Witwe eines Viehzüchters heiraten. Schämte er sich für sein Geschäft? Nein, stolz wie Luzifer! Schämte er sich für die Kleidung seines Berufs? Bei keinem verdammten Anblick! Soldaten und Matrosen sind stolz darauf, bei ihrer Hochzeit die Kleidung ihres Berufs zu tragen. „Das gilt auch für Kuhhauer“, sagte er mit erhobenem Kopf. „Angenommen, wir fahren nach Cariboo City und heiraten in dieser kleinen alten Blockkirche.“

Es gelang ihm, mich zu überzeugen; und ich stimmte auch einer Jagdreise anstelle der üblichen Flitterwochen zu.

Als es mir für die Reise gut genug ging, ritt ich mein Fohlen und Jesse, seine Dämonenstute – Jones –, glaube ich, mein einziger Rivale, abgesehen von diesem schrecklichen Bären, in seiner Zuneigung. Zwei Packponys trugen unser Lager und unser Gepäck, und jede Nacht baute er ein kleines Zelt für mich auf und machte sich neben dem Feuer nieder. Am Ende der fünftägigen Reise fuhren wir in der Abenddämmerung nach Cariboo.

Kapitän Taylor von Hundred Mile House und Pete Mathson, der *Frachter* des Star Pack-Zugs, zwei alte treue Freunde von Jesse, waren Zeugen unserer Hochzeit in dem urigen Blockhaus, das den Cariboo-Bergleuten als Kirche und Schulhaus diente. Reverend Cyril Redfern, Pionier und Missionar, las den Gottesdienst, während unsere Ponys direkt vor der Tür warteten. Jesse trug seine schlichten alten Lederhosen, ein dunkelblaues Hemd, einen Schal aus rubinroter Seide um seinen gebräunten Hals und goldene mexikanische Sporen – seinen liebsten Schatz. Er muss gewusst haben, dass er großartig aussah, denn er verhielt sich mit so ruhiger Würde, und seine tiefe Stimme begeisterte mich, denn es war Musik. Ich konnte das Weinen kaum erwidern und wäre danach gerne allein in der Kirche gewesen, um Gott für all seine Barmherzigkeit zu danken.

Kapitän Taylor ist ein pensionierter Marineoffizier, ein Pionier der Goldminen, ein Richter, ein Mann, dem man vertrauen kann, und als er mir seine herzlichen Glückwünsche überbrachte, geschah das nicht ohne Kenntnis von Jesses Charakter. Er und Pete, der *Lader* , fuhren mit uns zum

Lager seines Star Pack-Zuges, und dort im Wald aßen wir unser Hochzeitsfrühstück. Der blaue Dunst des Altweibersommers, die heitere Pracht der sonnenbeschienenen Wälder und der Herbstschnee auf allen leuchtenden Hügeln – das war unser Bankettsaal und ein plätschernder Bach unser Orchester. Wir tranken Champagner aus Blechbechern, und dann ritten Jesse und ich, sattelnd, allein davon in die Einsamkeit.

KAPITEL IV

VERMIETER

Kates Erzählung

Von seinem Leben, bevor er diese Provinz erreichte, wird mir Jesse bisher nichts erzählen, doch seine Rede verrät ihn, denn unter dem lebhaften Dialekt der Stock Range ist ein Hauch von Seemann zu erkennen, und darunter entdecke ich möglicherweise Spuren von Brogue heimisch vielleicht in Labrador. Aus einem Chaos von Büchern hat er Wörter ausgewählt, die ihm gefielen, sie natürlich so ausgesprochen, dass sie zu ihm passten, und sie in einem Sinn verwendet, der jedes Wörterbuch schockieren würde.

Auch seine Sitten und Gebräuche sind ein Forschungsfeld. Natürlich erwartet man von ihm, dass er professionell mit Seil, Waffe und Axt umgeht, aber wie hat er den Rest gelernt? Ich wollte eine Laterne – er hat eine gemacht; mein Stiefel war zerrissen – er hat einen gemacht; mein wasserdichter Mantel war ruiniert – er hat einen gemacht; und wenn ich um eine Nähmaschine bat, weigerte er sich, das Lager zu verlegen, bis er eine fertig hatte. Wenn sein Name nicht Smith wäre, könnte ich beweisen, dass er direkt von der Schweizer Familie Robinson abstammt. Wenn ein Projekt riskant klingt, muss ich davon ausgehen, dass es sich um etwas ungewöhnlich Sicheres handelt, da dies die einzige Möglichkeit ist, ihn vor Gefahren zu bewahren. Wenn ich jemals den Wunsch hätte, Witwe zu sein, muss ich nur an seiner Fähigkeit zweifeln, ohne Flügel zu fliegen.

Unsere Reise im letzten Herbst führte uns in die beeindruckendsten Winkel der Küstenkette. Die Spitzen der Fjorde lagen düster zwischen dicht gedrängten Gletschern, weiße Katarakte stürzten tosend durch einen Wolkengürtel nach dem anderen hinab, dorthin, wo eine düstere Brandung mit schwarzen Felsen kämpfte. In dieser schrecklichen Region mit Lawinen und Steinschlägen, hängenden Eisklippen, tosenden Stürmen und ohrenbetäubendem Donner schien unser Lager zu zerbrechlich zu sein, um Anspruch auf Existenz zu erheben, und unser Rauchfaden war ein kleines Gebet um Gnade. „Kein Dollar in Sicht“, war Jesses Kommentar. „Solche Mikroben vermehren sich hier nicht. Glaubst du, dass sie jemals gegen Egoismus impfen werden, Kate? Diese Seuche tötet mehr Seelen als Pocken.“

Geleitet von seiner unheimlichen Holzkunst begann ich, die Gemeindemitglieder, Bergschafe und -ziegen, Elche und Karibus, Adler, Bären und Vielfraße kennenzulernen, und sicherlich teilte ich etwas von Jesses unermüdlicher Freude an allen wilden Kreaturen. Selbst wenn wir im

Lager Fleisch brauchten und eine dicke Gans oder Stockente seiner Waffe ausgeliefert war, bat Jesse das Opfer manchmal, wegzukommen und mehr Forellen zu fangen. „Solange sie uns nicht jagen", würde er sagen, „trage ich lieber deine Kamera als meine Waffe bei mir. Aber das ist dieser hundsverdorbene Biber da unten, er hat gestern wieder versucht, mich zu beißen. Wenn er es nicht tut Wenn er sich nicht zähmt, schlage ich ihm ins Gesicht. Er denkt, er sei Redakteur.

Wenn es keine Wolken gäbe, würden wir dann erkennen, dass der Himmel blau ist? Hätten Jesse und ich unser Eheglück erkannt, wenn nicht kleine Missverständnisse über unseren Horizont aufgetaucht wären? Woher soll ich wissen, wenn ich sein Taschentagebuch lese, was mit „eine Nacht ausgegangen. Hat Matilda mitgenommen" oder „Matilda und Fussy heute Abend" oder „mit Harem marschiert" gemeint ist! Matilda und Fussy sind Decken, und der Harem ist seine Wintercamp-Ausrüstung.

Was würden Sie denken, wenn Sie das in einem Buch finden würden?

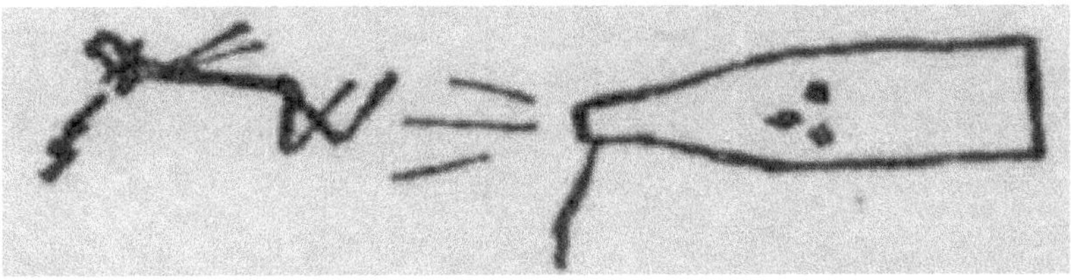

Er sagt, es bedeute: „Essen-Haus-Frau jagt – Jesse galoppiert – tot nach Hause."

Und einiges davon ist noch schlimmer!

Ich wage es nicht, meinem lieben Mann Engstirnigkeit vorzuwerfen. Ich habe keinen Zweifel daran, dass seine starke Abneigung gegen Nigger, Dagos und Chinks durchaus berechtigt ist – tatsächlich wird er meinem chinesischen Diener nicht erlauben, auf die Ranch zu kommen. Aber wenn ich eine Auswahl ausgewählter Geschichten entschlüsseln wollte, spielte ich auf seine Vorurteile gegenüber dem Wort „Grizzly" in Bezug auf seinen Lieblingsbären an.

„Da liegen Sie völlig falsch." Er warf einen Zedernholzscheit auf unseren Lageraltar und bereitete damit den wilden Göttern frischen Weihrauch. „Der Vermieter ist ein Silberspitz, fett wie Butter. Unten im Tiefland ist das Futter schlecht, und die Briten sind arm, die Bären werden Grizzlybären genannt. Ich wäre beschämt, wenn ich einen Grizzlybären auf meiner Ranch hätte . Aber wenn ich mir vorstelle, Kate, war der Vermieter vor drei Jahren ein wahrer Grizzly. Er hatte Unglück gehabt."

"Sag mir." Während er das Feuer schürte und seine Gedanken sammelte, beobachtete ich die Zedernfunken, eine Fackelprozession von Feen, die nach oben in die Dunkelheit über mir floss.

„Wall, weißt du, er und die Wirtin waren immer da, genauso wie du und ich, aber nicht zusammen. Nein. Da sie respektable Bären waren, fütterten sie an entgegengesetzten Enden der Weide."

„Aber leben die Ehepaare nicht zusammen?"

„Keine. Sie finden es nicht ganz bescheiden, aus ihrer Ehe eine Show zu machen. Weißt du, Kate, diese Bären sind schließlich nicht wie wir, sondern irgendwie Ausländer. Mutter zieht sich irgendwie zurück, wenn es Junge gibt. " Weil Vater so nachlässig ist und sie isst.

"Wie widerlich!"

„Ich weiß nicht. Wann ich spreche, ihre drei jungen Bärendamen haben irgendwo oben in den Schwarzkiefern geheiratet, wo man, sagen wir, fünfzig Quadratmeilen braucht, um einen Silberspitz zu ernähren – und keine Touristen, die in Zeiten der Hungersnot helfen könnten. Das Land hatte Übervorräte und einen hohen Schutzzoll gegen die kanadischen Bären.

„Und hier ist die Vermieterin auf unserer Ranch, vollgestopft mit Finanztheorien. ‚Bär ist gut', sagt sie, ‚Je mehr Junge, desto besser', sagt sie, ‚Lasst uns fruchtbar sein und uns vermehren.' Und es ist nur eine Zwei-Bären-Ranch. Es gibt kein England, wo sie überschüssige Junge abgeben kann.

„Also sorgt der Wirt für Vorsorge und frisst die Jungen. Natürlich entsteht darüber eine Art Kühle, so dass sie im Norden frisst, während er im Süden ist. Dann beginnt die Lachssaison. Es gibt nur zwei Angelfelsen in unserer Reichweite, das gleiche Wesen dicht beieinander. Der Wirt fischt am Backwater-Felsen. Die Wirtin fischt am Stromschnellen-Felsen. Sie müssen so tun, als wären sie nicht entsaftet worden.

„Es hat stark geregnet, und oben am Rand der Bank habe ich gesehen, wie sich über Apex Rock ein neuer Riss öffnete. Ich hätte einen Gefahrenhinweis angebracht, nur denken diese Leute, dass es dazu dient, sich den Rücken zu kratzen. Der Riss wird breiter." „Und die Wirtin, die direkt darunter fischt, und ich brüllen", aber sie ist zu stolz, um sich um meine Sorgen zu kümmern. Also denke ich, wenn ich ihr nur einen Hinweis gebe, fängt sie vielleicht an, sich aufzustellen und es zu bemerken. Ich renne nach Hause für mein Gewehr, postiere mich an einer großen Kiefer, schieße eine gleichmäßige Kugel und lasse los, wobei ich der Dame einen Lachs aus dem Mund schlage. Dann fällt mir ein, dass die Erschütterung eines Schusses ausreicht, um das Ende von Apex Rock zu lösen. Das tut es, und während die Szenerie neu arrangiert wird, baut die Wirtin auf und fragt sich, was das Problem ist. Als sich der Staub lichtet, ist Apex Rock hier oben nur noch ein Baumstumpf; unten an den Stromschnellen ist der Fischerfelsen um Anbauten erweitert; die Wirtin ist Witwer, rennt mit aller Kraft davon, und die Wirtin ist nicht mehr – von ihr ist nicht mehr genug übrig, um eine Beerdigung zu rechtfertigen.

„Warum heißt der Vermieter Eph?"

„Vorname. Die meisten B'ars sind Ephraim, aber er ist Ephrata, was „offen sein" bedeutet. Ich habe versucht, ihn dazu zu bringen, offen zu mir zu sein, anstatt Hühner zu stehlen. Dann kam das schlechte Jahr."

„Waren Sie in Schwierigkeiten?"

„Eph war. Die Konservenfabriken bis hin zum Salzwasser hatten den Fraser herausgefischt, und die Brüterei nahm ihre Arbeit erst im vierten Jahr auf, als die neuen Laichen in ihren Heimatfluss zurückkehrten. Ja, und die Sarvis-Beeren versagten Ich weiß nicht warum, aber die Silberspitzen dieses Distrikts haben keine Vorliebe für die gleichen Arten von Futter, wie sie es in Montana und Idaho praktizieren. Unten im Süden ernähren sie sich zu Mittag von Maden, Ameisen oder Eselszahnveilchen, aber Eph ist kein origineller Denker. Er strebt nach der Umsetzung und scheut neue Ideen. Er würde konservativ stimmen. Als der Lachs und die Beeren wieder auf ihn losgingen, war er irgendwie am Ende. Er kam in die Hütte und sagte: Klar Wie gesagt, er war kurz davor, das Geschäft aufzugeben.

„Aber, Jesse! Ein verhungernder Gr – ich meine Bär. Hattest du schon damals keine Angst?"

„Warum denn? Mein Partner kümmert sich um sein Geschäft und mischt sich nicht in meine Hawss-Ranch ein. Ihm gehören die Maden, Beeren, Lachse, wilden Honig und die Zutaten. Mir gehören das Gras, das Vieh, die Hühner und der Garten. Wenn wir Da er mit den Kohlköpfen nicht einverstanden war, habe ich Löcher in seine Ohren geschossen, bis er zugab, dass sie mir gehörten. Seine Ohren sind immer noch irgendwie unordentlich. Was sein Essen angeht, Sarah, Wall, ich habe sie gewarnt, den armen Eph nicht zu sehr in Versuchung zu führen."

"Sarah?"

„Jones' Fohlen. Ein Idiot zu sein liegt in ihrer Familie. Wall, Sarah ist gestorben, und Kohlköpfe wurden seltener, und Eph verlor das Vertrauen in mein Ziel, obwohl ich ihm gesagt habe, dass ich hart im Nehmen bin."

„Dann hat er dich angegriffen?"

„Nicht ganz. Seine Taten könnten jedoch missverstanden worden sein. Mir schien, es wäre an der Zeit, die Weide zu überblicken und zu sehen, wie viel Futter einem armen Witwer erspart werden könnte. Diese Leute essen Fleisch, aber sie mögen es.“ Für sie geschlachtet und gereift. Unten am Südende verschonte ich Eph eine Familie Vielfraße, einen nach dem anderen, damit die Rationen ausreichten. Er begann sich zu ermutigen. Dann summte dieser Ort nur noch vor Klapperschlangen, also Eph und ich sind einfach zusammen herumgelaufen, solange die Jagd die Mühe wert war. Ich bezweifle, dass noch welche übrig sind.“

Da atmete ich erleichtert auf.

„Dann wird Eph frech und will Eichhörnchen und Streifenhörnchen. Jetzt, wo ich standhaft war. Jedes gestreifte Ungeziefer von ihnen mag meine Hafersäcke ausrauben, jedes Eichhörnchen mag sich den ganzen Tag aufhalten und mich beschimpfen, aber sie werden es nicht bekommen verletzt. Sie schimpfen und fluchen, aber jeder kleine Teufel unter ihnen weiß, dass ich gerne beleidigt werde. Obwohl sie Feinde haben – Füchse, Nerze, Stinktiere, Wiesel, habe ich diese Menge an Eph verfüttert und die Füchse gerettet. Sag es dir, Kate, die Der Vermieter wurde so stolz, dass er mich nicht mehr erkannte.

„Deine großen Adler, Jesse; sie töten auch Eichhörnchen.“

„Das ist eine Tatsache. Wenn ich die Adler erschießen würde, würden diese Eichhörnchen zu fröhlich werden. Adler gelten den Eichhörnchen als eine Art Religion, sonst würden sie ihre Gebete vergessen. Der nächste Vorschlag waren Pumas.“

„Oh, ich bin froh, dass du sie getötet hast. Auf der alten Ranch hatte ich solche Angst, dass ich die ganze Nacht wach liegen würde.“

„Und du bist ein Musiker! Das ist ja merkwürdig. Du magst kleine kleine Katzen, nur einen Fuß vom Kopf bis zur Spitze, obwohl ich zugeben muss, dass sie für ihre Größe Liedermacher sind. Aber ein neun Fuß großer Puma mit einer Zehntausend-Katzen-Kraft.“ Stimme, komponiert dabei, warum er voller Musik ist. Jetzt wollte ich eine Puma-Operntruppe vorschlagen. Sie würden diesen Wagner sowieso aus dem Leib hauen.

„Nicht für mich, Liebes. Sehen Sie, es gibt Handelsrivalität. Ich wünschte, du hättest sie erschossen.“

„Irgendwie tut es mir leid. Oftmals habe ich beim Campen auf dem Land, von dem ich weiß, dass es ein guter Ort für Pumas ist, die halbe Nacht damit verbracht, zuzuhören. Sie kamen schnurrend so nah heran, dass ich sie sehen konnte Ihre Augen glitzerten. Mir kam es so vor, als saßen sie auf ihren Schwänzen herum und schnurrten, weil sie ein Lager mochten, in dem es nicht nach Waffen roch. Sie sangen Liebeslieder, große Kriegslieder und alle möglichen Arten von Musik. Stell dir vor, du hättest Angst!

„Sie töten? Es ist schwer, sie als Geister zu erkennen, und jedes Mal, wenn man feuert, verschwinden sie einfach. Das ist jedoch nicht der Grund, denn wenn der Vermieter Katzenfleisch wollte, würde ich gerne den Kampf sehen."

„Sie würden es nie wagen, gegen diesen Riesenbären zu kämpfen!"

„Ich weiß nicht. Eph hat keine Pumas verloren. Er behandelt sie wie völlig Fremde."

„Aber der wahre Grund, warum ich Eph keine Berglöwen verfüttert habe, hängt hauptsächlich mit Schafen zusammen. Cougars macht ein recht kluges Geschäft mit Schafen, besonders mit Surly Browns Schafen. Schafe sind gemeinere Schlangen, Schafzüchter sind gemeinere Schafe, und wenn die Hirten anderer Meinung sind Mit den Pumas, gib mir die Pumas. Sheepmen ist Dreck.

Da sprach der unerbittliche Cowboy!

„Aber, lieber Jesse, bist du sicher, dass Eph nicht damit rechnet, dass ich das nächste Mal, wenn er hungrig ist, ‚verschont' bleibe?"

„Warum, nein. Er wurde respektabel erzogen, und es gibt eine richtige Etikette für Bären, wenn sie eine Dame treffen. Es sind sozusagen die ersten Tanzbewegungen: ‚General rutschen, an der Garderobe vorbei, und was ist mein kleines Zuhause?' "

******

Jesses Notiz

NB: Kate und ich sind uns einig, dass das nächste Kapitel gestrichen werden muss, da es langweilig ist. Nachdem wir auf der Ranch angekommen sind, dreht sich alles um den Stallbau. Die Nachbarn stellten uns eine schöne große Hütte zur Verfügung, die durch eine überdachte Veranda aus Zedernholz mit der alten Hütte verbunden war. Dort lebt das Feuerholz, die Wassertonne, der Schleifstein, der laut Kate genau wie meine Singstimme ist, ebenso die Axt und die Säge.

Natürlich war unsere Einweihung ein Fest mit Tanz, Lagerfeuer, einer Wassertonne voller Punsch und Kopfschmerzen. Ich wette um fünf Dollar, dass ich der einzige Signalgeber in unserem Distrikt war, und habe ihn an Iron Dale verloren, der vor fünf Jahren während des Riel-Aufstands das Signalisieren gelernt hat. Cap Taylor baute für uns ein Signalsystem auf, das uns auf Brände bei Nacht oder starke Rauchentwicklung bei Tag aufmerksam macht. Eins bedeutet Feiern, zwei bedeuten Hilfe und drei bedeuten Krieg.

Die Frauen schlugen die Männer im Tauziehen, aber das lag daran, dass das Holzbein der Witwe als Sammelpunkt für die Schlacht diente. Da sich Eph für den Winter zurückzog, wurde ich beliebter.

Nach der Feier entschieden wir uns für den Winter, und ich brachte alle Ponys außer Jones und dem Schlittengespann auf die Weide des Canyons. Dadurch war die Ranch ein wenig einsam, aber wegen der Hochzeitsreise fehlt uns das Heu. Wir sind pleite.

KAPITEL V

Der berühmte Erlöser

Jesses Brief

Mutter, ich bin verheiratet. Ich dachte, ich hätte Glück in vollen Zügen, aber anscheinend habe ich das, wofür ich geworfen habe, nicht eingefangen, und was ich gefangen habe, ist Ärger. Ich wünschte, du wärst nicht im Himmel, der sich irgendwie kalt und distanziert anfühlt, wenn man einsam ist. Niemand liebt mich und die Mücken haben mich für einen Neuling gehalten.

Im Haus der Dame darf ich nicht rauchen, und wenn es draußen vierzig Grad unter Null ist, verstopft ein Rohr mit Eis aus dem Atem. Kauen ist schlimmer, weil sie geweint hat. Sie braucht weder meine Waffen noch meine Sättel und mich noch irgendeinen Müll, in dem sie sich hinlegt, und meine Tischmanieren gehören unter den Tisch. Männer, sagt sie, füttern im Sitzen, damit sie nicht mit Tieren verwechselt werden, die stehen.

Treue Engländer wie der inzwischen verstorbene Trevor nehmen jeden Morgen ein kaltes Bad, besonders im Winter, was ein überraschendes Licht auf seine letzten Symptome wirft. Es sind diese gefrorene Art und Pyjamas, die den Engländer so beliebt machen. Wenn ich der bischöflichen Sekte angehörte, im Haus einen Mantel trage statt draußen und rosa Zahnpasta statt gelber Seife verwenden würde, hätte ich vielleicht gern mein Haschisch mit Currypulver und hätte ein wenig Hoffnung, hinzugehen , wenn ich sterbe, in Teile des Himmels, wo die Engländer offene Fenster statt Tag der offenen Tür haben. In der Zwischenzeit bin ich scherzhaft mit Mick zurück in die alte Hütte gezogen – er wedelt am Schwanz zwischen meinen Beinen, um zu sagen, dass diese Schreibgewohnheit ein Laster ist. Wenn ich jetzt nur eine Flasche Whisky hätte, wäre ich gut, aber da es bis zu einer Erfrischung 130 Kilometer sind, muss er sich mit Lastern abfinden.

Dieser hier herrschende Sturm beherrscht die Provinz seit Montag und fühlt sich heimisch, als wäre er gekommen, um zu bleiben. Wenn man die Nase an die Tür hält, ist sie zugefroren, sodass es keinen Spaß macht, zum Stall zu gehen. Ich kam gerade zurück. Pferde lecken gerne weiße Männer, weil wir durch das Essen von so viel Speck Salz schmecken, aber diese Stute Jones nimmt sich die Freiheit, mich durch die Tür zu treten, obwohl sie ganz genau weiß, dass sie geschlossen ist.

Mrs. Trevors Ehemann war ein Opernsänger, der seine Stimmbänder verloren hatte, und so ließ er sich hier nieder, um seine romantische Einsamkeit zu verbringen und seine Frau zu ärgern. Er machte sich auf den Weg und verwechselte sie mit einem Bären; sie brach sich beim Stampfen den Knöchel; und ich interessierte mich dafür, er trieb mich ziemlich in die Höhe, bis er einen Unfall hatte. Dann hat mich seine Witwe geheiratet und ich bin völlig entmutigt.

II

Ich kochte gerade Slapjacks, was die investierte Zeit schnell befriedigte, als Iron Dale auf dem Heimweg vorbeikam. Er sagt, meine hochwertigen Slapjacks seien der Stoff, aus dem Träume gemacht sind. Als er so aus der Heiligen Schrift zitierte, kam mir der Verdacht, dass er an dieser Ranch vorbeikam, anstatt direkt nach Sky-Line zu fahren. Daraufhin hat er etwas verdammt Seltsames und Beunruhigendes für mein Fell vor. Thar ist ein Fremder im Hundred Mile House und behauptet, er sei aus London, England, gekommen, um meine Frau zu finden.

Auf dem Bühnenschlitten von Ashcroft ist diese Person erstarrt, was meistens einem Tenderfoot passiert, der lieber wie ein Mann erstarrt, als wie ein Hund hinterherzulaufen. Daher kommt er dem armen Doc McGee natürlich sehr gelegen. Da unsere Leute gesund und schlau wie Bären sind, wäre McGee sonst völlig aus der Übung, also hoffe ich, dass er mit diesem vergänglichen Fremden hier gut zurechtkommt, da er ein nützlicher Abwesender von meiner Ranch ist. Er hat eine Art Welpenklavier dabei, was mich betrübt, wenn ich daran denke, dass unsere Siedler mit solchen neuesten Verbesserungen veraltet sein müssen und andere Siedlungen dazu neigen, uns Dreck ins Gesicht zu werfen. Klirrende Welpenklaviere sind im Katalog des Hudson's Bay-Geschäfts noch nicht bepreist. Anscheinend heißt es Cembalo, und diese Person spielt Tag und Nacht darauf, sodass der Rancharbeiter kündigt und Cap Taylor ihm das Doppelte für die Verpflegung in Rechnung stellt. Ich frage mich überhaupt, was er von meiner Frau will. Die Frau möchte, dass ich den Schlitten nehme und ihn abhole. Ich weiß es nicht, aber meine schwachen Intellektuellen haben den Eindruck, dass damit der Ärger schon auf halbem Weg gelöst wäre, abgesehen davon, dass ich den Arzt und Captain Taylor ausgeraubt habe, die mir keinen Schaden zugefügt haben.

III

Nachdem ich wegen des anhaltenden Schneesturms eine Rettungsleine am Stall angebracht hatte, ging ich heute Morgen zum Haus der Dame. Sie zeigte mir einen Brief, den Dale mitgebracht hatte, auf Eytalisch, in dem steht, dass das Schwein vorschlägt, ihre Füße zu küssen und in göttlichen Liedern zu schwelgen usw. Sein Name ist Salvator, also ist er ein Dago. Da sie weiß ist, kann sie damit nichts anfangen, da sie zur gleichen Spezies wie Nigger gehört, also ist das in Ordnung. Anscheinend ist das Welpenklavier für sie von ihrem geliebten Maestro, einem anderen Schwein aus demselben Wurf. Sie singt jetzt und es geht mir durch die Knochen. Ihre Stimme ist tief wie die eines Mannes, stark wie Fraser Rapids, und ich muss zugeben, dass das Welpenklavier meine besten Instinkte anspricht. Was mich betrifft, mein Name ist Schlamm, und sie tritt darin herum.

IV

Der Wind jagte der Sonne hinterher und hinterließ Frieden und klare Sterne, daher muss es heute Morgen sechzig Grad unter Null sein, da die Baumstämme sich spalten. Mittags passiert der tränenreiche George, der das Welpenklavier und das Schwein mit der Nase in einen Muff wirft. Tearful hatte den Schlitten über Baumstümpfe zum Kentern gebracht, um seinen Passagier zum Laufen zu bringen, anstatt wie gefrorenes Fleisch hier anzukommen, aber anscheinend hatte es der Harpsecorde nicht gut getan. Er sagte, er würde den Schwanz verdrehen, bevor noch mehr Musik erklang, also blieb er nicht beim Abendessen. Das Schwein kniete vor der Frau nieder und sabberte über ihre Hand. Sie hat gerade Reh geknetet, und er hat etwas davon auf der Nase.

Er hat einen immer strahlenden und schönen Engelsausdruck, ein milchiges Lächeln, Hundeaugen und ein Umlegehalsband. Er nennt sie Donner Addoller-rr-ra-ta und sieht aus, als hätte er unterwegs mit Tearful nicht viel zu essen gehabt, obwohl sie bei Witwe O'Flynn campiert hatten, wo es Kuchen gibt, wann immer ihr Billy zu Hause ist.

Kate ist völlig zufrieden. Scheint, als hätte dieser Herr mit dem Bürokragen eine Oper geschrieben, und es gibt eine Party namens Impress Ario, Gesangs- und Tanzkünstlerin, die sie in London, England, auf die Bühne bringt. Die Hauptdarstellerin singt Bass, und deshalb wird Kate gesucht. Der einzigen Frau auf Erden, die gemein genug singt, schicken sie dieses Dingus und den Orgelspieler. Sie sagt, es sei ein Geschäftsvorhaben, bei dem es um Geld geht, und möchte, dass ich mit ins Alte Land komme. Sie ließ mich mit Halsband und Kette und einer rosa Schleife an meinem Ohr durch die Strand Street flanieren.

Sie hat es hier schwer, lebt hauptsächlich von Wildfleisch und hat weder Geld noch Bedienstete. Ich würde sie gerne glücklicher sehen; Ich weiß, dass ihre Musik der ganzen Welt gehört, und ich habe kein Recht, ihr irgendeinen Egoismus vorzuwerfen. Wenn es an ihr liegt, zu gehen, muss ich erfreut aussehen, und sie wird an dem Tag gehen, an dem ich an ihren Ruf glaube.

Sie und das Tinkle Dingus und die Schweine sind auf Hochtouren. Er schreit völlig verzweifelt, sie donnert: „Mach die Tür zu, oh!“ „Ting ting tong banggo!“ sagt das Welpenklavier, während Mick hier drin heult wie ein mondsüchtiger Wolf. Ich weiß es nicht, aber mir kommt es so vor, als ob, wenn man nachts zwischen den Sternen, den Bergen und dem Fluss unterwegs ist und im Canyon Gott preist, Musik von der Seele bis zum Allmächtigen reicht und Frieden direkt aus dem Himmel herabsteigt. Oh Herr, sprich mit meiner Frau und sage ihr, dass hier mehr Liebe steckt als in all den Scheinleidenschaften aller verdammten Opern zusammen. Aber jetzt läuft sie eitlen Schweinen hinterher.

V

Ich habe das Dago-Bett hier unten gemacht, aber er hat sich zum Frühstück hinübergeschlichen, und seitdem haben sie mit aller Kraft daran gearbeitet. „Tinkie Tankie Ping Ping Pee-chee-ree-ho-O! Oh! Oho! me-catamiaou-au-yow." Cougars sind noch ganz klein drauf, aber ich bin verdammt unwissend, und mir ist aufgefallen, dass die Signorin dabei zugeschaut hat, wie sie sich abgewaschen hat.

Ich war nicht traurig darüber, dass Kate mich überredet hatte, sie bis Hundred Mile zu fahren. Der Klang ihrer Stimme überwältigt mich jedes Mal, aber als der Dago versucht, meine Ohren zu streicheln, war er zu zahlreich, also hielt ich seinen Kopf im Eimer, bis er nachließ. Ich mag ihn nicht besonders.

Von dem Moment an, als ich mit den Pferden fertig war, bis kurz vor Sonnenuntergang, wurde die Musik leiser und ich wurde immer nervöser. Schließlich ging ich direkt hinein.

Sie trug ein schwarzes Kleid mit unanständigen Schultern und einen leuchtenden Stern auf der Stirn. Sie stand da, die Arme des Schweins um sie geschlungen, bis er bei meinem Anblick zusammenzuckte, höllisch schuldig. Sie hatte nicht den geringsten Anflug von Scham oder Angst, aber sie stand einfach da und sah so großartig und schön aus, dass mir der Atem stockte. „Warum, Jesse", sagte sie mit sanfter Stimme vor Freude, „ich bin so froh, dass du gekommen bist, um es zu sehen. Es ist die großartige Szene, die Entsagung. Komm, Salvator, von ‚Dein Volk wird …'"

Ich zog ihn am Ohr in meine Kabine, er redete wie ein Grammophon. Ich setzte ihn auf den Hocker, mich selbst auf die Koje, inspizierte ihn, während ich Baccy schnitt, und nahm eine Pfeife. Wenn ich zulassen würde, dass er mit Waffen gegen mich kämpft, würde sie einen Helden aus ihm machen. Wenn ich ihn in die Kälte schleuderte oder ihn auf andere Weise ins Dago-Paradies trug, machte sie einen Bösewicht aus mir.

„Du hast eine Oper geschrieben", sage ich.

Er erklärt mit seiner Zunge, seinen Augen und beiden Pfoten, wie lange es dauert, Eier zu kochen. Ich bin kein Ei.

„Du gibst der Hauptdarstellerin eine niedrige Stimme?“

Er ließ noch etwas kochen.

„Sie haben also eine Entschuldigung für Ihr Kommen.“

Er breitete sich über die Landschaft aus.

„Ich denke“, sagte ich, „dass sie nichts anderes als Trevor hätte, um ihre Ehre zu schützen.“

Mehr reden.

„Aber Sie haben festgestellt, dass sie mit einem Mann verheiratet ist.“

Er wollte alleine in die Zivilisation gehen.

„Du bleibst hier“, sage ich, „und Salvator, du wirst dir deine Pension verdienen.“

VI

Ich behaupte nicht, dass dieser Salvator diesen Monat tatsächlich sein Essen verdient hat. Er kann jetzt Ställe putzen, ohne in ein Curry-Hash geworfen zu werden; Er kann Wasserlöcher durch Eis schlagen und hat sich bisher nur von einem großen Zeh getrennt; er kann sich mit Feuerholz herumschlagen, wenn ich ihn mit Sporen und Stachel versorge; Aber sein Geschirrspülen muss noch geübt werden, und beim Bodenschrubben ist er noch nicht perfekt. Er ist weniger unruhig und träge, seit er in Gegenwart einer Dame auf den Kopf gestellt und verprügelt wurde, aber andererseits mangelt es ihm an Freude, Fröhlichkeit und Einsatz. Er ist zu sehr von dummen Sehnsüchten erfüllt, und seine reinweiße Seele scheint ihn zu beunruhigen, aber dann gibt es da noch bockende Pferde, auf denen er im Frühling reiten kann, und erste Übungen mit Bären. Mein Bär hätte ein starkes Stärkungsmittel sein sollen.

Ich habe eine Telegrammnachricht von Tearful George an den Gesangs- und Tanzkünstler geschickt, der die Schweineoper leitet, und mich nur erkundigt, ob er Salvator geschickt hat, um meine Frau abzuholen. Die Antwort lautet empört: Das Schwein sei ein Lügner. Ebenso gibt es in den Zeitungen von Vancouver einen Absatz über den berühmten jungen Komponisten Salvator Milani, der offenbar in der Wildnis verschwunden ist. Seine Frau ist verzweifelt, seine Kinder sind verzweifelt, die Salvatori, ein Musikverein, bieten Belohnungen an, die sich als nützlich erweisen könnten, und der Rest der Menschheit wirft Anfälle auf. In diesem Aufsatz wird zugegeben, dass der Verstorbene nachlässig und zerstreut ist, und ich halte inne, um festzustellen, dass er mein Bett nicht gemacht hat. Er bekommt etwas Quirt zum Abendessen.

Was meine Frau betrifft, würde sie niemals glauben, dass das Schwein nicht geschickt wurde, um sie zu holen, oder dass er seine Frau und seine Familie im Stich gelassen hat. Sie hält ihn für einen kleinen Schwanzengel und mich für einen Schwanzteufel. Sie muss ihn selbst herausfinden.

VII

Meine Frau ist mit ihm durchgebrannt.

VIII

Ich könnte Sterne wie Äpfel pflücken. Hier bin ich mit meiner Pfeife und meinem Hund in meinem Haus und meiner lieben Frau zufrieden. Mehr gibt es im Dook of London nicht, außer Schnickschnack. Ich weiß kaum, wo ich anfangen soll, außer wo ich aufgehört habe, ohne zu erwähnen, wie sie weglaufen. Die Erhabenen hatten nicht den Mut, also war es meine Dame, die sich mitten in der Nacht in den Stall schlich und das Gespann so still anspannte, dass ich nie aufwachte. Sie fuhr mit ihren Koffern, dem Welpenklavier und ihren Schweinen los, in einer bitterkalten Nacht, achtzig Meilen vor ihr, bevor sie Hilfe bekommen würde, wenn etwas schiefgehen sollte. Sie hat den reinsten Mut, meine großartige Vollblutdame, und es gibt mir ein wirklich gutes Gefühl, wenn ich daran denke, wie sie ihrem Gewissen auf diesem unheiligen Pfad durch die Schwarzkiefern gefolgt ist.

Im Morgengrauen machte sie sich zum Frühstück bei O'Flynn's auf. Die Witwe hatte sich das Bein gebrochen, weil sie einer Kuh Vorwürfe gemacht hatte, und schickte ihren Sohn zum Zimmermann im Hundred and Fifty Mile House, um das Problem reparieren zu lassen. Ihr Bett stand neben dem Ofen, Brennholz, Wasser und Essen waren in Reichweite. Es war jedoch sehr peinlich, dass der Herd den Geist aufgegeben hatte und der Wassereimer zugefroren war, während sie schlief, sodass sie damit rechnete, weggetragen zu werden, bevor ihr Sohn nach Hause kam, als Kate rechtzeitig eintraf, um sie aus dem Himmel zu retten. Der Unterzeichner meldet sich freiwillig, um Feuer zu machen und Essen zu kochen, während Kate das Team fütterte und tränkte, sodass meine Frau das Vergnügen hat, in Bent Creek einen fünf Fuß großen Brunnen zu stechen, während dieser selbstlose Cavalierio im Haus blieb und sich wärmte. Natürlich wusste er nicht genug , um den Ofen anzuzünden, bis die Witwe Dinge warf und er das Kohlenöl holte. Dann vergaß er, wie man die Anzündhölzer einweicht, bevor er ein Streichholz anzündet, also zündet er zuerst den Brennstoff an und steht dann daneben und gießt Öl aus dem Fünf-Gallonen-Kanister. Als das Feuer in die Dose sprang, musste er natürlich loslassen, und als er sah, dass die Hütte in Flammen stand, galoppierte er in den Wald und ließ die Witwe O'Flynn ganz allein brennen.

Als Kate die Hütte erreicht, steht die offene Tür in Flammen. Doch mit dem Eispickel rennt sie zur Giebelseite und hackt sich durch das Fenster hinein. Das Bett brennt inzwischen schon recht heftig, aber die Witwe ist ausgestiegen, ist ans Fenster geklettert und hat sich mit dem Rauch eingeschlafen, sodass Kate plötzlich hineinklettert und sich auf sie setzt. Das Feuer erfasst meine Frau, aber sie schwingt die Witwe durch das Fenster, klettert hinaus, zündet sie erneut an und rollt sich dann im Schnee.

Glaubst du, sie würde zuhören, wenn die Erhabene aus dem Wald kommt, um es zu erklären? Ich kann mir gerade noch vorstellen, wie er es mit Dago-Englisch, Pfoten, Schultern und Augen erklärt. Sie lässt ihn erklärend vor der brennenden Hütte zurück. In drei Tagen wird der junge O'Flynn mit dem Glied seiner Mutter, das an die Sattelschnüre gefesselt ist, nach Hause reiten, und wenn das Schwein dann noch lebt, wird er wieder anfangen zu erklären, obwohl Billy schnell und unruhig mit seiner Waffe umgeht.

Meine Frau brachte diese Witwe zur Scheune und holte für beide warme Kleidung aus ihren Koffern. Sie lud ihr Gepäck und das Welpenklavier aus, bettete die Witwe in sauberes Heu, stellte das Gespann zusammen und machte sich auf den Weg nach Hause.

Sie hatte keine Meile vor sich, bis sie mich traf, und angesichts des Rauchs von O'Flynn's, der Witwe in der Bohrinsel und der völligen Abwesenheit der Schweine hatte ich zusammengerechnet, bevor sie ihr Team zügelte. Sie würde in meinen Armen weinen wollen.

Sie liegt also hier im Bett, ihre Verbrennungen sind mit Öl von einem Bären behandelt, der mich einmal auf dem Sky-Line-Trail hochgehalten hat. Es ist gutes Öl. Die Witwe schläft in meiner Hütte und ich komme gleich nach Hause mit diesem Brief, den ich an dich geschrieben habe, Mutter. Ich schätze, du weißt, Mama, warum ich, meine Pfeife und mein Hund jetzt willkommen sind, was du in deiner Zeit gelebt und geliebt hast.

Ich hoffe also, dass du im Himmel bist, denn das verlässt mich derzeit.

Jahr beeinflussen. Sohn,
JESSE.

KAPITEL VI

Raub unter den Waffen

Kates Erzählung

Wir haben mit einem Gästebuch begonnen. Es beginnt mit Presseausschnitten von Interviews mit Professor Bohns, dem berühmten Archäologen, der kam, um die paläolithischen Ablagerungen in South Cave zu untersuchen. Als nächstes folgen Unterlagen im Zusammenhang mit einer Vorladung wegen Körperverletzung, die der verstorbene Mr. Trevor gegen J. Smith eingereicht hat. Es gibt einen Brief von einem Großwildjäger, Sir Turner Rounde, der die Schlucht hinaufkam und Fellproben von *Ursus horribilis sammelte* , von dem Jesse behauptet, es handele sich nicht um einen Grizzlybären. Aber das Juwel unserer Sammlung ist ein ausführlicher Erklärungsbrief eines angesehenen italienischen Köters, der letzten Winter einen ganzen Monat auf der Ranch verbrachte. Niemand ist gastfreundlicher oder hungriger nach Beliebtheit als mein lieber Mann, aber ich denke, dass für seine Besucher besondere Gebete gesprochen werden sollten. Er hat jetzt ein Motto: „Liebe mich: Liebe meinen Bären, nicht meine Frau."

Mein eifersüchtiger Held hat die Geschichte eines alten Verehrers, eines ehemaligen Kommilitonen, erzählt, der mir ein pummeliges Klavier brachte, nach dem ich so gehungert hatte, mir die Neuigkeit erzählte, fachsimpelte und aus mir eine Primadonna machen wollte – mein Lebensziel . Die Falle war gut mit Ködern versehen. Einsam und voller Angst vor der schrecklichen Majestät des Winters sehnte ich mich nach den Lichtern, nach den Menschenmengen, nach meinem Zuhause, nach meinen Leuten, nach meiner Kunst. Und es gibt noch kleine Dinge, die einer Frau so viel bedeuten.

Salvator erwies sich als Schurke, seine Mission war verabscheuungswürdig, und doch kann keine geborene Frau jemals ohne eine kleine Zärtlichkeit für jemanden sein, dessen Liebe ihn in die Irre führt. Und ich, der ich dem armen Jesse eine Lektion vorlesen wollte, lernte selbst eine. Ich bin nicht mehr frei, sondern gefesselt und stolz auf die Ketten, die Ketten der Liebe, die mir mehr wert sind als diese verlorene Welt.

Und doch frage ich mich, ob es im Himmel gesegnete, aber schwache kleine Seelen wie meine gibt, die manchmal der Harfe überdrüssig werden, von ihren Kronen des Ruhms wund sind, gelangweilt zu Tränen vor Glückseligkeit und bereit, alles nur für einen netten Klatsch aufzugeben . Das wäre menschlich.

Wo der Frühling wie ein Engelsbesuch gekommen ist, wo sich die Einsamkeit des Winters in die glückliche Einsamkeit des Sommers verwandelt, schaue ich in Spiegelbecken und sehe Zufriedenheit. Oh, wie können zivilisierte Menschen das Wunder und den Glamour dieses Paradieses erkennen? Oben in den Schwarzkiefern ist es noch Winter, aber unser hoch aufragender, mit Buchten versehener, skulpturaler, sonniger Abgrund ist voller Blumen und Vögel, während die Hänge am Fuße der Mauer weiß sind von der Blüte wilder Obstgärten. Hier ist unsere Bankweide ein kleiner Himmel mit Ringelblumen als Sternen. Unten im unteren Canyon stehen die Bäume im Sommerlaub. Die Kanarienvögel nisten, die Kolibris sind gerade angekommen, die Bienen feiern eine Hochzeit, genau wie Mendelssohn es uns erzählt hat, und Jesse und ich schämen uns ziemlich, weil die vorwurfsvollen Augen der Witwe uns entdeckt haben. Wir sind nicht wirklich erwachsen.

Warum sollte die arme, saure Frau Angst vor Feen haben? Aber Sie sehen, ich hatte schreckliche Angst vor dem Vermieter, bis Eph, hager und abgezehrt aus seinem Winterschlaf erwachte, kam, um nach Melassesirup zu fragen. Er hatte eine Schüssel mit goldenem Sirup, Gott segne ihn, und kein Baby, das weniger als 2,70 Meter von der Spitze zur anderen reichte, hätte jemals in solch ein Durcheinander geraten können. Er hält mich immer noch für ziemlich gefährlich.

Eines Morgens, es muss der sechsundzwanzigste gewesen sein, glaube ich, hatten wir einen Anrufer, der, fürchte ich, dazu bestimmt war, sich in unser Gästebuch einzutragen. Jesse war losgeritten, um zu sehen, wie seine Ponys auf dem neuen Gras gedeihen, Mrs. O'Flynn wurde nach dem Frühstück rot, und da ich im Weg war, nahm ich meine Wasserfarben mit zum Apex Rock, um zu sehen, ob eine Skizze halten würde Winter, Frühling, Sommer, vom Zentrum des Wunderlandes aus gesehen.

Jetzt, wo unser Haus vom Scheitelpunkt aus gut sichtbar war und der Klang sich in dieser klaren Atmosphäre auf magische Weise ausbreitete, hörte ich Stimmen. Mrs. O'Flynn hatte Besuch, und ich hatte es so eifersüchtig, den Klatsch mitzuteilen, dass meine Skizze über die Klippe fiel, als ich aufstand, um zu rennen. Ein ziemlich gutaussehender Mann im prächtigen Cowboy-Kleid stand neben einem kastanienbraunen Wallach, ein solcher Pferdearistokrat, dass ich dafür gesorgt habe, dass er ein Wappen tragen musste. Darüber hinaus küsste er Mrs. O'Flynn vorsichtig und widerstrebend, als wäre er auf Befehl. Sie strahlte, segne ihr albernes altes Herz!

Mrs. O'Flynn betrachtet ihre Wahrhaftigkeit als eine Eigenschaft, die für den alltäglichen Gebrauch zu wertvoll ist, und sie wurde so sorgfältig bewahrt, dass sie in ihrem vierundfünfzigsten Lebensjahr keine Anzeichen von Abnutzung zeigt. Als ich das Haus erreichte, war ich daher nicht überrascht, dass ihr Besucher ein völlig Fremder war.

Aus ritterlichem Respekt vor Frauen – die Art kommt in der Weide selten vor – sind Cowboys schüchtern und meist sprachlos. In einem Land, in dem es als unhöflich gilt, eine persönliche Frage zu stellen, wie zum Beispiel, den Gast nach seinem Namen, seiner Herkunft oder seinem Ziel zu fragen, sind Kuhtreiber stolz auf ihre Zurückhaltung. Sie machen niemals offensichtliche Bemerkungen, stellen unnötige Fragen oder mischen sich in Angelegenheiten ein, die nicht ihr Anliegen sind.

In der Viehweide wird ein Besucher, der zum Absteigen aufgefordert wird, zu seinem Lager oder Haus, ohne durch Worte oder einen Blick den Zweifel zu äußern, dass ihm Wasser, Weideland, Nahrung, Unterkunft und Wärme willkommen sind, solange er bleiben muss. Ich hatte diesen Mann nicht zum Absteigen aufgefordert.

Gemessen an diesen Zeichen – Ritterlichkeit, Zurückhaltung, Höflichkeit – war Mrs. O'Flynns Gast war kein Cowboy. Sein flottes Benehmen, seine übertriebene Höflichkeit und die Nachahmung unserer bürgerlichen englischen Sprache machten ihn zu einem Engländer, aber nicht zum britischen Schlag. Später, in Momenten der Aufregung, sprach er mit einem Hauch von Music-Hall über New York.

Selbst an einem so einsamen Ort ist es seltsam, sich daran zu erinnern, dass eine solche Person mich ansprechen sollte. Dennoch war der Mann auf seine übliche Art schön, trug seine Kleidung gut und bewegte sich mit Anmut. Der Künstler in mir hat so viel gesehen und gemocht, aber ich glaube, keine Frau hätte diese tragischen Augen sehen können, ohne beeinflusst zu werden.

„Ah! Mrs. Smith, glaube ich?“ Er stand unbedeckt da. „Darf ich fragen, ob Ihr Mann zu Hause ist? Ich glaube, ich hatte das Vergnügen, ihn vor Jahren in Texas zu kennen.“

„Er wird bis Mittag zurück sein.“

„Vielen Dank, Madam. Tatsache ist, dass wir sehr überrascht waren, den Rauch Ihres Schornsteins zu sehen. Wir dachten, dieser exquisite Ort sei ziemlich leer. Tatsächlich!“

„Wer ist ‚wir‘?“

„Oh, wir sind die Truppe, die für General Schmidt reitet. Wir sind auf der Suche nach dem Frühlingsfutter. Uns wurde mitgeteilt, dass Ponders Platz unbewohnt und für alle offen sei. Täusche ich mich, wenn ich annehme, dass dies Ponders Platz ist?“

"Es ist."

„Ähm – darf ich fragen, ob Ihr Mann die Hausbesetzerrechte besitzt oder das Gehöft und die Vorkaufsrechte besitzt?“

„Sie können meinen Mann fragen."

„Vielen Dank, Madam. Unser Vorarbeiter hat mich angewiesen, zu sagen, dass ich für den Fall, dass der Platz besetzt sein sollte, um Konditionen für die Weide bitten solle. Wir haben nur zweihundert Tiere."

„Mr. Smith wird die Angelegenheit prüfen."

„Wir haben in einer kleinen Höhle am südlichen Ende der Bank unser Lager aufgeschlagen und fühlen uns sehr wohl."

Natürlich weiß ich, dass ich ein Narr bin und erwarte, dass ich auch so behandelt werde. Aber dieser Mann behauptete, er habe in der Südhöhle gecampt, ohne an diesem Haus vorbeizukommen, was unmöglich war.

„In der South Cave gecampt?" sagte ich. „In diesem Fall brauche ich Sie nicht aufzuhalten. Mr. Smith wird Sie zweifellos nach dem Abendessen besuchen. Guten Morgen, Sir."

Aber das war nicht in seinem Sinne, und ich vermutete vage, dass mein Mann im Bar Y-Lager nicht wirklich erwünscht war. Ich vermutete sogar, dass dieser Besucher sich lieber mit mir befassen würde, als meinen Mann zu sehen. Es bedurfte mehr als eines Hinweises, um seine Abreise sicherzustellen.

Jesse kam gegen Mittag zurück. Er hatte angefangen zu singen, aber beim Abendessen war er so nachdenklich, dass er meinen Auflauf, ein Gericht, das er genießen sollte, überhaupt nicht bemerkte, und als er danach versuchte, eine leere Pfeife anzuzünden, sah ich, dass etwas nicht stimmte. Er nahm die Geschichte unseres Anrufers mit den Geräuschen eines Unzufriedenen auf. „Diese Besucherin, Kate", fasste er zusammen, „würde eine erstklassige Fremde abgeben. Kannten Sie mich, sagen Sie, in Texas?"

Als ich Mrs. O'Flynns scharfes, widersprüchliches Grunzen aus ihrer Küche hörte, schloss ich die Tür.

„Du hast das Schlüsselloch offen gelassen", sagte Jesse und erhob sich vom Tisch, „komm spazieren."

„Nun, Kate, meine Liebe", Jesse setzte sich neben mich auf den Apex Rock, „heute Morgen hast du deine erste Lektion in Räubern bekommen. Wie würde dir ein Besuch im alten Cap Taylor in Hundred Mile gefallen?"

Vielleicht hat meine Stimme ein wenig gezittert. "Gefahr?" Ich fragte.

„Ich weiß nicht, ob tatsächlich Gefahr besteht, aber wenn ich im Scherz *wüsste* , dass du in Sicherheit bist, könnte ich sofort handeln."

„Erzähl mir alles, Jesse."

„Oben am nördlichen Ende der Bank gibt es vielleicht zweihundert Stück seltsamer Rinder. Ein reinrassiger Kurzhornbulle ist ganze 2500 Dollar wert, und es gibt einen Hereford-Gestüt, vor dem ich überall meinen Hut ziehen würde. Da sind Aberdeen- oder Angus-Hühner – ich nenne sie gemischte Kopfrassen – und ein Haufen Jerseys, die getrennt voneinander grasen, so rein wie Hirsche. Wie auch immer, diese Herde ist vielleicht zweihunderttausend Dollar wert, jeder Huf von ihnen ist gestohlen, und wenn man sie alle auf Millionärsfarmen harkt Ich bezweifle, dass man in Kalifornien diesen Wert bekommen würde."

„Woher wissen Sie, dass sie gestohlen wurden?"

„Kein Viehbesitzer braucht so viele Zuchtrinder. Wir züchten solche nicht im Norden, also sind sie aus den Staaten hierher gezogen. Sie leiden unter Hungersnot und Treiben, und ich kann mir kaum vorstellen, wie viele Noch mehr sind tot zurückgelassen worden, als sie das Black Pine-Gebiet durchquert haben. Die Bar-Y-Marken sind gefälscht. Die Leute, die sie hüten, warten, bis ich weg bin, und versuchen, mit dir einen Deal über Weideland zu machen. Der Herr mit den traurigen Augen wird verkleidet geschickt Ich bin bereit, eine Frau zu täuschen.

„Aber wie konnten selbst Räuber eine so wunderbare Herde zusammentreiben?"

„Kate, in den westlichen Bundesstaaten arbeiten knapp vierhundert Kuhdiebe zusammen, die in den Zeitungen beworben werden und Busse und Züge ausrauben, Bergbaulager bezahlen oder ab und zu eine Bank. Aber das sind doch nur Ferien, und das Hauptgeschäft ist die Viehzucht.

„Siehst du, Kate, sie sammelten ab und zu einen Deckhengst, so wie diese hier importierten Vollblüter, zu gut zum Verlieren, zu bekannt zum Verkaufen, zu heiß zum Halten. Sie hielten sie auf einer versteckten Weide . Aber manchmal drängt das Volk die Sheriffs, weiterzumachen, oder Onkel Sam schickt Ponysoldaten, um die Souveränitätsrechte dieser heiligen westlichen Staaten zur Hölle zu machen. Dann kann es passieren, dass sich die Räuber in Ladenkleidung zerstreuen, damit ein Betrunkener zu ' Frisco. Dieses Mal habe ich in den Zeitungen gesehen, dass Onkel Sam seine Räuber zusammentreibt, also muss man sich natürlich verstecken, um die Diebstähle zu verfolgen. Sie fuhren nach Norden zu den britischen Besitztümern, aber in der Ebene gibt es zu viele berittene Polizisten, während dies der Fall ist British Columbia hat einen Bezirkspolizisten in einem Bezirk von der Größe des alten Landes. Ja, sie sind in diese Provinz gekommen, und unsere Ranch hier ist eine Art Nordpol zum Viehbestand. Seit der alte Ponder aufgehört hat, und ich hockte, nur die Nachbarn wissen, dass die Ranch beansprucht wird.

„Jetzt, Kate.“ Sein großer, starker Arm schloss sich wie ein Schraubstock um mich. „Das Rumpfland weiß, dass du ein echter Mut bist, also ist es keine Schande, zu gehen. Meinetwegen, Liebes –“

„Glaubst du, ich würde dich in Gefahr bringen?“

Er seufzte. „Ich wusste es. Ich kann nichts dagegen tun, und, Kate, es ist die Wahrheit, ich würde dich lieber tot als verängstigt sehen. Da sind Madam Grizzly und Señora Cougar, da ist Lady Elk und sogar Mrs. Iltisse, so mutig Löwen. Ich würde es hassen, wenn mein Kumpel der Einzige wäre, der wie eine verbrühte Katze rennt.“

„Das Programm, Jesse?“

„Erinnerst du dich, Kate, wie wir fünf Dollar verloren haben, als wir herausfanden, dass Dale und ich Signalgeber sind?“

„Und Kapitän Taylor gab uns die Signale, den Bezirk zu errichten: ein Feuer für Feste, zwei für Hilfe, drei für den Krieg!“

„Das ist es, kleine Frau. Bei Einbruch der Dunkelheit werde ich oben auf den Klippen sein und meine Feuer vom Randfelsen aus anzünden, wo die Räuber das grelle Licht nicht sehen können.“

Kapitel VII

DIE ZUSAMMENFASSUNG

Jesses Erzählung

Während ich oben auf der Klippe Signalfeuer abfeuerte, kam Mr. Robber, um von meiner Frau herauszufinden, warum, denn ich hatte nicht angerufen, um meine Karte in der South Cave abzugeben. Er ist malerisch, sagt sie, Haare wie ein Rabenflügel, Augen stahlblau, Schal mit orangefarbenen Indigostreifen, Hemd aus schwarzer Seide, wollige Formen aus einer Wild-West-Show, Gold- und Silberbeschläge, Cheyenne-Sattel, Karabiner einer fremden Rasse, oder vielleicht ein Krag, manieren wie ein König, vierunddreißig Jahre alt, 1,80 m groß, Brustumfang nur achtunddreißig und so ein trauriges Lächeln – all das wird der Polizei nützlich sein.

Er versuchte alles, was er konnte, um nicht fotografiert zu werden, und ich wünschte, ich wäre dabei gewesen, denn es muss völlig komisch gewesen sein, aber wir geben alle nach, als Kate hinter uns her ist. Das erinnert mich daran, dass wir Gefahr laufen, aus Versehen auszubrennen, wenn er Kamera und Platte nicht einfangen kann.

Sie führte ihn weiter und brachte ihn zum Reden. Wenn sein Chef wüsste, wie viel Kate in ihrem Notizbuch notiert hat, würde dieser Typ mit den traurigen Augen überall hingeschmissen werden. Als ich feststellte, ob der Räuber mit ihr schlafen würde, lachte meine Frau nur, wandte sich ab und sagte mir, ich solle mich nicht dumm machen; aber die Röte breitete sich um ihren Hals aus.

Ich weiß nicht. Vielleicht liegt es an meiner Leber, also nehme ich das einzige Medikament, das ich habe, und es schmeckt wie Liniment. Liegt es an der Leber oder werde ich diese Person nicht mehr mögen?

II

Während ich schrieb, kam Billy O'Flynn mit seinem Rudel-Outfit auf dem Weg nach Sky-Line. Er wollte wissen, warum ich ihnen Feuer machte, also erklärte ich ihm, dass ich eine Lichtung für Kates Frühlingschrysanthemen anfertige. (Sie buchstabierte dieses Wort, was mich bis zu den Sprunggelenken stecken ließ.) Vielleicht liegt es an der Leber oder an meiner Entzündung, aber mein Verstand ist nicht ruhig, und die Skyline-Leute denken vielleicht, dass ich nur mit den Feuern scherze .

Ich kann Kate nicht zurücklassen, um Hilfe zu holen, ich kann sie nicht versetzen, ich kann Billy nicht zum Polizisten schicken, ohne meinen Vertrag mit der Sky-Line zu brechen, und ich verrate William O'Flynn nichts , Esquire, der lieber mit dem Mond spricht, als Gespräche zu verschwenden.

Wenn ich einen Brief für Dale schreibe und ihn in den Beutel stecke, erfährt Billy nichts davon, und er wird auch nicht darüber klatschen, wenn er zufällig auf streunende Räuber trifft. Ich werde ihn bis Mitternacht aufstehen und zur Sky-Line bringen, pünktlich zum Abendessen, und die Jungs werden morgen vor Mitternacht zur Fähre stürmen. Jetzt muss ich mir ein paar Lügen ausdenken, um Billys schüchternen Schritt auf dem Weg der Pflicht zu beschleunigen.

III

Billy eilte um Mitternacht weg, um Dale zu sagen, dass Taubenmilch für vierundachtzig und dreiviertel verkauft wird. Er glaubt, dass er, wenn er diese geheimen Informationen rechtzeitig an Iron weitergeben kann, an den Gewinnen teilhaben kann. Tatsache ist, dass Irons verstorbene Frau ihn wegen eines Witzes, den sie über ihn im Zusammenhang mit Taubenmilch gemacht hat, zum Gespött der Prärie gemacht hat, so dass Billys Anteil am Gewinn auf Dales Stiefelspitze ausgezahlt wird. Er bricht Rekorde, um die Sky-Line schnell zu machen.

Heute Morgen ist nichts passiert, außer Bull Durham, der sich Brooke nennt. Er, der Herr mit den traurigen Augen, der kam, um mit meiner Frau zu schlafen. Er zahlte mir hundert Dollar für Weideland. Dann habe ich ihm gesagt, dass er beim Abendessen bleiben soll, und Kate sagt, sie habe mich noch nie so gesprächig gesehen. Bull hat herausgefunden, in welchen Wochen die Cariboo-Bühne Arten trägt und wie viele tausend Dollar pro Monat an Amalgam aus dem Sky-Line-Lager kommen. Er hat mir sogar gesagt, dass der alte Surly Brown, der Geizhals, fünfzehntausend Dollar unter dem Lehmboden seiner Hütte vergraben hat – was mich daran erinnert, dass ich davor zurückschrecken muss, wenn Browns Haus zum Schauplatz einer Massenpanik wird sein Gewehr. Ich habe zugegeben, dass unser Provinzpolizist in Alexandria mit den Mumps im Bett liegt – bei einer Temperatur von 160°C im Schatten. Ich deutete irgendwie an, dass er mir gegenüber Vorurteile hatte, weil ich der Gesellschaft zur Verhütung von Tierquälerei angehörte und weil ich verdächtigt wurde, arme, dumme, getriebene Rinder zu adoptieren, die zufällig in die Reichweite meines Brandeisens geraten waren. Er erfuhr sogar, dass ich für die Lightning-Mannschaft geritten war, und daraus kommt der Schluss, dass ich einst zur Tonto-Gesetzlosenbande gehört haben muss. Das könnte der Grund dafür sein, dass ich hier oben in den britischen Besitztümern versteckt war. Unser gemeinsamer Bekannter, schon in Abilene, bestand allesamt aus Kandidaten für den Galgen oder solchen der lieben Verstorbenen, die von Richter Lynch ins Jenseits eingeladen worden waren. Ja, er zeigte eine große Gabe des

Glaubens und bekam sowohl sein Foto als auch das Negativ, um zu zeigen, dass es keine bösen Gefühle gab. Ich bin ein ländlicher, harmloser, einfacher Mensch und als Haustier erzogen.

Ich ließ Kate in einer zerstörten Hütte auf halbem Weg zur Fähre zurück und war um elf UHR ABENDS am Flussufer, um den alten Mann Brown zu begrüßen. Sobald er mich auf den Boden gebracht hatte, schickte ich ihn los, so viel er konnte, zu reiten und unseren Polizisten abzuholen, was mich achtzehn Dollar und ein Pferd kostete. Das Geld ist hart, aber ich werde mich durch Pferdehandel rächen.

Von Mitternacht bis ein UHR MORGENS verbrachte ich die Zeit damit, Dale zu beschimpfen; Von da an bis zwei UHR MORGENS hatte ich das Gefühl, dass mich niemand liebte; Von zwei UHR MORGENS bis halb drei plante ich, die Räuber im Alleingang zu erledigen. Um zwei Uhr fünfunddreißig rollte Dale mit neun Männern von Sky-Line an, die auf Billys Ponys saßen, außerdem O'Flynn und Ransome Pollock, der vielleicht für ein Brandopfer geeignet ist, aber lebend nicht viel nützt.

Natürlich musste ich, nachdem ich das Land aufgebaut hatte, es wiedergutmachen, indem ich einen Geschäftsvorschlag vorlegte und Räubern folgte. Iron hat sowieso keinen Sinn für Humor und kann keine Witze verstehen, es sei denn, die Preise stehen deutlich auf den Tickets. Er ist auf der Suche nach Dollars auf die Erde gekommen. Wenn eine Räuberbande ihn fünfzig Dollar pro Tag kosten muss und er laut Vertrag nur einundfünfzig Dollar pro Tag einbringt, ist seine Mine das bessere Geld, also rollt er mit dem Schwanz und nimmt seine Männer mit. Das ist Iron Dale, sieben Tage die Woche.

Er ist auch sehr geschickt darin, ein Geschäftstreffen abzuhalten. Wenn ich also Preiselbeerkuchen aß, was eine Art Kompliment von der Mine ist, und die Jungs als Spende etwas von Browns Tee bekamen, fand die Tagung feierlich statt Räuber reden.

Bewegt und unterstützt, dass Überfälle in den Herrschaftsgebieten Ihrer Majestät nicht gefördert werden, und wir geben diese Räuber dem Polizisten als sein rechtmäßiges Fleisch, aber wir müssen sie zuerst schnappen.

Entschlossen, dass Geld darin ist. Die Besitzer ihrer Rinder hätten dankbar sein und ihre Dankbarkeit zeigen sollen, denn sonst droht die Gefahr, dass sich der Bestand zerstreut. Wir haben vorgeschlagen, dass wir uns sofort auf den Weg machen, mit Iron Dale als Anführer. Getragen, mit Symptomen von Zahnschmerzen, die einen seiner Männer außer Gefecht setzen.

Dale forderte O'Flynn und Branscombe auf, das Vieh im Morgengrauen in Panik zu versetzen, es an der Höhle vorbeizuschicken und zu schießen und zu schreien, als gäbe es kein Jenseits. Das sollte die Räuber interessieren und sie aus der Höhle herausbringen, die über unserer Weide liegt. Da sie aus spitzem Winkel nach unten blickten, war es unwahrscheinlich, dass sie unsere Reiter trafen, wohingegen unsere Truppe, die in guter Deckung und mit festem Ziel postiert war, den Räubern schnell und schnell nachgehen konnte.

Als wir die Fähre überquerten, verließen unsere Haupttrupps Billy und Branscombe, um mit dem Treiben des Viehs nach Süden zu beginnen, während wir weiterritten, um unsere Positionen rund um die Höhle einzunehmen. Als die Morgendämmerung nahte und Kate allein in der Hütte war, wollte ich, dass die Jungs galoppierten, während Dale sagte, er hätte keine Verwendung für gebrochene Beine. Die Nacht war dunkel wie das Maul eines Wolfes.

In der zerstörten Hütte, auf halbem Weg zu unserem Haus, sollte Kate eine Kerze haben, die so abgeschirmt war, dass sie nur von unserem Weg aus gesehen werden konnte. Sobald wir die Kante der Bank erreicht hatten und eine Meile bevor wir die Hütte erreichten, sah ich die Kerze und wusste, dass sie in Sicherheit war. Wir kamen an meinem Zaun vorbei, wir überquerten den 800 Meter langen Bach, wir nahmen auf der offenen Weide Fahrt auf, und dann durchbohrte mich Kates Schrei wie ein Messerstich. Die Räuber müssen einen Mann in der Nacht gehabt haben und sie bei diesem Licht gefunden haben!

Dales Hand ergriff meine Zügel und mit einem Knurren stoppte er unsere ganze Truppe. „Stetig", sagt er, „du Narr!" Dann flüsternd, als seine Männer hereinströmten: „Steigen Sie ab! Ransome, halten Sie die Pferde! Sam, führen Sie drei Männer zu Fuß um die Rückseite dieser Hütte herum. Ich nehme den Rest mit, um sie vorne zu schließen. Siwash und Nichie Scott finden Die Pferde des Feindes abwehren und sie außer Reichweite treiben. Kein Mann, der flüstert, kein Mann, der ein Geräusch macht, bis ich meine Hand an das Kabinenfenster hebe. Danach töte jeden Mann, der zu fliehen versucht. Mach weiter!"

Also schlich er, mit mir an seiner Spitze, von Deckung zu Deckung und winkte mit Handzeichen, um seine Truppe in Position zu bringen. Die fünf Pferde des Feindes an der Tür wurden von Billys Siwash -*Arriero* und Nitchie Scott so sanft weggeführt, dass die Räuber dachten, sie würden grasen. Zu diesem Zeitpunkt waren Dale und ich am Fensterspalt auf der Nordseite der Hütte, aber die Kerze war uns im Weg, wir konnten durch ihren Schein nichts sehen, und erst als wir zum Türloch kamen, konnten wir nichts sehen Wir bekamen einen Einblick in das, was drinnen vor sich ging.

Meine Frau stand in der nordwestlichen, rechten, äußersten Ecke. Ein Mann mit grauem Kinnbart und traurigem Lächeln, die Gewehrmündung im rechten Ohr, drückte ihren Kopf gegen die Wand. Bull redete wie immer und erklärte, dass sein Taktgefühl besser sei als Whiskers' Waffe, wenn es darum ging, Frauen zu überzeugen. Ginger versuchte Bull zu beruhigen. Der Schmierer hielt eine Art Ausguck, obwohl er von dem beleuchteten Raum aus nicht in die Dunkelheit sehen konnte, wo wir uns befanden. Ginger legte seine Pfoten auf Bulls Mund, bevor die Verhandlung weiterging.

„Jetzt“, sagt Whiskers traurig, „wirst du noch mehr schreien?“

Kates Gesicht war totenbleich vor Wut. „Du Mistkerl“, sagte sie, „ich habe geschrien, weil du mir weh tust, du Rohling! Hör auf, wenn du ein Wort von mir hören willst. Hör auf! Das ist besser. Nein, ich werde nicht noch einmal schreien.“ "

Das Visier der Waffe schmerzte in ihrem Ohr, als sie ihren Kopf herumdrehte und ihm direkt in die Augen blickte. „Wenn du mir etwas zufügst“, sagte sie, „werden dich die Freunde meines Mannes nicht mit dem Tod davonkommen lassen. Sie werden dich verbrennen. Halte dich zurück, du Feigling!“

Er zuckte ein wenig zurück und ich sah, wie seine Hand sich langsam von ihrem Kopf löste.

„Hol deine Pferde“, schrie sie scharf, „du hast kaum Zeit zu fliehen!“

Dann feuerte ich, die Kugel schleuderte die Hand zurück, so dass sie sich auf der Waffe zusammenzog. Sein Revolverschuss durchschlug die Rückwand. Die Hand war verwöhnt.

„Jetzt Hände hoch, alle!“ Schrie Dale. „Hände hoch! Waffen fallen lassen!“ Einer der Räuber hob seine Waffe, um zu schießen, also musste ich ihn töten. Der Rest ergab sich.

„Kate“, sagte ich irgendwie leise und sie kam zu mir.

KAPITEL VIII

DER STAMPEDE

Jesses Erzählung

Da ich mit einer Dame verheiratet war und von einem dämlichen Verlangen nach Reformen erfüllt war, entließ ich Dale, als er nach Vancouver reiste, um dort nach einem Buch über Etikette zu suchen. *Als Dale* auf einen Polizisten geworfen und beschmutzt wurde, zahlte Dale nur sechs Bits; aber ich warf ihn doppelt oder gab auf, und es kam gut heraus. Was das Buch betrifft, so wurde es von Professor Aaron E. Honeypott sehr hoch und streng geschrieben, aber als ich es bei meiner Frau ausprobierte, lachte sie und rollte sich auf den Boden. Ich weiß jetzt, dass ich, wenn ich beim Tanzen schwitze, meinen Kragen nicht an den Kronleuchter hängen oder meinem Partner Flaschenbier aufdrücken darf. Wenn ich jemals in eine Stadt komme, muss ich mich an die Außenseite des Bürgersteigs setzen, mein Zahnfleisch auf der Matte abwischen und mich waschen, bevor ich die Handtuchrollen verwende. Aber es steht nicht drin, wann ich meine Stiefel in der Hose tragen soll, oder wie alt Honeypott kaut, ohne zu spucken, oder was ich sagen soll, wenn Jones mich morgens tritt, oder in totes Holz, oder wenn ein Bär es nicht mag ich oder irgendein ungewöhnlicher Unfall in diesem Jammertal; und es gibt kein Wort über Räuber.

Welche Räuber wir in der Höhle erwischt haben, ist eine Enttäuschung. Dieser alte Mann, der sie mit einem Federbusch im Gesicht anführt, sollte sich mehr benehmen, denn Kate eine Waffe ins Ohr zu stecken ist kein gutes Benehmen. Selbst nachdem ich seine Hand in Stücke geschossen hatte, packte er Ransomes Waffe mit der Linken und versuchte, mich dazu zu bringen, mich hinzulegen. Es gibt Leute, die es scherzhaft nicht wissen, wenn man ihnen einen Hinweis gibt.

Und Bull mit den traurigen Augen sollte sich wie ein Honeypott benehmen, wenn man bedenkt, wie er erzogen wurde und wie er mir gegenüber seine alte Freundschaft beansprucht. Während wir seine Daumen auf den Rücken schlugen, erzählte er uns, dass er in Oxford und Cambridge ausgebildet worden sei.

"Was!" Kate blitzte auf: „Nachdem du Eton und Harrow verlassen hast?"

„Ja, und ich habe genug Bildung, um zu vermuten, dass dies keine Art ist, amerikanische Bürger zu behandeln. Davon werden Sie hören", rief er, „von Uncle Sam!"

„Thar“, sagt Dale, „ich wusste, dass es eine Belohnung für dich geben würde, tot oder lebendig. Wie viel? Zweitausend Dollar pro Kopf?“

Dann befahl der alte Whiskers diesem Bullen, seinen Kopf zu schließen. Er hat eine neugierige, langsame, traurige Stimme, wie eine Katze mit Zahnschmerzen.

"Ich verlange-"

"Den Mund halten."

Also hielt Bull den Mund, während wir ihn auspeitschten, ebenso wie der junge Ginger und der Schmierer. Da wir sahen, dass der Kerl, den ich getötet hatte, möglicherweise einer Untersuchung bedarf, legten wir ihn direkt in die zerstörte Hütte und marschierten dann mit unseren Gefangenen zur South Cave, wo sie warten werden, bis unser Polizist sie verhaftet.

II

Nun, am zweiten Tag nach der Eroberung dieser Ladrones, kurz vor dem Abendessen, lauten die Aussagen der verschiedenen Parteien wie folgt, nämlich:

Bis zu der zerstörten Hütte zwei Meilen nördlich meines Hauses liegen die Überreste eines Räubers, der auf eine gerichtliche Untersuchung wartet. Zwei Meilen südlich, genau dort, wo die obere Klippe das Ende unserer Weide abschneidet, befindet sich unsere Höhle voller gefangener Banditen; Whiskers, Bull Durham, Ginger und Dago. Unten auf der Bank vor der Höhle befindet sich unser Wachlager mit Iron Dale als Kommandant und Kate mit den Jungs beim Abendessen. Gleich zu Hause im Ranchhaus erledige ich meine Hausarbeiten und die Witwe verdirbt Haschisch für mein Abendessen, weil sie mich noch schlimmer hasst und sich nicht dafür schämt, Protestantin zu sein. Weit hinter dem Horizont flucht der alte Mann Brown über blaue Streifen, weil er nicht viel Polizist finden kann.

Da die Kombinationen zur Abendessenzeit so sind, kommt das Waisenkind der Witwe, der junge Billy O'Flynn, vorbei, der meinen Rudelvertrag mit der Sky-Line abwickelt. Er soll im Wachlager Dienst haben, und sein Rückritt zur Heimatranch bringt die Landschaft völlig durcheinander. Ich bin beschäftigt, hungrig und soll den Nachtwächter in der Höhle übernehmen, aber irgendwie erregt dieser Billy meine Aufmerksamkeit, indem er sich sehr misstrauisch verhält. Anstatt mir eine Nachricht von Dale zu überbringen, reitet er direkt in die Anbauküche, steigt von seinem Pony und flüstert für seine Mutter. Ich schleiche gerade rechtzeitig durch das Haus in die Küche, um diese Witwe mit einem Zettel zu sehen, braunem Papier, mit dem wir das Mittagessen der Gefangenen verpackt haben. Als sie mich sieht, wird sie bescheiden und schiebt es in den Ofen, aber ich trete hervor und schnappe es mir. „Sicher“, erklärt sie, „und es ist nur ein Zettel!“

Scheint Kratzer auf der glatten Seite dieses Papiers zu sein, die mich irgendwie daran erinnern, dass Bull einen Füllfederhalter aus seiner Westentasche ragt. Wenn er mit Milch geschrieben hat, würde ich das Papier erwärmen – aber nein, wir verwenden Dosenmilch und haben auch keine. Ich habe irgendwo undeutlich gehört, dass Dinge mit Speichel geschrieben sind, also gieße ich Tinte in eine Flasche und spüle das Papier in der Regentonne aus. Ja, da ist die Botschaft klar und deutlich.

„Waffe zur Hand, aber Patronen in falscher Größe, nützt nichts. Holen Sie sich .45. Billy soll mit den Ponys unter der nächsten Kiefer nördlich der Höhle warten, wenn der Pflug über N. Star liegt. Schicken Sie mehr Kaugummi für die Wunde des Häuptlings. – Bulle.“

Billy kletterte gerade an die Tür, um sich auf den Weg in die Einsamkeit zu machen, aber da er wusste, dass ich nicht unter zweihundert Metern verfehlen kann, ließ er sich überreden, in die Hütte zu kommen. Dort las ich ihm einige Verhaltensregeln vor, in denen es darum ging, seine Beherrschung zu bewahren und keine grobe Sprache zu verwenden. Außerdem habe ich ihm höflich gesagt, was ich von ihm halte und wohin er gehen wird, wenn er stirbt. Er wartete und streichelte das kleine Fell an seiner Schnauze, bis ich durchkam, und wirkte so verdammt geduldig mit mir, dass ich ihm beinahe eins ins Auge verpasst hätte.

„Du hast diese Räuber in mein Gras eingeladen?“

Er nickte.

„Dank Ihnen wurde meiner Frau ein Gewehrlauf ins Ohr geschraubt.“

„Ich wette, sie hat die Augen zusammengekniffen!“ sagte Billy.

Wenn ich die Beherrschung verliere, kann ich nicht schießen, und Billy wusste das gut. „Sie ist gut und hart dagegen“, sagte er.

„Agin was?“

„Aus dem Ohr einer Sau eine Seidenhandtasche basteln.“

„Du hängeohriger, räudiger, schweinegesichtiger, heringsausgeweideter Sohn von –“

„Aus der *Etikette* ?“ fragte Billy. „Ich halte sowieso nicht viel von dir. Mutter hat auch keine Verwendung für dich und die Nachbarn, du alter Kuhdieb!“

Wenn Billy so groß redete, dann nur, um seine Mutter in Erstaunen zu versetzen. Sie musste also am Schlüsselloch sein, und tatsächlich hörte ich, wie sie mit dem Rückenschmerzen vom Bücken ihren Stumpf knirschte. Es kommt vor, dass Mrs. Smith eine Gartenspritze hat, die eine Gallone fasst, und während ich den kleinen Billy mit einigen Anstandsregeln auf Trab hielt, nahm ich die Rose ab, füllte die Spritze und ließ sie durch das Schlüsselloch in das Ohr der Witwe strömen. Daraufhin erhob sie ihre Stimme und weinte.

Da ich mich besser fühlte, nahm ich das Gespräch wieder auf. „Billy", sagte ich, glatt wie Sahne, während ich den Spritzer einfüllte, „auf dem Regal dort findest du eine kleine Flasche." Auf meine düstere Art wollte ich ihn aufregen und gesprächig machen, indem ich ihm von ganzem Herzen Geheimnisse preisgab. Danach möchte ich, dass er aus Unfug schläft.

„Hol dir deine Flasche selbst", sagt er irgendwie trotzig, also lasse ich den Spritzer auf ihn los.

„Bitte", sagte ich, und er bekam die Flasche in Ordnung.

„Wenn es Ihnen nichts ausmacht", sagte ich, „ziehen Sie dann einfach den Korken heraus?"

„Und wenn ich es nicht tue?"

Ich nahm meinen Spritzer und sah zu, wie er den Korken zog.

„Danke", sage ich und sehe, wie schön die Verwendung wahrer Höflichkeit ist. „Darf ich Sie jetzt bitten, den Rest der Flasche in diesen Kelch zu verschütten? Seien Sie jetzt so freundlich."

"Ich lehne ab!"

Der Spritzer wird Billy nicht mehr erschrecken, also zeige ich meine Waffe.

„Ich muss leider anmerken, Mr. O'Flynn, dass diese Waffe etwas plötzlich wirkt."

„Schieß, und du kommst ins Gefängnis!"

„Aber zuerst, mein lieber junger Freund, habe ich Zeit, ein paar Finger abzuhacken, einen nach dem anderen – ich werde sie nicht alle auf einmal verpassen. Darf ich Sie bitten, die Medizin auszuschütten? Nein – nicht auf den Boden , bitte, aber in den Kelch, während ich bemerke, dass Ihr rechter Daumen nach diesem Schnitt empfindlich zu sein scheint und behandelt werden sollte. Also noch ein bisschen mehr. Das ist richtig. Jetzt ehren Sie mich, indem Sie etwas Wasser aus dem Krug hinzufügen. Vielen Dank . Fühlt sich der Daumen leichter an? Nun, dass dort Laudanum den widerspenstigen Säugling beruhigt und eine ganze Menge Ruhe bringt. Ziemlich süß ohne Zucker. Ja bitte, du hebst den Kelch an deinen Mund, während ich aufpasse, dass bei deinem nichts schief geht Stupsnase. Du willst deinen Kopf zurückwerfen, du hinterhältiges Schwein. Trink, oder ich spritze dein Gehirn auf den Boden!"

„Das wage ich nicht! Es ist Gift!“

„Es sind Kugeln – du solltest besser! Trink, sonst bringe ich dich um! Trink! Eins – zwei – sehr dankbar, da bin ich mir sicher. Ich hoffe, du schläfst gut.“

„Verfluche dich!“ schrie er und warf mir das Glas an den Kopf.

Dann kam die Witwe wie ein Erdrutsch herunter. Sie kratzte mein Gesicht, bekannte meine Sünden, schluchzte über ihren geliebten Billy *Avick* , der mir für meine Zukunft verschrieben wurde, wrang ihr nasses Kleid aus und machte auf einmal eine Brechseife für ihren Nachwuchs. Es ist eine sichere Tatsache, dass die Witwe viel zu tun hatte, und da sie dem Patienten das Brechmittel zuwarf und die Dame sanft an den Küchenschrank und die Wand heranführte, war es mir, wie ich behaupte, nicht langweilig. Dann brachten Fernschüsse uns alle zum Stehen.

"Zu guter Letzt!" Billy rief: „Sie sind weg!“

„Wer ist weg?“

„Vater und seine Männer – sind geflohen, während ich dich am Reden halte. Getäuscht, Jesse! Getäuscht! Ich habe dich bis ins kleinste Detail getäuscht! Der Larry O'Flynn meines Vaters, Captain Larry O'Flynn, Captain der Gesetzlosen!“ Mein Gott, der Junge war stolz! Er saß in der Dämmerung auf dem Tisch und kämpfte darum, wach zu bleiben, während er sich mit dem Ärmel die Augen rieb. „Er hat mir die Erlaubnis gegeben, mitzumachen, und ich mache mich heute Abend auf den Weg – auf den Weg, hörst du?“ Seine Augen schlossen sich, seine Stimme wurde zu einem Flüstern, und dann wachte er erneut auf. "Ich bin ein Wolf!" er heulte. „Ich komme aus Bitter Creek! Je höher , desto schlimmer das Wasser, und ich komme von der Quelle! Raub unter Waffen, und vergessen Sie es nicht, Herr Jesse Smith!“ Er schaukelte hin und her, klammerte sich fest an den Tisch und murmelte Drohungen.

Draußen hörte ich einen schnell herankommenden Reiter und Dales Stimme, die rief: „Jesse! Jesse!“

„Jesse“, murmelte der Junge, „hebe sein Vieh und seine Frau, brenne seine Ranch nieder und lösche seine Feuer – das ist der Weg zu –“

Dale war von seinem Pferd gestiegen und stand im Türrahmen, sodass es drinnen dunkel wurde. „Wo zum Teufel bist du?“

„Schau“, sagte ich, und Dale sah zu, wie der totenbleiche Junge hin und her taumelte, die Augen geschlossen, die Lippen immer noch bewegt.

„Nur unter Drogen“, sagte ich. „Wer hat diese Räuber entkommen lassen?“

„Ransom Pollock“, sagte Dale.

"Wer sonst?"

„Dave.“

„Wie geht es seinem armen Zahn?“ Sagte ich und Dale erklärte, er sei mit der Keule geschlagen worden.

Der junge O'Flynn überschlug sich und ging krachend zu Boden, sodass ich mich hinknien und prüfen musste, ob es seinem Herzen gut ging. Es polterte stetig weiter und gab keine Anzeichen dafür, dass es aufhören würde.

„Ich musste“, sagte ich, „der alte Whiskers dort ist der Ehemann der Witwe und der Vater dieses Jungen. Er ist eindeutig entschlossen, Iron.“

„Wo ist die Witwe?“

„Ausruhen.“ Ich hörte Pferde aus der Dämmerung donnern. „Räuber sind nach Süden ausgebrochen?“

"Ja."

„Hev, ihnen sind Flügel gewachsen?“

"Nein."

„Kann man den Fraser nicht schwimmen?“

"Flaschen?" sagte er aufmunternd.

„Einige“, sage ich. „Noch nicht verkorkt. Sie möchten hier schnell eine Linie ziehen, vom Fuß der oberen Klippe bis zum Flussufer, und jeder Mann macht drei große Feuer. Dann postieren Sie die Hälfte Ihrer Männer, um sich darum zu kümmern.“ Feuer und die besten Schüsse, um diese Linie mit Gewehren zu halten. Diese Räuber müssen durchbrechen, wenn sie wissen, dass sie in die Enge getrieben werden. Hier sind deine Jungs, Iron. Macht weiter!“

„Das ist so“, sagt Dale und bringt seine Männer mit zwei Schwanzschlägen in eine Reihe. Anscheinend ritten einige der Jungen auf den Pferden der Räuber, und der Rest war ohne Sattel auf meinen Packponys, sodass Kate einen schönen Galopp mit der Meute nach Hause hatte. Aber als sie sah, was ich Billy wegen seiner Symptome verschrieben hatte, war sie nicht erfreut, und als sie endlich zufrieden war, musste ich schon wieder dienstfrei sein. Inzwischen war die Witwe, wild und einsam, geflogen; So war Kate ohne Hilfe da und musste Kaffee trinken, um die Jungs wach zu halten, bis es hell wurde, um die Räuber in die Enge zu treiben.

Männer, die auf einer solchen Strecke zuschauen, werden furchterregend wie Katzen, und so feuerten einige unserer Krieger bei Monduntergang ihre Waffen auf Baumstümpfe, Bäume, Felsen oder einfach nur, weil sie sich einsam fühlten. Nachdem der Mond untergegangen war, wurde der trockene Brennstoff knapp, so dass die Feuer nachließen und einige unserer jungen Männer Millionen von Gesetzlosen gesehen haben mussten. Als endlich etwas geschah, war es für Ransome nur natürlich, dass er Abenteuer erlebte. Er war nicht für die Einsamkeit geschaffen, und als er hinter einem Busch eine Fahne wehen sah, rief er die Jungen von links und rechts dazu auf, sich zusammenzutun und ihre Meinung zu bestätigen. Die Fahne wehte weiter, und bald mussten sich zwei weitere unserer Männer der Gruppe anschließen, weil sie ihre guten Ratschläge nicht laut schreien konnten, damit die Räuber nicht jedes Wort hörten. Ich war auf dem Weg nach Apex Rock, Iron Down im Cañon, und diese verdammten Idioten haben geredet.

Natürlich wusste der alte Whiskers, dass sich Antilopen immer anschleichen, um jeden wedelnden Lappen zu inspizieren. Bevor die Aufregung richtig begann, schlüpften er und seine Räuber durch unsere kaputte Linie.

Wenn Ransome Zeit zum Zielen hat, ist er gefährlich für die Nachbarn, aber da die Chancen tausend zu eins standen, würde die Waffe ihn bis zum nächsten Donnerstag treffen, ich hätte meine Schulden darauf verwettet, dass er nicht mit dieser Flagge auf die Party losgehen würde. Doch genau das ist passiert. Er bekam die Witwe O'Flynn.

Mit einem herzzerreißenden, verheerenden Schrei ging sie ins Gras und schrie auf, als gäbe es kein Jenseits. Sie wurde in allen Gliedmaßen ermordet, und als ich ging, um den Geräuschen der flüchtenden Räuber zu folgen, hatte ich keine Zeit, einen Zimmermann zu schicken.

KAPITEL IX

Der unwahre Gefangene

Jesses Erzählung

Angesichts von Gläubigern, Frauen, Räubern und allem, was gefährlich ist, möchten Sie sich gut benehmen, glatt wie der alte Honeypott und sehr taktvoll sein. Alles, was ablenkend oder kreischend ist, stört den Seelenfrieden und bringt das Selbstvertrauen ins Wanken, genau dann, wenn jeden Moment eine Bärenfalle passieren kann. Ich bin so viel gereist, wie ich konnte, um diese Witwe hinter mir zu lassen und mich zu beruhigen.

Was ihr Wolf heulte, war absolut bedauerlich. Es war nicht ihr Glied. Tatsächlich suchte sie nach Ausreden für eine neue, seit sie diesen Tischzweig in meiner Scheune gesehen hatte. Es war ihr Ehemann Whiskers, der sich auf den Weg machte, weil er ihr unbedingt entkommen wollte. Und ich gebe ihm keine Vorwürfe. Sie war sowieso ein respektloses Detail, das mit der Nacht immer weniger wurde, denn wenn ich die Räuber einmal außer Hörweite ließ, konnte man sie erst am Morgen aufspüren. Das Schlimmste war, dass ich keinen Hund riechen konnte; Mein Mick hatte aufgrund der Erkältung und der heißen Gärung seine Nase außer Gefecht gesetzt. Nein, das Einzige, was wir tun mussten, war, dem Konzert der Witwe aus dem Weg zu gehen und die Bande im Auge zu behalten, während die Gesetzlosen reisten. Ich legte eine Spur aus zerrissenem Papier, größtenteils unbezahlte Rechnungen, damit die Jungs herausfinden konnten, wohin ich gegangen war.

Vielleicht hatte ich eine Meile zurückgelegt, bevor Whiskers Gewissensbisse überkamen, weil er die Witwe verlassen hatte. Er hielt inne, und als ich heranstürmte, schlug er mir mit einer Waffe auf den Kopf.

Ja, ich wurde gefangen genommen. Sie holten auch meine Waffe und führten mich zwischen sich her. Mr. Bull, er kläffte wie ein Kojote, voller Ruhm, wenn er mich selbst gefangen genommen hätte. Da ich mit der Keule geschlagen wurde und mich in diesem Moment nicht gut fühlte, schien es mich nicht besonders zu interessieren, obwohl ich überall dort, wo der Boden schlammig war, Widerstand leistete und viele Spuren bis zur Fähre hinterließ, damit die Jungs wussten, in welche Richtung es ging Ich war gezerrt worden.

Der alte Mann Brown war weg, aber als ich die Fähre am nahe gelegenen Ufer zurückgelassen hatte, konnten die Räuber überqueren und den Fraser zwischen mich und die Rettung bringen. Das hätte sie aufmuntern sollen, da es ihnen einen Vorsprung von mehreren Stunden in Richtung Sicherheit verschaffte, aber anstatt British Columbia zu verlassen, wie ich ihnen mit eindringlichen Worten geraten hatte, mussten sie anhalten, um mit den Bohnen des alten Brown zu frühstücken und Saubauch, der am heftigsten fluchte, weil er nicht da war, um heiße Kekse zu backen.

Nach dem Frühstück verschwendeten sie eine Stunde damit, seine Pfote für den alten Whiskers zu putzen und sich zu fragen, ob sie eine meiner Patronen für mich verschwenden oder sie alle für meine Freunde behalten würden. Dazu habe ich viele Etikette aus meinem Buch verraten. Ich sagte diesen missratenen Sprösslingen, dass sie völlig falsch erzogen worden seien, sonst hätten sie genug Benehmen, um Spuren zu hinterlassen. „Jetzt", sage ich, „im Land der Freien und der Heimat der Tapferen wurdest du geschätzt, während du erschossen wirst, wenn du hier bis zum Sonnenaufgang bleibst."

Das machte den armen Whiskers noch misstrauischer und fragte sich, was für Bärenfallen der arglistige Smith vorhatte. „Will uns auf die Bank bringen", sagt er, „das bedeutet Warenfallen. Wir bleiben hier, Jungs, bis zum Tageslicht, wenn wir uns selbst sehen können, wie wir das Vieh retten können."

„Wir sollten den Gefangenen besser töten", argumentiert Bull, und das erinnert mich an seine alte Freundschaft.

„Halt die Klappe, du Narr", sagt Whiskers. „Seine Freunde möchten lieber, dass wir freikommen, als ihn vor ihren Augen töten zu sehen. Du hast nicht mehr Verstand als eine gewilderte Eule."

„Du hast völlig recht, Whiskers!" sagt ich. „Haare an dir!"

Da er sich jedoch über seine Wunde ärgert, befiehlt er seinen Männern, Browns Geige außer Gefecht zu setzen und mich mit Katgut zu fesseln. Außerdem hielt es dieser Bulle für angebracht, mich, als ich gefesselt war, bei Gelegenheit zu treten, eine Rolle, die in der höflichen Gesellschaft nicht erwähnt wird, besonders nicht mit einem Stiefel.

"Mutiger Mann!" Sagte ich, und die anderen Räuber waren so beschämt, dass sie mir einen Knebel besorgten.

„Tut mir leid", sage ich, „schade, dass ich Sie nicht zu Browns Zigarren führen kann. Er hat auch eine Flasche."

"Wo sind sie?" sagt Bull.

„Gag Brooke", sagte ich, denn Bull trug diesen Namen, „und ich werde die Getränke preisgeben."

„Gag Brooke", sagt Whiskers und muntert ein wenig auf, „schade, dass er nicht geknebelt geboren wurde."

Also knebelten sie Mr. Brooke und stellten ihn auf Wache, während sie Browns Flasche Whisky und Zigarren hatten. Ich habe auch welche bekommen.

Natürlich rechneten diese gewöhnlichen, ahnungslosen Wildwölfe damit, dass meine Freunde einen Tag warten würden, bevor sie versuchten, sie aufzuspüren. Während Dale die Laterne holte, meine Papierspur fand und auf die Fähre riet. Bevor wir die Hütte betraten, hatte ich das Glitzern dieser Laterne hinter dem Rand der Bank gesehen und wusste, dass unsere Jungs darauf vertrauten, dass ich die Räuber irgendwie unten am Fährhaus zurückhalten würde. Ginger und der Schmierer legten sich für eine Stunde Schlaf hin, Mr. Brooke, geknebelt und überhaupt nicht erfreut, hielt Wache an der Tür, Whiskers, da der Alkohol seine Wunde verschlimmerte, torkelte stöhnend in der Hütte umher . Beim ersten Morgengrauen befahl er Bull, den Knebel herauszunehmen und sich hinzulegen, und ging dann selbst zur Tür.

Es ist schade, dass Dale, unser Anführer, ein sicher guter Schütze, einen leichten Schlag im nahen Auge hat, der seinen Vorsprung ein wenig nach rechts verschiebt. Als Whiskers zur Tür ging, traf Dales Kugel deshalb nur sein linkes Ohr. Anstatt dankbar zu sein, hüpfte Whiskers umher und hielt sich die Seite seines Gesichts, wobei er Bemerkungen machte, die für einen armen Mann übertrieben waren. Der Schuss veranlasste Bull, mutig hinter den Ofen zu rennen, um nach einem Verband zu suchen, sagte er, während Ginger und der Schmierer auf ihren Schwänzen saßen und irgendwie deprimiert aussahen. Keiner der vier war glücklich, als er feststellte, dass sie sich in der Kabine eingesperrt hatten, anstatt meinen Rat zu befolgen und sich in die Staaten zu begeben.

„Gefangener“, sagt Whiskers traurig und hält sich das arme Ohr, „kannst du mit deinen Freunden auf der anderen Seite des Flusses reden?“

„Natürlich, Captain.“

"Welcher weg?"

„Signalisierung.“

„Dann sag deinen Freunden, dass du bei Sonnenaufgang stirbst, wenn sie nicht alle ihre Waffen in den Fluss werfen. Hast du Religion?“

„Ich habe nicht erwähnt“, sage ich nachdenklich, „dass einer meiner Freunde die Signale lesen kann.“

„Dann“, sagt er in seiner selbstmörderischen Manier, „werden sie deine letzten traurigen Worte nicht verstehen. Lasst ihnen die Waffen in den Fluss werfen, oder greift sofort zur Religion, denn ihr werdet sie brauchen.“

„Schneiden Sie den Katgut durch, Colonel."

Also hat Ginger mich befreit.

„Zeigen Sie eine weiße Flagge, General", sagte ich.

Also schwenkte Ginger ein Papier auf einem Stock und Dale antwortete mit einem weißen Schal um den Hals.

Als ich hinausging, jubelten die Jungs am Fluss dreimal, aber ich wurde von hinten aufgehalten, bevor ich weit seitwärts gekommen war. „Jetzt", sagt Whiskers, „signalisieren Sie und beten Sie, dass Sie nicht in Versuchung geraten, falsche Nachrichten zu senden."

„Denken Sie daran", ruft Bull, „ich kann Morse lesen. Kein Narr."

„In Ordnung, Mr. Brooke", rief ich zurück, „dann verwende ich die Semaphore."

Ich hörte, wie Whiskers unter Tränen seine beiden Kinder anwies, Mr. Brookes Kopf in den Essensbeutel zu stecken und sich hart darauf zu setzen. Also begann ich, Whiskers jedes Wort zu erklären.

Schwimmen. „Das", sage ich, „bedeutet ‚Dale'."

Schwimmbad. „Das ist ‚Dummkopf'", sage ich, „weil er keine Antwort gibt."

Unten. „Das ist ‚Hallo'."

Stromschnellen. „Das ist wieder ‚Hallo'."

„Du lügst", sagt Whiskers elend durch die Zähne. „Du hast sechs Buchstaben geschrieben."

„Tut mir leid", sage ich, „es war beim ersten Mal falsch geschrieben."

Schweben. „Das ist ‚Stinktier'", sage ich, „weil er ein Iltis ist, der mir nicht antwortet."

Waffen.

"Was ist das?" fragte Whiskers und war völlig misstrauisch, weil mir kein anderes Wort mit vier Buchstaben einfiel. "Hölle!" sagt ich.

„Ganz richtig", seufzte Whiskers, „an dein zukünftiges Zuhause zu denken."

Dale gab ein Zeichen: „*Kommt* . "

„Er sagt, er sei jetzt bereit für den Brief und das Evangelium. Spuck es aus, Whiskers."

„Sag ihm, er soll seine Waffen in den Fluss werfen, sonst erschieße ich einen Gefangenen. Und außerdem, junger Mann, willst du mich nicht Whiskers nennen."

Ich habe das Wort für Wort gesagt, bis hin zu „Whiskers", und als die Jungen mit dem Lachen fertig waren, fragte Dale, ob die Räuber es ernst meinten.

Ich erklärte dem General, dass Dale keine guten Waffen machen würde, um vielen zu gefallen –

„Viel von was?"

„Ausdrücke der Zärtlichkeit", sage ich, „die ich für Dales Moral erröte."

Dale gab ihm ein Zeichen: *„Halten Sie den Schwanz hoch."*

„Nun, General", sage ich, „ohne ihn genau deuten zu können, schätze ich, dass Dale seine Männer mit Ihrer Ausrüstung nicht am Ufer entlang lockt, um sie wie Kaninchen zu erschießen, sobald sie die Deckung verlassen."

„Sagen Sie Dale", sagte Whiskers mit seiner müden Stimme, „er braucht sich nicht die Mühe zu machen, seine Männer am Ufer entlang zu bringen, wo sie im Fluss schwimmen können. Wenn Sie nun Religion hätten –"

Ich hätte vor Kummer ersticken können.

„Sagen Sie Dale", sagt Whiskers, und seine trauernde Stimme verwirrte mich jetzt irgendwie, „wir werden Ihnen nur eine Waffe ans Ohr halten, während wir den Weg hinaufmarschieren. Wenn Dales Männer schießen, wird es Ihre Frau sein." eine Witwe, Mr. Smith."

Daraufhin wedelte ich mit den Armen und gab ein Zeichen. *Kein Grund, nass zu werden. Überfälle marschieren nach Georgia. Mann mit Waffe töten. Wenn Sie es verpassen, warte Widow Smith.* Sehen Sie, wenn Dale die Augen zusammenkniff und verfehlte, war meine Witwe geneigt, Vorwürfe zu machen. Also fügte ich hinzu: *Lassen Sie Luft für das Schielen zu.*

Dale antwortete: *„Du verwettest dein Leben, ich werde es tun."*

Dann drehte ich mich um, blickte zur Hütte und sah den Lauf meines eigenen Revolvers gerade durch die Tür spähen. Anhand der Höhe über dem Boden konnte ich schließen, dass der arme junge Ginger der Künstler war. Ich wünschte, es wäre Bull gewesen, denn ich hatte Gefallen an Ginger gefunden.

„Nun, meine Herren", sage ich, „Ihre Regenschirme sind in der Hutablage. Alle an Bord für Robbers' Roost, und vergessen Sie das Mittagessen nicht."

Reden macht mir Mut, und es kam mir sogar so vor, als würde ich darauf wetten, ob Ginger oder ich bis zum Sieg gebucht wurden. Ja, ich habe geredet, um Zeit für Ginger und für mich zu gewinnen, sogar um die Räuber davon zu überzeugen, kein Risiko einzugehen. Ich habe vergessen, wie diese Art Viehtriebe im Gegensatz dazu stattfinden. Ich hatte nur beschlossen, dass sie kommen wollten, und hörte, wie ihr Chef Befehle gab.

Er wollte mich in der Hütte haben, aber ich hatte eine Abneigung gegen Katgut entwickelt, also bekam Ginger den Befehl, mich zu erschießen. Da brach ich aus. „Schießt", sagt ich, „ihr schleichenden Feiglinge, die Angst haben, an der Tür ihre Nase zu zeigen. Haltet die Ohren weg, Schnurrhaare. Greift zu, ihr Fluchsen!"

Der Häuptling kam zuerst direkt auf mich zu und schien über meinen Fuß auf seine Nase zu klettern. Auch Mr. Bull Brooke verletzte sich an der Nase, und ich schaffte es gerade noch, den Schmierer mit der linken Hand hinters Ohr zu schlagen, bevor ich auf Whiskers hinabstieg und wir vier uns auf einen Haufen rollten. Als ich Seemann war, habe ich gelernt, wie man argumentiert.

Dann wehrte ich mich und zerrte meinen Räuberhaufen zur Seite weg, sodass der arme Ginger seinen roten Kopf in der Tür zeigte, um mich mit der Waffe zu schützen. Es ging um sein Leben oder um meins, doch als der Schuss von der anderen Seite des Flusses ertönte und ich sah, wie der Junge zu Boden fiel, wurde mir irgendwie schlecht. Natürlich lockerte dieser Schuss den Halt der drei Räuber, also riss ich mich los, schlug hart zu und sprang hoch, bis ich die Nordwand der Hütte erreichte. Als ich mich umdrehte, schütteten unsere Jungs auf der anderen Seite des Flusses heißes Blei nach den Räubern, als diese durch die Tür der Hütte sprangen. Ginger lag tot auf der Türschwelle, und meine Waffe lag sechs Schritte entfernt im Staub. Die Räuber wurden entwaffnet und ich war frei.

„Jungs", rief ich ihnen zu, „Ihr habt es wie die Männer gemacht. Ihr habt einen guten Kampf geliefert und es ist keine Schande, aufzugeben."

Mr. Bull Brookes Stimme antwortete.

„Jesse, alter Freund!"

Ich hörte drinnen ein Krachen und vermutete, dass Mr. Brooke entmutigt war.

„Schnurrhaare", rief ich, „machen Sie mit Mr. Brooke kein Chaos in der Hütte."

„In Ordnung, junger Kerl", sagte Whiskers, „wir haben ihn nur wieder in den Mehlsack gesteckt."

Er sprach ziemlich fröhlich.

„Sagen Sie, Whiskers“, rief ich, „ich möchte Ihr Leben retten, Sie und den Schmierer. Kommen Sie und heben Sie Ihre Hände hoch, bevor Sie verletzt werden.“

Es gab keine Antwort. Rocky Mountain-Gesetzlose mögen gemein und böse sein, aber sie kämpfen wie Amerikaner und wissen, wie man stirbt. Mir blieb nur eine Möglichkeit, sie zur Kapitulation zu zwingen und ihr Leben zu retten, also holte ich Reisig, Brennholz und Kohleöl aus dem Schuppen, stapelte den Brennstoff und holte ein Schwefelstreichholz aus dem Bündel in meiner Hintertasche .

„Jungs“, rief ich, „Old Brown schätzt diesen Ort irgendwie. Es ist das ganze Zuhause, das er hat, und es ist nicht versichert.“

Keine Antwort.

Die kleine Flamme sprang auf und fing das Reisig auf, das Knistern steigerte sich zu einem Brüllen, und die Räuber mussten sicher wissen, dass ihre Zeit gekommen war, denn wenn sie an der Tür auftauchten, würden sie erschossen. Ich nahm meine Waffe vom Boden und rannte zur Tür, um unsere Jungs am Schießen zu hindern. Dann schrie ich über den Lärm der Flammen hinweg: „Kommt raus und reißt eure Hände hoch!“

Sie kamen, die armen Kerle, und ich machte sie zu Gefangenen und führte sie zur Fähre hinunter.

KAPITEL X

Die Statuten brechen

Kates Erzählung

Im Hundred Mile House war der lange Tisch aus dem Speisesaal entfernt, die Bänke an die Blockwände zurückversetzt worden, und am Kopfende des Raumes hing ein riesiger Union Jack mit einem sehr kleinen Porträt von Königin Victoria. Darunter stand der Stuhl, davor ein Tisch mit Schreibutensilien und der Bibel, während an einem Ende die Schulfrau als Angestellte sehr selbstbewusst aussah, in offiziellem Schwarz, mit großen roten Schleifen als Zeichen der Not.

Auf der rechten Seite saßen Iron Dale, Jesse, ich und unsere ganze Truppe und fühlten uns sehr unwohl. Auf der linken Seite standen zwei hagere amerikanische Viehzüchter, beide mit Hüten, während einer den Stern eines US-Marschalls trug. Neben ihnen saß das allgemeine Publikum, bestehend aus Tearful George, zwei Rancharbeitern, einem Indianer und der Bulldogge des Kapitäns. Wee James, der Enkel des Kapitäns, saß zuerst bei dem Hund, doch dann unterbrach er das Gericht und sagte, dass er gerne auf mir sitzen würde. Für einen so kleinen Menschen hatte er ein beachtliches Gewicht.

Als Captain Taylor eintrat, befahl der Polizist uns allen aufzustehen. Durch und durch ein Marineoffizier, rau, rötlich, fröhlich, cholerisch, erschreckend eindrucksvoll im Gehrock, trug er einen russischen Orden, den er mit einem Band um den Hals trug, und eine kleine Reihe Miniatur-Kriegsmedaillen, deren Bänder leider zu klein waren um mir welche Kampagnen zu zeigen. Als er die beiden Fremden sah, setzte er ein einzelnes Brillenglas auf und starrte mit wachsendem Zorn, bis sie ihre Hüte abnahmen. Dann nahm er den Stuhl ein, erlaubte uns, Platz zu nehmen und befahl seinem Polizisten: „Bringen Sie die Gefangenen nach achtern.“

Wären unsere Gefangenen gewaschen und gebürstet worden, hätten sie vielleicht nicht so elend oder so schuldig ausgesehen. Der alte O'Flynn, von Jesse als Whiskers beschrieben, mit einem blutbefleckten Verband am Kopf und einem blutigen Taschentuch in der rechten Hand, sah so krank aus, dass ihm ein Sitzplatz zugewiesen wurde. Der Mexikaner, dessen wunderschönes Lederkleid und seine sanften dunklen Augen mich stark an das Opernhaus erinnerten, wirkte wie ein gefangener Wolf, der nur an die Flucht in den nächsten Wald dachte. Bull Durhams prahlerische Tapferkeit wurde durch offensichtliche Spuren des Mehlsacks, in den sein angewiderter Häuptling ihn getaucht hatte, und den darauf folgenden Regenschauer getrübt.

„Gefangene“, sagte der Richter.

In diesem Moment spritzte der Marschall der Vereinigten Staaten Tabaksaft und traf dabei geschickt einen Spucknapf in einer Entfernung von etwa vierzehn Fuß.

„Constable“, sagte der Richter streng, „entfernen Sie diese Person, bis sie sich den Mund gewaschen hat.“ Alle anwesenden Männer hatten heimlich Tabak gekaut, aber niemand, der Captain Taylor in seiner offiziellen Stimmung kannte, wäre auf die Idee gekommen, auszuspucken. Jeder Kiefer verzog sich, jedes Auge blickte vorwurfsvoll auf den Marschall, der sich erhob und in würdevollen Sätzen beteuerte, dass er die Majestät des Volkes verkörpere.

„Nehmen Sie Seine Majestät heraus“, sagte der Kapitän mit schrecklicher Ruhe, „und legen Sie ihn unter die Pumpe.“

Der Vertreter der Aktiengesellschaften erhob sich, um seinen Landsmann zu unterstützen.

„Legen Sie sie in Ketten“, sagte der Kapitän. „Ich werde kein Spucken auf meinem Achterdeck haben.“

Jesse und Dale standen auf, um dem Polizisten zu helfen, und einige bewegende Momente lang drohten uns internationale Komplikationen. Dann erhielt mein Mann in seiner urigen, langsamen Art die Erlaubnis, sich an den Richter zu wenden. „Hier habe ich ein amerikanisches Buch“, sagte er, „in meiner Hintertasche. Es heißt „ *Deportment for Gents* “. In einer wirklich hochentwickelten Gesellschaft behauptet dieser Honeypott, dass amurricanische Gentlemen kauen, behält sich aber den Saft auf, bis sie auf einen Schrei stoßen Kumpel. Dann helfen sie diesem Kumpel mit seinem Teint.

Der Marschall bückte sich, um die Bulldogge des Kapitäns zu streicheln.

„Ich würde diesem Jammerlappen helfen“, sagte er mit einem ernsten Lächeln, „wenn ich dickere Hosen hätte.“

Der Kapitän kicherte und der Fall ging weiter, wobei unsere Besucher „zugegeben hatten, dass sie nicht vorhatten, vor Gericht zu kauen“.

„Gefangene“, sagte unser Friedensrichter und legte seine Hand auf die Bibel, „dieses Buch enthält das einzige Gesetz, das ich kenne. Ich bin nicht als Richter oder Anwalt hier, sondern als einer der Offiziere Ihrer Majestät, der mit der Ausübung der Sache betraut ist.“ Sache, und fair und direkt mit drei unschuldigen Männern umzugehen, die das Pech haben, eines Verbrechens angeklagt zu werden. Sie müssen mir nur beweisen, dass Sie unschuldig sind, und ich habe die Macht, Sie freizulassen. Aber ich warne Sie die Wahrheit sagen."

„Scheint ein fairer Deal zu sein, Cap“, sagte Whiskers.

„Das ist ein ehrlicher Deal. Würden Sie nun gerne einen Ihrer Landsleute als Freund der Gefangenen haben?“

Whiskers blickte vorwurfsvoll auf den Marschall der Vereinigten Staaten, der seine Auslieferung forderte, und auf den Vertreter der Aktiengesellschaften, der sagenhafte Belohnungen für seinen Körper „tot oder lebendig“ aussetzte.

„Wall“, sagte er gedehnt, „nicht ganz.“

„Ihr anderen Gefangenen. Akzeptiert ihr diesen Mann als euren Sprecher?“

„ *Si* , Señor.“

„Das ist in Ordnung“, sagte Bull.

„Gefangener O’Flynn, Ihnen wird der tätliche Angriff auf eine Frau vorgeworfen, Ihnen anderen wird Beihilfe vorgeworfen. Schuldig oder nicht schuldig?“

„Es ist eine Tatsache“, sagte Whiskers traurig, „und wir alle drei möchten sagen, was gesagt werden muss“ – er richtete sich zu voller Größe auf – „von Herren! Wir haben versucht, eine Dame zu zwingen, ihren Mann zu verraten.“ . Sie hat uns beschämt, und wir ehren Frau Smith für das, was sie getan hat. Sie hat uns gesagt, wir sollen ins Feuer gehen. Ja, Sir! Wir geben einfach zu, dass wir verdammt schuldig sind, das ist die beste Art, unseren Respekt zu zeigen.“

„Meine Herren“, sagte Captain Taylor sehr sanft. „Ich verstehe, dass Sie, O'Flynn, zur Strafe zwei Wunden erlitten haben und dass zwei Ihrer Kameraden von den Männern getötet wurden, die diesen Affront gerächt haben. Stimmt das?“

"Es ist eine Tatsache."

„Das Urteil des Gerichts lautet ‚nicht schuldig‘.“

„Aber Gefangener, Ihr Geständnis beweist das Recht der Siedler, sich für die Verteidigung der Siedlung zu organisieren, bis der Polizist ihnen zu Hilfe geholt werden konnte. Alle Siedler, die an der Gefangennahme dieser Gefangenen beteiligt waren, werden von der Provinz als Sonderpolizisten eingestellt Von dem Tag an, an dem Sie Ihren Dienst angetreten haben, bis zu meiner Entlassung. Sie werden in der von mir festgelegten Höhe bezahlt.

„Rudolf Schweinfurth.“

Der Marschall trat vor und wurde vereidigt.

„Sie sind ein Marschall der Vereinigten Staaten?“

„Ja, Euer Ehren."

„Sie legen Beweise vor?"

Die Beglaubigungsschreiben des Marschalls wurden verlesen.

„Sie fordern die Auslieferung dieser Gefangenen?"

"Jawohl."

„Setzen Sie sich. Cyrus Y. Jones." Der andere Viehzüchter wurde vereidigt. „Sie sind Vertreter bestimmter Viehzuchtverbände und legen Beweise vor? Richtig. Sie behaupten, dass bestimmte Rinder angeblich gestohlen und im Besitz der Gefangenen gefunden wurden? Richtig. Sie legen Fotos vor, die bestimmte dieser Rinder identifizieren, und Beweise für den Diebstahl. Und Sie bieten zwanzig an -Fünftausend Dollar Belohnung für die Rücknahme der Aktien. Zahlen Sie das Geld vor Gericht und nehmen Sie meine Quittung entgegen.

„Gefangene, Sie werden in Ihrem eigenen Land des Diebstahls unter Waffen und des Mordes in verschiedenen Schweregraden angeklagt. Ich behaupte nicht, dass ich verstehe, in welchem Ausmaß Sie möglicherweise Menschen ermordet haben oder nicht, aber es kommt mir so vor Es muss verdammt unbequem sein, auch nur im geringsten Ausmaß getötet zu werden. Ich möchte nicht wissen, ob Sie schuldig sind oder nicht, denn das geht mich nichts an. Ich weiß, dass dieser Beamte, der Sie behauptet, die Republik vertritt. I Ich habe zahlreiche Beweise dafür, dass Sie in diesem Land unter verdächtigen Umständen aufgefunden wurden und dass Sie sich selbst zu einem allgemeinen Ärgernis gemacht haben. Wenn ich Sie wegen Landstreicherei oder Körperverletzung verurteilen würde, würde das Sie in einer Angelegenheit aufhalten, die Ihnen bestimmt sehr am Herzen liegt. Ich weiß, wenn mir ein Zehntel dieser Verbrechen zur Last gelegt würde, würde ich nie schlafen, bis ich meine Unschuld bewiesen hätte. Wollen Sie Ihre Unschuld beweisen oder nicht?"

Die Gefangenen kratzten sich am Kopf.

„Marschall", sagte der Richter. „Ich weiß nicht, welche Befugnisse ich in dieser Angelegenheit habe, aber es ist offensichtlich, dass diese Männer umso eher die Gerechtigkeit bekommen, die sie zu Recht fordern, je weniger Bürokratie es gibt. Ich will sie nicht. Geben Sie mir eine Quittung und verpflichten Sie sich, was." Männer, die Sie für den Begleitdienst benötigen. Sie, Herr Repräsentant, geben mir Ihre Quittung für das Vieh. Machen Sie sich jetzt auf den Weg und reisen Sie in die Staaten, bevor Sie von Beamten mit Hängeohren gestört werden. Constable, übergeben Sie Ihre Gefangenen.

„Mr. Dale und Mr. Smith, werden Sie mir als Richter vertrauen, dass ich eine gerechte Aufteilung dieser Belohnung vornehme? In Ordnung. Ein Viertel geht an Dale, ein Viertel an Smith und die andere Hälfte wird zu gleichen Teilen unter Ihnen aufgeteilt . Ist das fair? Also gut, hier ist die Beute. Lasst uns den Tisch decken und das Abendessen servieren. Ich bin ausgehungert."

Also erhob sich das Gericht, und der liebe alte Kapitän, der, wie ich glaube, gegen jedes Gesetz der Rechtsprechung von British Columbia verstoßen hatte, lud alle Arbeiter und Gefangenen zum Abendessen ein. „Natürlich", sagte er hinterher zu Jesse, „hätte ich dich und Dale wegen Mordes vor Gericht stellen, dir eine Geldstrafe auferlegen sollen, weil du Waffen ohne Lizenz benutzt hast, die Anwälte in einem fetten Auslieferungsfall entlassen und das Vieh beschlagnahmt haben sollen." auf Staatskosten mein Gras zu fressen. So wie es ist, werde ich von den Politikern gehängt, gezerrt und gevierteilt, von der Presse verdammt und ins Gefängnis gesteckt, weil ich Redakteure verprügelt habe. Und ich habe den ganzen Spaß verpasst."

Nach dem Abendessen teilte sich die Menge in kleine Gruppen auf. In einer Ecke verhandelten die amerikanischen Beamten mit Mr. Dale darüber, dass seine Skyline-Männer mit den Gefangenen und dem Vieh mitfahren sollten. An der Tür stand Mr. Brooke und erklärte unserem gelangweilten Polizisten ausführlich etwas. Am Kopfende des langen Tisches erzählte mir Kapitän Taylor, wie schwierig es sei, eine geeignete Kindergärtnerin für den kleinen James zu finden. Am Fußende des Tisches sah ich, wie der Mexikaner seinem unglücklichen Häuptling zuflüsterte – zweifellos Fluchtpläne. Dann gesellte sich Jesse zu ihnen, mit einem Geschenk aus Pfeifen, Streichhölzern und Tabak, um ihnen die Reise zu erleichtern.

„Mr. Smith", sagte der arme alte O'Flynn, „Sebastian Diaz ist seit zwölf Jahren bei mir. Er ist nur ein Schmierer –"

„ *Medio Sangre* , Señor!" sagte der Mischling stolz.

„Aber er hat das Herz eines weißen Mannes. Für mich ist er wie ein Sohn."

„Ich bin stolz", sagte Jesse, „Ihre Bekanntschaft zu machen, Sie beide. Ihr seid Männer, in Ordnung."

„Wir haben gegen die reichen Männer gekämpft, die uns, ihnen und ihrer Rasse Unrecht getan hatten. Wir haben einen guten Kampf geliefert. Ja, Sir! Und wir hätten keine Meile dieser zwölfjährigen Reise verpasst. Das war nicht unser Weg." Beleidigen Sie Frauen, Mr. Smith.

„Sie mussten diese Informationen irgendwie bekommen", sagte Jesse, „und Mrs. Smith verzeiht Ihnen."

Der alte Mann senkte den Kopf.

„Vielen Dank, Caballero!" sagte der Mexikaner sanft.

„Das geht uns nicht durch den Kopf, Mr. Smith."

„Am häufigsten als Jesse bekannt“, sagte mein Mann.

„Jesse. Wir beraten Sie und sind uns einig, dass Sie der einzige Mann hier sind, den wir gerne um einen Gefallen bitten würden.“

„Ich bin in Ordnung dein Freund.“

„Jesse, wenn wir nicht entkommen, müssen wir unsere Chips abgeben.“

„Ich werde dir nicht bei der Flucht helfen.“

„Wall, soweit ich weiß, hast du uns bei der Flucht nicht besonders geholfen.“

Jesse kicherte.

„Aber ich bitte Sie, sich um meine Frau und meinen Sohn zu kümmern.“

"Ich werde das machen."

„Du wirst den Jungen vor dem Handel seines Vaters retten?“

"Ich rechne damit."

„Leg sie da hin.“

Und sie schüttelten sich die Hände.

„Die Pferde, auf denen wir geritten sind“, sagte der Gesetzlose, „sind für meinen Sohn.“

"Das ist in Ordnung."

„Und noch etwas: Diese Brooke ist nicht weiß.“

„Das sagst du nicht!“

Der Gesetzlose grinste. „Du hast ihn richtig eingeschätzt. Er kam letzten Herbst aus einer Wild-West-Show zu uns. Er hat nie etwas getan, um eine Erhängung oder eine Gefängnisstrafe zu verdienen, weil er zu inkompetent war. Aber seine staatsrechtlichen Beweise reichen aus, um uns zwanzigmal zu hängen. Das wird er.“ aussteigen.

„Außerdem, Jesse, vertraue dem Wort eines Sterbenden. Dass Brooke ein Auge auf deine gute Dame geworfen hat. Er ist dein Feind aus Zeiten weit zurück in Abilene einer meiner Männer, und ich werde nicht mehr sagen.

„Sagen Sie mal, meine Hände sind verletzt, würden Sie bitte einfach in meine hintere Gesäßtasche greifen? Genau. Da ist eine goldene Uhr. Nehmen Sie sie, meine Zeit ist abgelaufen. Geben Sie sie Ihrer Dame von uns als eine Art Andenken. Auf Wiedersehen, Partner."

„Auf Wiedersehen, Freund.“

„ *Adios* “, sagte der Mexikaner. „ *Vaya usted con Dios!* “ Und das Englische dafür lautet: „Mögest du mit Gott reiten!“

Vom anderen Ende des Raumes aus beobachteten Captain Taylor und ich diese kleine Szene. Ohne ein Wort zu hören, konnten wir es so gut verstehen. „Junge Frau“, sagte der Kapitän, „als ich ein jüngerer Narr war als jetzt, war ich Marineattaché in St. Petersburg. Ich hatte gesehen, wie sich der russische Bär in Sewastopol benahm, und ich beobachtete gern, wie er sich benahm.“ im Winterpalast. Eines Tages kamen ein Kosakenoffizier und sein Sohn, um Berufung einzulegen. Frau Offizier war ein Kater gewesen und mit einem der Gerichtsbeamten durchgebrannt, deshalb wollten ihr Mann und ihr Sohn Erlaubnis, den Mann mit ihren Waffen zu verfolgen . Sie fühlten sich so elend, dass sie an einem Tisch saßen und niemanden und nichts beachteten. Nachdem sie lange gesessen hatten, kam ein Mann und legte eine Kiste mit Duellpistolen auf den Tisch neben ihnen. Ich konnte nicht Ich hörte nicht, was er sagte, aber er setzte sich zu ihnen. Plötzlich sah ich, wie er dem General die Hand schüttelte.

„Jetzt legte Ihr Mann etwas auf den Tisch, setzte sich zu diesen elenden Gefangenen und schüttelte einem von ihnen sofort die Hand.

„Ihr Mann und dieser Russe haben genau das Gleiche auf die gleiche Art und Weise getan. Ja, Sie haben aus Versehen einen Gentleman geheiratet.“

Ich war verwirrt. „Wer war der Russe?“ Ich fragte.

„Oh, habe ich es dir nicht gesagt? Er war der Kaiser.“

Nach einer Minute, während ich meinen königlichen Mann beobachtete, legte der Kapitän seine Hand auf meine. „Lass nicht zu, dass diese Faulenzer dich weinen sehen“, flüsterte er.

"Ich weine nicht." Ich schaute mich um, um zu beweisen, dass ich nicht weinte, und dabei fiel mein Blick auf die Miniaturmedaillen des alten Mannes. Eines davon war das Victoria-Kreuz.

KAPITEL XI

BILLY O'FLYNN

Kates Erzählung

Sowohl Jesse als auch ich haben die Angewohnheit, unsere Gedanken zu Papier zu bringen und nicht in Worte zu fassen. Geschriebenes kann zerstört werden, Gesagtes hingegen bleibt furchtbar lebendig. Ich denke, wenn andere Ehemänner und Ehefrauen, die ich kenne, mehr schreiben und weniger reden würden, würde sich ihr Zuhause nicht so schrecklich anfühlen, so voller schrecklicher Schatten. Es gibt Häuser, da wird mir schlecht, sobald ich die Türschwelle überschreite, weil die Luft in den Zimmern von der Bosheit, dem Nörgeln und dem Streit verbitterter Seelen verdorben ist. Was die Häuser betrifft, in denen Schrecken stattgefunden hat – Verzweiflung, Wahnsinn, Mord, Selbstmord –, werden sie immer heimgesucht, und sensible Menschen haben Angst vor Geistern.

Mein Stift ist abgeschweift. Ich habe mich hingesetzt, um etwas aufzuschreiben, was nicht gesagt werden darf.

Jesse ist grausam gegenüber dem jungen O'Flynn. Vielleicht ist es zu Recht, zu Recht grausam, wenn er diesen jungen Cowboy verspottet und ihn so lange verspottet, bis der Junge am Rande eines Mordes steht. „Muss erledigt werden", sagt Jesse, „ich habe seinem Vater versprochen, dass ich den Hengst zerschmettere, bis er die Räuber satt hat. Schau mir also nur zu, wie ich den Staub von seinem Fell hebe, und gestikulierst du nicht mit mir." Verfolge deine dummen Sympathien. Billy ahnt nicht, dass der Peiniger sein Opfer liebt.

Mir schmerzt das Herz wegen seiner Demütigung. Seine Mutter ist meine Köchin und keine Prinzessin, wie der Junge stolz sein möchte. Sein Vater war einer der gefährlichsten Anführer der Rocky-Mountain-Gesetzlosen, also sah der Junge darin Ruhm, und ich gebe ihm keinen Vorwurf. Aber der ganze Glamour wurde zerstört, als Jesse O'Flynn und seine Bande dazu brachte, sich zu ergeben, sie der Gerechtigkeit übergab und dem armen Billy seine schmutzigen Helden als das zeigte, was sie wirklich waren. Sein Vater wurde gehängt.

Denken Sie daran, dass diese Ranch, die für mich voller Romantik ist, für Billy, dessen Träume jenseits der Skyline liegen, ein schmutziger Alltag ist. Er stellt sich Eisenbahnen vor, wie wir uns Drachen vorstellen, und die Pension Bloomsbury, von der aus meine Schwester nach ihrer Rückkehr aus Indien schrieb, ist aus seiner Sicht ein Ort aus Tausendundeiner Nacht. Ich lese ihm Taddys Brief vor, über den neuen Internatsgast aus Selangor, der

Fieber hat, den deutschen Kellner, der dabei erwischt wurde, wie er Colonel Boyces Manuskript über die Schutzfarbe für Haubitzen liest, den Matrosenvater des Tweenys, der auf See ertrunken ist, und die Aufregung in diesem eintönigen Haus, als Lady Blacktail hat angerufen. „Ich wünschte, ich hätte eine Chance gehabt“, sagte Billy wehmütig, seine Gedanken waren beim Schwarzwedelhirsch, unserer einheimischen Hirschart. Vielleicht sah er Wald hinter der Pension. „Im alten Land“, sagte er, „rufen die Leute an? Hier ruft nur das Geld. Ihre Leute sind sowieso leicht aufgeregt.“

„Lady Blacktail“, sagte ich, „ist eine Frau.“

„Was hat sie geschrien?“

„Sie hat gerade angerufen – ist gekommen, um Tee zu trinken, wissen Sie.“

„Haben Sie keine Arbeit?“

„Oh, aber ihr Mann, Sir Tom, war ein sehr reicher Mann. Er hat ihr Millionen hinterlassen.“

„Mutters erster Ehemann“, sagte Billy, während seine Gedanken bei Witwen kreisten, „hatte großen Reichtum. Er unterhielt einen Seegar-Stand in der Innenstadt in der Nähe der Batterie und hatte eine Blaskapelle, als sie ihn beerdigten. Mutter kam aus dem Westen.“

In dieser Nacht war der Junge aus Hundred Mile House gekommen, mit Jesses Packzug mit einer Ladung Vorräten. Es gab eine Kleiderlänge, Musik für mein liebes, pummeliges Klavier, gewürzte Speckröllchen, dringend benötigtes Mehl und Lebensmittel und ein orangefarbenes Kopftuch für Billy. Aus seinen Satteltaschen holte er meine zerknitterten Briefe und die Wochenzeitung hervor, einen Lumpen aus Vancouver. Darin kämpft sich Jesse durch das Wirrwarr der Provinzpolitik, ich freue mich über die Kochrezepte der guten amerikanischen Küche und seufze vielleicht nur über den Londoner Brief. Billys Anteil besteht aus grauenhaften Katastrophen und Verbrechen, und die Witwe wartet hungrig auf ihr Anzündholz, Bettzeug, Tapeten und neue Polster für ihr Holzbein. Für zehn Cent ist das Papier ein Schnäppchen.

Sie saß da und leitete, während ihr Junge zu Abend aß, ich überprüfte Geschäfte anhand einer unwahren Rechnung und Jesse bereitete sich darauf vor, zu lesen: „Bestochen mit einer Brücke! Wer hat die Anleihen gestohlen?“ usw. Der liebe Jesse nimmt seine Lektüre ernst. Sein Geist muss mit einer Pfeife vorbereitet werden. Seine stattliche Brille ist auf seinem Halstuch gesäubert und so montiert, dass er über die Ränder sehen und lesen kann. Als nächstes kriecht er unter den Ofen, um den Stiefelknecht zu finden und seine langen Stiefel auszuziehen. Danach füllt er die Lampe, zündet sie und eine Zigarre von furchtbarem Scharfsinn an und setzt seine großen Glieder auf den Staatsstuhl. Als an diesem Abend alles geregelt war, blickte er von seiner Zeitung auf. „Sag mal“, sagte er gedehnt, „Billy. Wenn du wegreitest und zum Räuber wirst, was ist dann mit der Politik los? Du siehst, wenn du Sir Billy O'Flynn und ein ehrenwerter Premierminister wärst, könntest du genug stehlen, um so große Sporen zu kaufen.“ wie Autoräder. Du bist ohnehin noch wilder als unser Mitglied mit diesem neuen, kuhschreckenden Schal, also brauchst du nur ein Maschinengewehr an deinem Gürtel, einen Menschenkiller wie meine Stute Jones, und du wirst der sein Tiger des Waldes. Du bringst die Katze deiner Mutter dazu, dir das Jaulen beizubringen.

II

Nach dem Frühstück, als Jesse zur Arbeit gegangen war, kam die Witwe in tiefer Verzweiflung zu mir, lehnte sich an den Türpfosten und drehte mit zitternden Fingern ihre Schürze hoch, ihre Augen dunkel vor Angst. Als ich sie zu einem Platz führte, spürte sie vielleicht mein Mitgefühl, denn eine Flut von Tränen brach los, und wildes Irisch mischte sich in ihr Schluchzen. Der Kobold besaß seinen Bhoy *Avick* , Nachtreiter verfolgten ihn, Dämonen waren in ihm, *Acushla* , und das Kind war ein Feenwesen. Sein Stiefonkel starb im schrecklichen Treibsand, ihr Schwager wurde in den schwarzen Indianerhügeln wahnsinnig und rannte auf den Speeren des Heuhaufens, ruhe seine Seele aus, und jetzt Billy! Er war diese Stunde weg. Sie befahl mir energisch, mich auf die Suche zu machen, denn sie würde die südliche Weide nehmen, also würde ich ihn mit Sicherheit in den Kiefern finden. Sie fürchtete diesen Ort; von Feuern gemurmelt, die von keiner sterblichen Hand angezündet wurden. Sie sprach von wandernden Lichtern; Die Katze hatte wegen der Elfenstimmen Funken aus seinem Fell geschleudert, und Mick hatte die ganze Nacht unten am Apex geheult. Yestreen, eine Sternschnuppe, hatte sie gewarnt, dass sie ihren Freund verlieren würde, und hatte ich dieses Gesicht letzte Nacht nicht im Wind gesehen?

Ich beruhigte das arme Ding, so gut ich konnte, und machte mich auf die Suche, froh über einen Vorwand, ins Freie zu fliehen. Plötzlich traf ich auf Billy, der auf einer Wurzel saß, die über die Tiefen des Canyons hinausragte. Er reinigte Jesses Gewehr und ich überraschte ihn mit einem Anfall wütenden Lachens.

„Billy“, schrie ich, „komm von der Wurzel rein, bevor du fällst!“

Er gehorchte mit mürrischer Geduld gegenüber meinen Launen.

„Warum bist du nicht bei der Arbeit? Was machst du mit dem Gewehr meines Mannes?“

„Ich bin bei der Arbeit", antwortete er mürrisch – und dann mit einer seltsam unbestimmten Art: „Ich putze das verdorbene Ding."

Da ich eine Frau bin und noch dazu mit dem künstlerischen Temperament verflucht bin, war ich von der außergewöhnlichen Schönheit dieses Jungen berührt – das lockige rotgoldene Haar, die Haut mit dem staubigen Block eines reifen Pfirsichs, die Haltung leichter Kraft und Geschmeidigkeit Anmut, das Gefühl, das er mir vermittelte von leuchtender Farbe, die raue Stärke verhüllte. Da ein Künstler ein gutes Modell studiert, hatte ich die Stimmungen in Billys Temperament sehr genau beobachtet.

Seine Mutter hatte recht. Dieses unbestimmte Verhalten war ungewöhnlich und der Junge war ein Feenmensch.

„Aber warum reinigst du sein Gewehr?"

„Es tritt, wenn es ein Foul ist", sagte er abwesend.

„Du gehst auf die Jagd?"

„Ich werde Jesse erschießen, das ist alles."

„Ich bin sicher", sagte ich, „er hat es gestern gereinigt. Schauen Sie mal", und ich nahm das Gewehr, um ihm zu zeigen, dass es sauber war. "Sehen." Ich steckte meinen kleinen Fingernagel in den Verschluss, während er auf den Lauf blickte. „Komm", sagte ich und erzählte ihm, dass in meiner Nähmaschine eine Flasche Waffenöl sei. Das Gewehr war in meinem Besitz, sicher.

Dann hörte er Jesse kommen. „Whist! Versteck die Waffe!" sagte er, und als ob wir Mitverschwörer wären, stellte ich es hinter einen Baum, damit mein Mann nichts sah, was ihn beunruhigen könnte.

Jesse schien auf der Suche nach Billy zu sein.

„Hallo, Kate", sagte er zur Begrüßung. „Sag mal, Junge, als du das Tischbein abgesägt hast, um das Glied deiner Mutter zu machen, was hast du dann mit der Rolle gemacht?"

KAPITEL XII

ERKLÄRUNG DER SCHRIFT

Ich frage mich, wie viele Personen in Jesses Körper leben? Oberflächlich betrachtet ist er der robuste, skurrile Viehzüchter, faul, mit solchen Kräften, die einen erstklassigen Vulkan ausrüsten würden. Singt man ihm etwas vor, taucht ein weiterer Jesse auf, ein unartikulierter Dichter, ein kunstloser Künstler, ein ungebildeter Schriftsteller, ein leidenschaftlicher Liebhaber aller schönen Dinge in Kunst und Natur. Und unter all dem steht Jesse vom Sabbat, in düsterer Gerechtigkeit und strengem Respekt, Spross vieler Smiths, das gottesfürchtige Oberhaupt seines Hauses, der sonntagabends dem mürrischen Billy, der mürrischen Witwe und mir die Heiligen Schriften vorliest und erklärt unwürdiges Selbst. Hören Sie, wie er in rachsüchtiger Stimmung erklärt: –

„Wenn ich die Weide in diesen hinteren Blöcken der Genesis betrachte, weiß ich, dass wir Zugeständnisse machen müssen. Diese Patriarchen sind sowieso nur Schafhirten, und Schafhirten sind Müll. Sie sind nicht das, was wir weiße Männer nennen, sondern Juden, was ja so ist." eine Art von Dago. Wenn sie zum Glauben gelangen, sind sie eine Art Mormonen, eine Rasse mit geringem Leben, aber dennoch nützlich, um die Bevölkerung schnell in ein einsames Land zu vertreiben, in dem sie nicht beliebt zu sein scheinen.

„Hier ist Laban. Er hat keine Religion, aber er hat einen Koffer voller Götter, an die Unwissende glauben. Anstatt sich um Geschäfte zu kümmern, vertraut er seinem Vorarbeiter Jacob, und so ist es ihm recht, wenn er ausgeraubt wird." Doch der Herr ist nicht so sehr auf ihn herab, wie man meinen könnte, denn er darf Regierungsland beweiden, ohne Steuern, Hypotheken oder Eisenbahnen, die ihm das Fleisch von den Knochen stehlen könnten. Vielleicht tut es dem Herrn irgendwie leid armer Schafhirten-Dago ohne Pferde – das ist auch gut für die Moral der Männer, obwohl Jones mich heute Morgen aus dem Stall geworfen hat. Außerdem lebt Laban in einem Land, in dem es sicherlich kaum Männer gibt, sonst würde er es nie tun Gib mehr als eine seiner Töchter einem solchen Schwein wie Jacob. Laban versucht weiß zu sein, damit er bei Wahlen meine Stimme bekommt.

„Man könnte meinen, wenn der Herr Jakob ertragen könnte, müsste er voller Barmherzigkeit sein – also gibt es Hoffnung für Stinktiere. Er hat so viele Millionen reinrassiger Zuchtengel, dass selbst der beste Mann für ihn minderwertige Rasse ist. Und was das angeht Wir Außenseiter, Er hat ein Auge auf sie und nimmt ihre Nahrung freundlich an. Ja, Er klatscht Sein Zeichen auf sie, weil sie ihre Arbeit kennen.

„Also sieht er, dass Jakob ein wahrer Vielfraß ist und mehr noch, ein großartiger Viehzüchter, der eine verbesserte Rasse von Ringziegen und Schafen hervorbringt. Und Jakob tut seine Pflicht gegenüber seinem Land und zeugt zwölf Söhne – gemein wie Schlangen, aber immer noch die besten, die er großziehen kann.“ Ja, es gibt Ausreden für Jacob, und das Lynchen ist noch nicht erfunden.

„Jacob wirft dem alten Mann Laban Dreck ins Gesicht und macht sich dann auf den Weg zu seinem eigenen Reservat. Auf dieser Spur muss er Esaus Ranch überqueren – den ersten Mann, den er jemals betrogen hat. Sieh ihm nur zu, wie er sich wie ein brüllender Kumpel windet und windet Kriechen, um den einzigen Gentleman in diesem Land zu treffen. Du oder ich, Billy, hätten Jacob ordentlich getreten, aber wir sind nur Busch-Cowboys, und das ist es, was die Bibel lehrt.

„Der gemeine Mistkerl willigt ein, Labans Gras fernzuhalten; er zahlt Bestechungsgelder für Esau; er spielt sein Hautspiel mit den Leuten in Sukkot, was ich erkläre, weil dort Damen anwesend sind, und der einzige Trost ist, dass der Engel des Herrn groß geworden ist.“ Er wird ihn aufrichten, da er im nächsten Sonntagskapitel seinen Schwanz verdrehen wird. Nun lasst uns mit dem Beten durchkommen, so schnell der Herr es uns erlaubt, denn diese Kälber haben ihre Buttermilch nicht bekommen.“

Als wir niederknieten, saß die Witwe immer noch starr da und zeichnete mit ihrem Holzbein, das auf dem Wachstuch ausgekratzt war, die vagen Umrisse eines Galgens ab. Anschließend erklärte sie es. „Ihr Mann, Mrs. Smith, ist sehr stolz auf seine Brille, obwohl er nicht durchschauen kann und so, und zeigt an einem Sonntag seine Gelehrsamkeit und seinen Stolz.“

„Aber warum sollte man Galgen auf den Boden zeichnen?“

„Und warum sollte ich denn nicht einen Galgen auf dem Kamin zeichnen, wo er doch nie ertrinken wird? Er wird aufgehängt, weil er die Waisen und die Witwe unterdrückt, und er wird danach verbrannt, weil er ein Protestant ist. Yis“, sie blitzte herum über ihren Sohn: „Füttere deine Kälber mit Buttermilch und erhebe deinen Kopf, *Allah* , denn du erbst den Ruhm, während er brät!“

Weg vom Hass der Witwe und der Rache ihres Sohnes führte ich meinen Mann hinaus unter die Sterne. Ich gab ihm seine Zigarre, diesen schwarzen Sprengstoff, der mit tödlichen Dämpfen gefüllt war, und zündete ihm ein Schwefelstreichholz an. Es besänftigt seine Leidenschaften und der Weideduft macht ihn sanft, aber wenn ich Angst vor meinem Grizzlybären habe und mich kaum traue, ihn zu streicheln, führe ich ihn an der scharfen silbernen Quelle vorbei, über die Mulde, wo unsere Blumen einen Teufel zum Lächeln bringen würden, und weiter durch das wilde Rosengewirr, zu meinen Domkiefern. Heute Abend wirkte er selbst dort misstrauisch, als er die Etiketten der rachsüchtigen Psalmen abbiß. Er würde auch nicht unter dem Vaterbaum sitzen, bis ich ihm etwas vorsang.

„Wenn Faiths niedrige Tür in die Kirche führt,
mildert das Licht strenger Heiliger die staubige Dunkelheit, traurige Musik
hallt in den steinigen Himmeln wider, und dieses trostlose Pflaster verbirgt
eine Leichenhölle. Doch im Ebenbild des Menschen macht Gott den
Schmerz göttlich, und hier bricht die Morgendämmerung der Wahrheit
aufwärts in Richtung der Licht.

Komm auf die Hügelspitze: Amselchöre
läuten ihre klare Hymne zum knienden Ginster.
Die alten Bäume beten, ihre durstigen Gesichter verzückt, während
Gemeinden großer Engelswolken das heilige sakramentale Licht von
Gottes Hohepriester, der dienenden Sonne, empfangen!"

"Was willst du?" fragte Jesse, der ganze Groll war verschwunden.

„Jesse, weißt du, dass seit unserer Hochzeit fast ein Jahr vergangen ist?"

„Zehn Monate, Kate, und vierzehn Tage. Glaubst du, ich rechne nicht damit?"

Ich setzte mich auf die Wurzel des kleinen Gouvernantenbaums, dem bescheidensten im Hain. „In der Bibel, Liebes, wer war der Sohn Isais?"

„David, natürlich."

„Erinnerst du dich, mein Lieber: ‚Denn ich habe einen König unter seinen Söhnen bereitgestellt'?"

Er blickte über die donnernden, nebligen Tiefen des Canyons hinweg, und das Mondlicht fing sein Profil ein, als wäre es in Silber geätzt. „Ein mächtiger, tapferer Mann", flüsterte er, „umsichtig in Sachen und ein Mann des Krieges."

„Jesse, ich muss so ein Geständnis machen. Als Sie Mr. Trevors Nachlass geregelt haben –"

„Seine Ländereien waren Schulden, und wir haben sie beglichen. Es besteht kein Grund zur Aufregung."

„Sie haben die Schulden beglichen. Sie waren hart daran interessiert, die Zinsen für Ihre Hypothek zu begleichen."

„Das hat sich jetzt ausgezahlt. Außerdem haben wir ein klares Eigentumsrecht an unserem Land, Mutters Grabstein ist mir aus der Seele gefallen, wir schulden nicht einen Cent der Welt und es gibt keine Sorgen mehr, außer, dass sie mir irgendwie leid tun.“ arme Räuber. Warum so viel Aufhebens machen?“

„Du hast sechstausend Dollar verdient, Gott weiß, was für eine Gefahr. Ich lasse dich immer noch glauben, du wärst arm.“

„Wir haben reichlich Reichtum, Kate, genug Reichtum für – für David.“

„Ich wollte dich, Jesse, nur dich, ich wollte Armut, weil du arm warst. Ich war zufrieden, und jetzt hast du das Kapital gewonnen, um die Ranch zu befreien, einen Vollbluthengst zu kaufen und den Laden zu versorgen.“

"Das ist so."

„Jesse, nach dem Testament meines lieben Vaters habe ich siebentausendfünfhundert Dollar im Jahr.“

"Ein *Was* !"

„Ich bin eine reiche Frau, Liebes. Ich habe mein Einkommen gespart, und auf der Bank sind zehntausend Dollar für dich.“

Also gab ich ihm meinen Scheck, den er prompt mit einem Kuss entgegennahm. Er ist auch so rau.

Dann haben wir Verbesserungen besprochen. Ein Haufen Pferde aus Ost-Oregon, drei Cowboys, die sich um unser Vieh kümmerten, ein Mann, der den Sky-Line-Vertrag verwaltete, ein bewässertes Maisfeld und Winterfutter, zwei chinesische Bedienstete, so viele „Must-Haves“, dass wir ziemlich verzweifelt waren über Mittel und Wege. Jesse muss geschäftlich nach Vancouver, und so kam ich nach langer Einleitung endlich zum Punkt.

„Nimm Billy mit.“

„Aber wenn ich gehe, muss er sich um die Ranch kümmern.“

Männer sind so dumm. Wenn ich zu meinen lieben Bullenkiefern singe, hauchen sie ein schwankendes, dünnes Echo wie ein entfernter Chor; Doch beim Anblick von Jesse werden sie gleichgültig wie die Häuptlinge der roten Indianer. Wie könnte ich einem solchen Mann von der Gefahr erzählen? Die Witwe versteht, und für eine Mutter ist kein Opfer zu groß.

„Du predigst zu Billy“, sagte ich, „du betest zu ihm. Denk daran, er ist wild wie dieser Wald, Sohn eines gefährlichen Verbrechers. Seine Mutter stachelt ihn an, und es besteht Gefahr, Jesse.“

Während ich sprach, wusste ich, wie töricht es war, an irgendein Gefühl der Angst zu appellieren. Er lachte leise.

„Aber Billy wagt es nicht, meinem Pinto-Hengstfohlen guten Morgen zu sagen. Er bockte heute reichlich, und ich habe Blut gespuckt, bevor ich ihn bezwingen konnte. Nun überlassen Sie es mir einfach, Hengstfohlen und Cowboys zu zähmen. Ich schlage vor, mich zu reiben der alte Jacob in Billy als Einreibemittel, bis er geschmeidig ist, ja, und arbeitet. Träume verdienen kein Fressen."

„Nimm ihn weg, Jesse, Liebes."

„Er wird mit dir schlafen, Kate?"

Mein Herz stand still und für meinen eifersüchtigen Ehemann bedeutet Schweigen Zustimmung. Zwei Fledermäuse kamen finster und geschäftsmäßig vorbei und hatten vielleicht eine Verabredung mit einer Feldmaus. Dann seufzte der Heuchler in mir, und Jesse warf seinen Zigarrenstummel weg und sagte mit einem Eid, dass Billy bei Tagesanbruch auf dem Weg nach Vancouver sein sollte.

Ja, Jesse ist schwer zu verwalten, aber plötzlich erinnerte er sich an den Scheck, der ihm zum ersten Mal in seinem Leben das Gefühl gab, reich zu sein. Er ist zu rau, wenn ich zulasse, dass er mich liebt. Tatsächlich musste ich mir im Dunkeln die Haare frisieren, obwohl die Glühwürmchen die liebsten kleinen Lampen boten. Außerdem tut Jesse ein wenig Eifersucht gut. Ich möchte nicht, dass seine Liebe hungert.

III

Gestern Abend kam Jesse aus Vancouver nach Hause, und es war Sonntagabend, als er zum Erstaunen der drei neuen Rancharbeiter die Heilige Schrift las und erklärte. Die Chinesen wurden als Heiden freigelassen.

„Da ich nicht weise in der High Society bin, steht es mir nicht frei, mich zu Frau Potiphar zu äußern, die einen Verwalter behält, anstatt ihre Arbeit als Haushälterin zu erledigen, oder zu diesem General Sir Something Potiphar, COD, CPR, HBC, PDQ, Kommandeur der Haw-Haw Guards, der seine Frau zu vernachlässigen scheint. Als einfacher Viehzüchter verfolge ich Joseph.

Zu diesem Zeitpunkt bohrten sich drei gottlose Kuhschläger, purpurrot vor unterdrückten Gefühlen, einander heftig in die Rippen.

„Dieser Joseph hier ist ein Schafhirtenschwein aus der Wüste, glatt, weil er unter Weidetieren aufgewachsen ist, aber gemein, weil er von Jacob, dem Stinkermeister des Wilden Westens, als Haustier aufgezogen wurde."

Daraufhin explodierte Pete und musste sich unter Krämpfen zurückziehen, während die anderen beiden Säuglinge ihm die Unterbrechung vorwarfen.

„Geschmeidig und gemein ist Joseph, ein cremefarbener junger Mensch wie Pete, der noch vor dem Morgen einen schwarzen Schluck bekommen wird, um seinen Husten zu heilen. Joseph hat ein gutes Benehmen und einen traurigen Blick, mit einem verliebten Blick. Seine Brüder sind gemein." soweit sie wissen, ohne Zeitung zu lesen, aber selbst sie können Joseph nicht ausstehen. General und Frau Potiphar scheinen sein Parfüm nicht zu mögen. Wenn er im Gefängnis ist, ist er Verwalter, so dass die anderen Gefangenen von Essen träumen Keine Mahlzeit, bis er geht.

„Ich weiß nicht, aber wenn ich ein Selfmademan wäre, würde ich es hassen, wenn meine Autobiografie von meinen armen Verwandten geschrieben würde, oder von den Geldgebern, die ich betrogen und auf meinem Weg zur Fifth Avenue zurückgelassen hatte. Diese Brüder, die Potiphar-Mannschaft." , und die Gefängniswärter, ist voller Kummer darüber, dass sie diesen Joseph jemals gesehen haben, und Sie werden feststellen, dass die Ägypter kein Denkmal zahlen, wenn er stirbt. Er ist ein Stadtmensch, ein Finanzier, und der Herr ist mit Als er seine Naturgeschichte beobachtete, war dies die erste Warnung vor den Plagen Ägyptens.

„Das ist der einzige Mann, der es sich leisten kann, den ehrenwerten Joseph zu kennen. Der Pharao hat eine Axt, daher wird jeder Herr, der mit mehr als vier Assen erwischt wird, wahrscheinlich aus Ägypten verschwinden. Ja, er kann es sich leisten, Joseph und sie kennenzulernen." Sie sind in Ordnung.

„Heutzutage sind Pferde so selten, dass es in der Bibel bis heute keines mehr gibt, bis Pharao Joseph seinen zweitbesten Streitwagen leiht und ihm ein wunderschönes Schlittengewand gibt, mit dem er eine Kutschenfahrt machen kann.

„Und Juden sind rar. Dieser Pharao ist der erste König, der einen jüdischen Finanzier dazu bringt, seine Geschäfte zu machen."

„Es ist nicht der König, der diese Ecke mit Weizen bezahlt, und Sie können darauf wetten, dass es nicht Joseph ist. Es sind die blutenden, schwitzenden, hungrigen Ägypter, die den Weizenfonds bezahlen, der Pharao und Joseph zu Multimillionären macht. Da oben also." Einsam ist der Jude und Seine Majestät, ohne einen Club von Millionären, der ihnen sagt, dass sie das Richtige getan haben, und niemand in ganz Ägypten, der betrügen könnte.

„Der alte Pharao ist jetzt in einem Museum, Joseph befindet sich in Chicago, Ägypten ist eine Sand- und Felswüste; aber Gott ist in seinem Himmel, und nach der Art und Weise, wie wir Menschen uns verhalten, zu urteilen, sind diese goldenen Bürgersteige noch nicht überfüllt."

„Oh Herr, Du weißt, dass wir, die wir auf Deinen Weiden reiten, auf Erden nicht viel egoistisch zu sein haben. Wir können aus Deinem goldenen Sonnenschein keine Dollars machen oder aus Deinen silbernen Strömen Geldscheine, aber Befreie uns dennoch von der Selbstsucht und führe uns nicht in die Versuchung eines großen Kontos bei der Bank, denn wir sind nur Kinder, wenn wir in die Zivilisation kommen, und alle unsere Wege sind schmutzig, sobald wir Deinen verlassen Gras."

Die Cowboys schlüpften davon, nicht mehr urkomisch, vielleicht sogar ein wenig ehrfürchtig, denn Jesses urige Bräuche sind wie Gischt aus einem Meer, das an der Oberfläche glitzert, in seinen Tiefen aber tiefgründig ist. Und wir zwei Frauen warteten, die Witwe sehnte sich nach Neuigkeiten über ihren Sohn, während ich mir Sorgen um meinen Mann machte. Hart, bitter, unheimlich war die Predigt, demütig und ehrfürchtig der Hilferuf, und als die Männer uns nun verlassen hatten, blieb Jesse im Gebet. Fast unter Tränen flehte er für Witwen und vaterlose Kinder, bis das strenge Gesicht meiner Dienerin ganz sanft wurde und sie mit dem Gefühl, dass alles in Ordnung sei, zu ihrem Bett humpeln konnte.

Da die Nacht kalt war, hatte Jesse seine Zigarre neben dem Ofen, während ich auf dem niedrigen Hocker saß, damit die Dämpfe über meinen unwürdigen Kopf steigen konnten.

„Die Witwe glaubt“, sagte ich, „dass ihr Junge in der Stadt reich wird.“

„Ich habe Billy einen Job besorgt.“

Jesses Gesicht sah sehr ernst aus.

„In einem Lebensmittelgeschäft“, fügte er hinzu.

Ich seufzte für den romantischen Jungen, der hinter der Theke eine Schürze tragen musste.

„Und der junge Falke flog davon.“

"Ich bin froh!"

„Siehst du, es ist so, Kate. Er scheut sich haufenweise in Ashcroft, der ersten Stadt, die er je gesehen hat, wo es ein bisschen Bürgersteig, elektrisches Licht und Kellnerinnen gibt. Ich musste den Flauschigen küssen, um ihm zu zeigen, dass sie nicht beißen .

„Dann ist das die Eisenbahn. Mittlerweile wird er weltmännisch, alles ‚du kannst mir nichts vormachen‘ und ‚nicht halb so schlau wie unsere Ranch‘, bis wir zu seinem ersten Tunnel kommen, und er springt direkt aus seiner Haut. Danach möchte er, dass jeder weiß, dass er ein wilder und einsamer Cowboy ist, der die zartfüßigen Passagiere auf den zweihundertfünfzig Meilen bis Vancouver verachtet. Im Depot richtet er ein Ohr auf die Linienschiffe im Hafen, und das andere Ohr ist auf die hoch aufragenden, sechsstöckigen Geschäftsblöcke weiter oben in der Straße gerichtet. Er hat das Gefühl, er sollte den Wolf spielen, Saloons hochschießen und die Stadt anmalen, aber er wird furchteinflößend, weil es zu viele sind Menschen auf einmal. Er zählt nicht mehr, denkt, es sind drei Hupen, geht zu einem

Ochsen und will meine Hand halten. Da schnaubt ihm ein Auto ins Ohr, eine Straßenbahn kommt auf ihn zu, Ohren nach hinten, Zähne gefletscht, Schwanz a -winken; und eine Dame sagt ihm, wann der Zwölf-Uhr-Zug abfährt. Dann hört er eine Band spielen, und es ist zu viel – er stürmt einfach in den Wald. Als ich ihn am nächsten Nachmittag zusammentreibe, hat er gerade eine Süßigkeit gegessen Im Laden sind ihm die Augen vollgestopft und er versucht, Platz für Eis zu schaffen. Die nächsten zwei Tage wird Billy eng zusammengepfercht und gefüttert, um seinem Geist Ruhe zu gönnen. Er sah das Meer, betastete die Nässe, schnupperte den starken Geruch – ja, und der Junge weinte fast. Stadtmenschen, die nicht riechen, nicht sehen, nicht hören oder mit den Händen fühlen können, würden Schwierigkeiten haben zu verstehen, was das Meer für so ein Kind bedeutet.

„Er ist bereit, als Millionär zu arbeiten, verspürt aber keine heilige Berufung für den Lebensmitteleinzelhandel. Am Ende rennt er also weg, aus der Bratpfanne in die – Wand, der Rest ist nicht genau bekannt, obwohl …“ Die Polizei hat eine Ahnung. Es scheint, dass mein Wolfsjunges einen unschuldigen Jährling am Hafen entlang in die Irre führt, wobei es sich bei dem Opfer um einen Fischer aus einer Matrosenpension handelt. Um zu beweisen, dass er wild ist, hat Billy einen Schlauch voller Mixgetränke bei sich, und dieser Fremde ist es auch so freundlich, ihn mitzunehmen, um eine schöne englische Barke zu besichtigen, die nach Kap Hoorn lossegelt. Es scheint, dass das Schiff auf Billy aufmerksam geworden ist, und der Kapitän schickt ihn höflich zur Arbeit. Er wurde per Shanghai angefahren.

„Das wird seine Mutter töten.“

„Nicht, wenn sie denkt, ihr Sohn sei ein weiterer Joseph, der reich wird.“

„Oh, es ist zu schrecklich!“

„Wall, vielleicht bin ich ein Idiot, Kate, aber mir scheint, dass dieser junge Mensch davon abgehalten werden musste, einer Frau nachzulaufen, bevor er eine Chance hatte, ein Mann zu werden.“

KAPITEL XIII

GEBURT

Kates Erzählung

Jesse gab zu, dass der obere Wald „irgendwie wolfsartig“ aussehe. Er postierte Ponystaffeln entlang des Hinwegs, damit er und McGee die achtzig Meilen zurück in einem einzigen Marsch zurücklegen konnten. Wenn der Arzt das überlebte, würde er in achtundvierzig Stunden hier sein, vielleicht noch rechtzeitig.

Ich ließ Jesse seinen Revolver nehmen, ja, lud ihn selbst, und er versprach einen Signalschuss vom Randfelsen, um mir die früheste Nachricht von seiner Rückkehr zu überbringen. Er löschte das Licht, gab mir einen Abschiedskuss und war weg.

Von der Innenkante des Bettes aus konnte ich durch das Fenster sehen und beobachten, wie Orion hinter den Klippen aufstieg. Die Nacht wurde blass, dann zeigte sich für lange Zeit der große, karge Abgrund in zartem Primellicht und bernsteinfarbenen Farbtönen. Ich hörte, wie unsere Reiter sattelten, aufstiegen und zur Arbeit des Tages galoppierten. Die beiden Chinesen machten sich ebenfalls auf den Weg, um einige häusliche Besorgungen zu erledigen. Der Sonnenaufgang verwandelte die Kiefern auf dem Randfelsen in Flammen. Ich hörte einen fernen Schuss und schlief ein.

Die Witwe war fast die ganze Nacht herumgestolpert, erschöpft bis zur Spitze ihres Holzbeins, die arme Seele, und als ich wieder aufwachte und zur Untertür schlich, war ich erleichtert, dass sie eingeschlafen war. Sie hatte mir einen Topf voll Brot und Milch hinterlassen, den ich erwärmte, und es wärmte mich angenehm.

Wenn Mrs. O'Flynn schläft, ist es wie Frieden nach dem Krieg. Ich kleidete mich heimlich und betete für den Frieden in unserer Zeit, dann schlich ich mich mit dem süßen Genuss neuer Schuldgefühle hinaus in die Sonne.

Anstelle von Jesses Pfeifen, Micks Bellen, den Auseinandersetzungen auf der neuen Widderweide, auf der unsere Cowboys leben, und dem Schnüffeln des alten Jones war unser Garten vom genauen Gegenteil erfüllt. Natürlich hat jeder Klang sein Gegenteil, seinen Schatten, der eine Lücke im Chor der gehörten Dinge hinterlässt, und wenn alle heimeligen Stimmen durch Lücken ersetzt werden, spürt man die Trostlosigkeit der hohen Einsamkeit. Dennoch floh ich, damit der rachsüchtige Baumstumpf der Witwe mich nicht überholte. Ich hatte es so satt, im Bett zu liegen.

Die silberne Quelle, die Lichtung der Ringelblumen, die Dornenrose sind allesamt äußerst notwendig, bevor man sich in den Hain der Kathedrale wagt, denn es ist nicht gut, direkt von einem weltlichen Zuhause an einen heiligen Ort zu gelangen. Und doch hatte ich das Gefühl, dass etwas ganz und gar nicht stimmte, denn in der Nacht mussten böse Menschen gekommen sein und den Weg auf das Doppelte seiner üblichen Länge ausgedehnt haben. Ich war sehr wütend und werde es meinem Mann sagen.

Ich erreichte den Hain, der zu dieser kühlen Stunde so einer grünen Lagune glich, wo sich Korallenpfeiler zu einem Rippengewölbe verzweigen. Die Wellen des Weihrauchs, das Pochen der Flussorgel, die Herrlichkeit in den Fenstern gaben mir Frieden, aber der Chor der Winde war verschwunden, und dieses eine Mal war ich in dieser süßen Einsamkeit einsam. Ich sitze an der Wurzel des Gouvernantenbaums und Jesse unter der großen Vaterkiefer. Wenn er nur da wäre, wie würde es den Schmerz lindern? Ich brauchte ihn so sehr, als ich dort saß und versuchte, ihn in meinen Gedanken präsent zu machen. Er war weggegangen, und das Eichhörnchen, das im Witwenbaum wohnt, hatte sogar seine Streichhölzer mitgenommen. Es waren nur noch die Zigarrenstummel übrig, was natürlich schädlich für die Kinder des Eichhörnchens wäre. Mir ging es nicht gut genug, um zu callen, aber ich habe meine Nerven verloren.

In der Nähe befindet sich der gewaltige Rand des inneren Cañon, und als ich am äußersten Rand des Todes saß, sah ich in die Nebel.

Es war so dumm, warum sollte ich Angst vor dem Tod haben, wenn ich so feige bin, Schmerzen zu ertragen? Und doch sollte ich besser die Wahrheit gestehen, dass ich plötzlich schreiend davonlief, mein Rock zerfetzt von Brombeersträuchern, meine Füße in den Wurzeln hängengeblieben. Erst als ich an der Stelle vorbeikam, an der Anemonen leben, und hinter der Osttür des Hains in die volle Sonne kam, konnte ich nicht weiter gehen und fiel erschöpft zu Boden. Ja, es war sehr albern, und diese blinde Panik beschämte mich, als ich zum Halbmond aus silbernen Birken aufblickte, die am Fuße der oberen Klippe Hof halten.

Etwas Kleines und Schwarzes kam auf mich zu, ebenfalls ein Geistlicher und nervös, weil er an seinem kleinen Hut herumwirbelte.

"Haben Sie Schmerzen?" er hat gefragt.

„Bist du eine Fee?" Ich antwortete und fragte mich. Im Moment fällt mir nichts anderes ein, denn unsere verlorene Ranch ist so weit weg von überall.

„Nein, Madam", sagte er ganz ernst. „Ich bin nur Pfarrer. Darf ich mich setzen?"

Mein Herz war bei ihm, denn er war so klein, so alt, englisch wie ich, aber mit den Manieren der großen Welt. Als er sich setzte, achtete er darauf, keine meiner Blumen zu verletzen.

„Ich fürchte, ich betrete unbefugt Ihre königlichen Gärten“, sagte er. Darf ich mich vorstellen? Mein Name ist Nisted – Jared Nisted, einst Armeekaplan, jetzt Tourist.“

War er real oder hatte ich ihn mir eingebildet? „Mein Name ist Kate“, antwortete ich. „Mein Mann würde sich sehr freuen, Sie willkommen zu heißen. Aber er ist weg.“

„Und bist du einsam?“

"Nicht jetzt." Irgendwie waren der Schmerz und die Angst verschwunden, als ob sie es nicht wagten, in der gelassenen Gegenwart dieses lieben alten Heiligen zu bleiben. „Bist du sicher“, wagte ich es, „dass du kein –“

„Fee? Glauben Sie mir, liebe Dame, ich bin ein sehr gewöhnlicher kleiner Mensch.

„Ein bescheidener Verehrer von Ihnen, ein gewisser Tearful George, war so freundlich, mich in seinem Buckel hierher zu bringen, der meckernde Räder, einen knarrenden Körper und ein so pfeifendes Pferd hat. Er, Tearful George, meine ich, hat einen Vertrag über siebzig Dollar abgeschlossen - fünf Dollar, um mich ins Paradies und zurück zu bringen; aber als wir knarrend durch diesen unheimlichen schwarzen Wald fuhren, befürchtete ich, mein Führer hätte den Pfad genommen, der zu dem anderen Ort führt. Ich gestehe, der obere Wald machte mir Angst, und jetzt, Nachdem ich im Paradies angekommen bin, möchte ich nicht zurück.“ Er seufzte. „George“, fügte er hinzu, „schlägt dort oben sein Lager auf. Mrs. Smith, würden Sie mich sehr auslachen, wenn ich Ihnen ein Märchen erzähle? Es ist ganz schön.“

„Oh, tun Sie es!“ Ich bettelte.

„Nun“, begann er, „weißt du, wo die drei Birken alle einen einzigen Teich als Spiegel benutzen?“

Natürlich waren das die Drei Grazien. Mrs. O'Flynn und ich wussten schon seit Monaten, dass es an diesem Ort spukte.

„Jeder von ihnen“, sagte mein Besucher, „scheint die anderen für völlig überflüssig zu halten.“

Das stimmte. Ich fragte ihn, ob jemand da sei.

„Eine Dame, ja.“

„Das ist das Luder“, flüsterte ich. „Sie ist eine Fee. Aber sag es nicht meinem Mann. Du weißt, er lacht mich aus, weil ich so abergläubisch bin.“

„In der Tat. Tatsache ist, Frau Smith, sie badete, und George bestand, was meiner Meinung nach höchst dämlich war, darauf, sein Pferd an diesem Teich zu tränken. Ich bestieg Wache, drehte mir natürlich den Rücken zu und versuchte, den guten Mann zu überreden um sein Pferd woanders zu tränken. Er konnte keine blutrünstige Dame in dem rosigen Teich sehen, und Sie wissen, dass der arme Kerl nur eine sehr dürftige Wortwahl hat. Er hat mich und meine Vorfahren beschimpft, und wenn Sie mir glauben wollen, Meine liebe Mutter war überhaupt nicht die Art von Person, die George beschrieben hat. Er gab mir auch mit seiner Offenheit über mein persönliches Aussehen ein so klares Gefühl. Und die ganze Zeit, während George mir mit seinen Kommentaren eine Gänsehaut bereitete, war die Dame im Der Pool hat mich bespritzt. Ich bin immer noch ziemlich feucht.

„Hat das Pferd gesehen?“

„Zwinkern Pferde, Mrs. Smith? Lächeln sie? Können sie erröten? Die Grazien schüttelten ihre Gewänder über unseren Köpfen, die Eichhörnchen schwatzten, der wellige Teich glitzerte in der aufgehenden Sonne, und ein Schwarm Kolibris kam surrend herbei. als wären sie George ins Gesicht geworfen worden. Diese blutigen Vögel, sagte er, stünden ihm immer im Weg. Was das alte Pferd betrifft, so zog er seine Fersen hoch und tänzelte seitwärts die Schlucht hinunter, und der Mann folgte ihm rumpelnd Segenswünsche.“

Ich erklärte, dass mein lieber Mann das Luder nicht sehen könne, dass mein Diener es nicht wagen würde, hinzusehen.

„Ich bezweifle“, sagte Pater Jared mit Bedauern, „dass heutzutage nur noch sehr wenige Feen abergläubisch genug sind, um an uns arme Sterbliche zu glauben.“

Dafür hätte ich ihn küssen können.

„Früher haben sie an unsere Vorfahren geglaubt“, fuhr der liebe alte Mann fort, „aber es gibt einen ganz allgemeinen Rückgang des Glaubens Weinender George? Er kaut Tabak.“

„Oh, erzähl mir mehr über sie. Hat sie mit dir gesprochen? Sie ist furchtbar gefährlich. Wir hatten hier einen Rancharbeiter, der ziemlich feenhaft wurde, besessen, glaube ich. Ich habe jetzt Angst vor ihr.“

„Sie denkt“, erwiderte er, „dass du eine böse Frau bist.“

"Mich?"

„Ja, du. Sie sagte, du würdest weglaufen, und das hast du auch getan. Ich muss dir sagen, dass das sehr unklug ist."

„Bitte sag der Schlampe, sie soll sich um ihre eigenen Angelegenheiten kümmern."

„Was ist ihr Geschäft?" fragte er sanft.

„Eine Fee zu sein, nehme ich an. Ich werde ihr nie verzeihen, was sie Billy angetan hat. Außerdem", fügte ich hinzu, „macht sie sich über uns lustig."

„Kein Wunder, denn wir Menschen sind so dumm."

„Sie ist voller Unfug."

"Natürlich." Die Augen des alten Mannes funkelten und blinzelten, als ob – ich kann diese verwirrte Erinnerung nicht in Worte fassen. Er hatte mir zweimal gesagt, dass er keine Fee sei. „Ich muss Ihnen von meiner Dame sagen, dass sie kein Luder ist. Winde, Wellen und Lebewesen", sagte er, „sind voller Unfug und Gelächter. Die Sonne hat Raum, selbst in einer Träne zu funkeln, und der Himmel." berührt unsere Lippen mit jedem Lächeln, denn Freude ist heilig. Geister, Engel, Feen sind nur Gedanken, die das himmlische Licht eingefangen haben, Spiegelgedanken, die in der Herrlichkeit des Himmels leuchten. Kinder und glückliche Menschen sehen dieses Licht, das niemals weiter scheint jede getrübte Seele.

„Meine Seele ist getrübt. Hilf mir."

„Das frage ich mich", lächelte er mit seinen alten, freundlichen Augen. „Hast du Sinn für Humor? Ah, da. Dann brauchst du dir nie Sorgen zu machen oder wegzulaufen. So wie Sonnenschein und Regen für die liebe Erde sind, so sind Lachen und Tränen für jede lebende Seele. Humor, mein Lieber, ist das Wetter in dem der Geist lebt."

„Aber Kummer und Tränen?"

„Warum, wie kann die Sonne Regenbögen ohne Regen erzeugen?"

„Als nächstes wirst du den Schmerz loben!"

„Das ist ein Sakrament", antwortete er ernst, „das äußere Zeichen innerer Gnade. Denn wie sonst kann Gott durch Selbstsucht bis zur Seele in Not vordringen?"

Meine Schmerzen waren zurückgekehrt, aber jetzt war es willkommen.

Zur Linken standen die feierlichen Kiefern und zu ihren Füßen weiße Blumen; rechts waren meine schönen Birken; und die Lichtung dazwischen lag in warmem Sonnenschein.

„Erhebt eure Herzen", flüsterte der Priester, und ich sah meine Bäume, die im Wintersturm und in der Sommersonne gleichermaßen dem sich verändernden Himmel ihr tapferes Gesicht zeigen.

„Wir erheben sie zum Herrn", schienen sie zu antworten.

„Das ist sehr angebracht, richtig, und unsere Pflicht", antwortete er und blickte dann scheinbar in meine Seele.

Ich sah das Gesicht des lieben Priesters durch Tränen hindurch, aber als ich sie wegwischte, blieb der Nebel zurück. Er kam mir fern, schrecklich und schön vor.

„Es gibt einen Ort", sagte er, „wo Seelen, die auf ihre Inkarnation warten, ruhen, und von diesem Ort kommen sie, getragen von Boten. In diesen Wäldern wartete ein Bote, kein böser Geist, meine Tochter, sondern einer, der mit einem kam." Kind für dich. Sie steht erhaben und lieblich in deinem Rücken, und in ihren Armen wartet die Seele eines männlichen Kindes, das kurz vor der Inkarnation steht, an der Grenze des Geisterlandes.

„‚Das Licht scheint in der Finsternis; und die Finsternis hat es nicht verstanden.'

„Dieses Licht ist überall um dich herum, und ich muss gehen. Dieser Boden ist heilig. Lebe wohl."

* * * * * *

Zwei Tage waren vergangen, seit mein lieber Jesse gegangen war, dann wartete ich den ganzen langen Tag im Haus, und die blaue Dunkelheit der Nacht fegte die leuchtende Klippe hinauf. Da hörte ich das Signal vom Felsrand und sagte meinem Baby David, dass sein Vater nach Hause kommen würde.

KAPITEL XIV

DAS VERSCHLOSSENE HAUS

Jesses Memoiren

Das Buch unserer Abenteuer, das wir gemeinsam begannen, sollte sich über all unsere Jahre fortsetzen. Wir waren zu jung, um darüber nachzudenken, wie es irgendwann bei unserem Abschied enden würde, dass einer von uns beiden zurückbleiben würde, mit nur dem gebrochenen Ende, dem Mitleid Christi und jedem Wort mit einer stechenden Erinnerung.

Seitdem ich Kate heute Nacht vor vier Jahren verloren habe, habe ich es in der ganzen Zeit bis jetzt nie gewagt, das Haus zu betreten, in dem sie einst mit mir lebte, ihrem armen Narren Jesse. Heute habe ich die Tür aufgeschlossen. Das Sonnenlicht, das durch die Ritzen in den vernagelten Fenstern glitzerte, fiel in langen Staubstreifen auf rattenzerfressene Möbel, graue Spinnweben und verstreute Asche. Da war das Welpenklavier, grün vor Schimmel, ihr Arbeitskorb, halb aufgegessen, ihr Schreibtisch übersät mit von Ratten zerfressenem Papier. Die Seiten sind gelb, die Tinte rostbraun, aber die Vergangenheit ist in jeder Zeile lebendig, die lebendige Vergangenheit, das sonnige, warm duftende Land der Erinnerung, alles voller Liebe, Ruhm und Freude und Qual, der man nicht entkommen kann Mich.

Wenn sie hier bei mir in der alten Blockhütte wäre, würde sie mich nicht trauern sehen, oder Angst haben, mich der Vergangenheit zu stellen, oder Angst haben, unserem Buch ein Ende zu setzen. Sie erwartete Mut, und ich werde mich dem stellen, das letzte Kapitel in unserem Buch des Lebens schreiben und dann alles begraben, damit es niemand sieht. Ich wärme und verbrenne meine Hände am Feuer der Erinnerung, und wenn mir der feine, süße Schmerz genommen worden wäre, was hätte mir dann übrig bleiben außer Spinnweben und Asche, Staub und dem Geruch von Ratten.

Wie wunderbar ist es, sich vorzustellen, dass eine große Dame und dieser unwissende, gefühllose Rohling, der in dem verrotteten Manuskript auftaucht, jemals Mann und Frau zusammen hätten sein können! Wenn ich darüber nachdenke, was ich war – Analphabetin, schlampig, faul, egoistisch, brutal, gemein eifersüchtig, unwissentlich grausam –, wird mir klar, wie richtig es war, dass sie mich verlassen hat. Es hat bittere, einsame Jahre gedauert, bis mir klar wurde, dass ich es nicht wert war, ihr Diener zu sein, während sie mich zähmte. Ein umso größeres Geheimnis ist die Liebe, die meine Unzulänglichkeiten wiedergutmachte, sie dazu brachte, mich für besser zu halten, als ich war, etwas, für das sie sich selbst opferte und in der Selbstaufopferung den großen Engeln ähnelte, die sie in Träumen sah.

Dann kam der Brief von Polly selbst, der mich wahnsinnig machte, sodass meine Dame jedes Wort davon las, ohne Vorwarnung.

„Opium, Jesse, eine Überdosis Opium hat geholfen, und Farbe hat mich wie eine Leiche aussehen lassen, und Blut aus der Metzgerei ergoss sich über mein Gesicht, als ich dort lag. Du warst kein Ehemann für jemanden wie mich, wenn Brooke dabei war, Der Mann , den ich behalten hatte. Shucks, hast du gedacht, dass ich so ein Idiot sein würde, mich hinzustellen, mit deiner Deadline um mich herum, schreiend, wenn Männer in meine Nähe kämen, während ganz Abilene grinste und du betrunken warst wie Noah? Das war Es gibt keine Möglichkeit, eine Dame zu behandeln. Das war für mich kein Kinderspiel, da ich Cowboys kaufen konnte, alles, wozu ich Lust hatte. Pshaw, mir wird schlecht bei dem Gedanken, dass ich dich geheiratet habe. Ich habe es nur aus Spaß getan .

„Aber denken Sie scherzhaft an meine Worte über den toten Dieb. Keine ausländische Frau aus London, England, soll Sie haben, solange Sie mir gehören. Ich habe von dieser Mrs. Trevor gehört, die es gewagt hat, Sie ihren Ehemann zu nennen. Sie ist nicht Ihre Frau, das ist sie nicht Mrs. Jesse Smith, sie ist keine verheiratete Frau, sondern ein armes *Ding* , und ihr Kind, *was ist das* ? Ich habe mich an ihr gerächt, und an Ihnen, und ich komme, um es zu unterdrücken. Ich bin in Ashcroft ,Ich komme mit der gleichen Kutsche wie dieser Brief und komme, um in deinem Haus zu wohnen. Wenn ich dich nicht liebe, wird es keine andere Frau tun. Es ist Fancy Brooke, der Mann, den du Bull Durham nennst, der dich sterben lässt, Er und die Nachricht, die er per Post bekommen hat, da du ihn lebend davonkommen lässt, du *Narr* ... Das sollte dich beunruhigen.

„Und wenn ich nicht lieben würde, glaubst du, dass es mich interessieren würde?

„Deine verlassene wahre Frau
“, POLLY SMITH.

„PS – ich werde am Montag auf Ihrer Ranch sein.“

Kates Erzählung

Mein Mann war noch beim Abendessen, als wir hörten, wie ein Reiter hereindonnerte, der alte Cargador Pete Mathson, der ein müdes Pferd über den Hof trieb. Jesse nahm den Brief und während er las, hatte ich einen seltsamen, schrecklichen Eindruck von Tagen, Monaten, Jahren, die vergingen, einem Wirbelsturm der Zeit. Mein Mann wurde vor meinen Augen alt, und es stimmt, dass sein Haar innerhalb weniger Stunden silbern gesprenkelt war. Als ihm der Brief aus den Händen fiel, ging er geräuschlos davon.

Ich setzte mich auf meinen kleinen Hocker und nahm den Brief entgegen. Die Zeitung fühlte sich sehr anstößig an, so dass ich mich zum Lesen zwingen musste, und selbst dann, ohne ein Wort zu verstehen, ging ich hin und wusch meine Hände und mein Gesicht, warum weiß ich nicht, außer dass es besser war, es nicht zu machen eine Szene. Ich kehrte zu meinem Stuhl zurück.

Pete stand in der Tür und war sehr nervös wegen seines Hutes, als wollte er ihn verstecken. Ich erinnere mich, dass ich ihm ganz ernst gesagt habe, dass ich gerne einen Hut sehe.

„Cap Taylor, Ma'am", sagte er gerade, „hat mir gesagt, dass ich zuerst über den Pferdeweg hierher kommen soll, also bin ich wie wild geritten. Sie werden noch eine Stunde auf der Straße brauchen."

"Eine andere Stunde?"

„Ein Fremder fährt. Vielleicht mehr als eine Stunde."

Dann kam Jesse zurück.

* * * * * *

Jesses Erzählung

Ich fand meine Dame auf ihrem Stuhl sitzend, den Brief in ihren Händen, während Pete unruhig in der Tür mit den Sporen schnalzte. Ich fragte, ob er eine Nachricht entgegennehmen würde.

„Die Spur verbrennen", sagte er.

„Sagen Sie, wenn sie kommt, werde ich sie töten."

„Das nicht", flüsterte meine Dame, also kniete ich mich neben sie und sie streichelte meine Stirn.

„Ich habe deine Worte nicht verstanden", sagte Pete.

„Versprochen", flüsterte meine Dame, „es darf keinen Mord geben."

„Sag ihr, Pete", sagte ich, „es wird keinen Mord geben. Ich kann sie damit nicht durchkommen lassen – warne sie fair."

Pete ritt langsam davon.

„Frau", flüsterte ich – wir unterhielten uns im Flüsterton, weil es für uns beide das Ende der Welt war – „vertraust du mir?"

Sie küsste meine Stirn.

„Sag mir", sagte sie, „eins. Polly war nicht tot?"

„Sie hat vorgetäuscht, tot zu sein. Sie lebt, Kate. Sie kommt hierher. Bring David mit. Bring ihn nach South Cave, in Pater Jareds Lager.“

"Was werden Sie tun?"

„Schließt das Haus ab, bevor es besudelt wird.“

„Und dann, Liebes?“

„Wenn sie weg ist, komme ich auch in die Höhle.“

Kate nahm David, ließ mich ihn küssen, ließ mich sie küssen, obwohl sie alles wusste, ließ sie mich in meine Arme nehmen. Sie war sehr weiß, sehr ruhig. Sie dachte sogar daran, ihre Dienerin und die beiden Chinesen mitzunehmen und sich irgendeinen Vorwand zu überlegen, um sie wegzubringen. Ich habe das Haus und die alte Hütte abgeschlossen. Dann machte ich den langen Anruf nach Ephrata und ging zum Apex Rock und rief, bis er zwischen den Eselszahnveilchen antwortete. Er kletterte wimmernd die steilen Felsen hinauf, weil ich ihn in vierzehn Monaten kaum ein einziges Mal angerufen hatte. Er rieb sich an mir und vergaß, dass er elfhundert Pfund wog, und ich musste ihm den Hals kratzen, bevor wir uns auf den Weg zum Haus machten, dann nach links entlang des Wagenwegs, kurz hinter Cathedral Grove.

Der Wagen schwenkte im Galopp um das Ende des Wäldchens herum, und als ich einen letzten Warnschrei ausstieß, schnappte die Frau nur nach der Peitsche des Kutschers, um das Gespann noch schneller zu prügeln. Dann ließ ich meinen Bären los, er bäumte sich etwa drei Meter auf, um das Outfit zu inspizieren.

Die Pferde scheuten in die Luft und galoppierten dann direkt auf den Rand der Klippen zu. Die Frau wurde herausgeschossen, als der Wagen umkippte, der Fahrer blieb für einen Moment hängen, während sein Wagen zu Streichhölzern fuhr. Er lag fassungslos in den Trümmern, aber die Pferde wurden völlig verrückt, als sie den zwölfhundert Fuß hohen Sprung in die Fraser Rapids wagten. Also hatte ich gezielt, und da ich meiner Dame versprochen hatte, keinen Mord zu begehen, ließ ich meinen Bären neben mir.

Der Fahrer war wach und kam schwankend auf die Beine. Er hätte geredet, aber mein Bär war bei mir und ließ sich nur schwer an den Haaren der Rotaugen festhalten. Dem Mann musste man nichts sagen, und nachdem er von meiner Ranch geflohen war, sah ich ihn dort in den folgenden Jahren nicht mehr.

Die Frau, die in den Trümmern ihrer Badehose stand, wollte reden. Wir, Eph und ich, trieben sie zum Fuß des Packpfades, der über steile Zacken zum Randfelsen der oberen Klippen hinaufführt, und dann weiter durch die

Schwarzkiefern nach Hundred Mile. Wir trieben sie, mein Bär und ich, den Packpfad hinauf und zeigten ihr den Weg, allein und zu Fuß. Wenn sie diese achtzig Meilen überleben würde, würde sie sich an den Weg erinnern, den Weg, der versperrt ist.

******

Kates Erzählung

Ich wartete auf Jesse, bis die tiefstehende Sonne in die Höhle schien. Der ganze Brief, der nur ein verschwommener Schrecken gewesen war, klärte sich jetzt vor meinem geistigen Auge auf, aber Pater Jared hielt mich an den Händen und vertrieb den Schmerz. Er hatte mir Tee gegeben, er hatte mir vor seinem Lagerfeuer einen sehr tröstenden Thron aufgebaut. David schlief in meinem Schoß, und während der liebe Heilige nun meine Hände hielt und ich durch den Rauch zur untergehenden Sonne blickte, erzählte er von urigen, süßen Taten in seiner Einsiedelei. Er sprach als weltlicher Einsiedler mit einer tragbaren Badewanne, von seinen ungeschickten Versuchen, eine abgenutzte Soutane zu flicken, und davon, wie die Eichhörnchen versuchten, seine Gebete am Abend zu beaufsichtigen. Dann tauchte die Sonne die Wände der Höhle und das Dach in leuchtenden Beryll und ätherischen Rubin, der Rauch war ein rosafarbener Lichtfaden und die tiefe Schlucht zu unseren Füßen füllte sich mit einem schattigen Meer aus überflutetem Amethyst.

„Kate, es ist ein ausgeglichenes Lied. Wir sehen den steilen Weg der morgigen Reise, den Schmerz und die Trauer von hier bis zum nächsten Hügel. Aber bald wird unser Weg von Stern zu Stern offenbart. Wir verlassen den irdischen Sonnenschein und sind besorgt Zeit, in die zeitlose, zeitlose Herrlichkeit der Himmel. Wir schlafen im Himmel, und wenn wir wieder aufwachen, stehen wir erfüllt von der Gegenwart des Ewigen auf, um unsterbliche Kraft in unseren täglichen Dienst zu bringen."

Die Sonne war untergegangen und der erste Stern schien gerade, als Jesse kam und am Eingang der Höhle stand, dunkel vor der Herrlichkeit. Ich konnte sein Gesicht nicht sehen.

Der Vater ließ mich los und wandte sich an meinen lieben Mann. „Jesse", sagte er, „willst du mir nicht die Hand geben?

„Sehen Sie", sagte er, „ich habe selbst einen Fehler gemacht, als ich dachte, dass ein Priester zölibatär sein sollte, um die Liebe aus der Höhe zu gewinnen. Aber in ihrer vollsten Stärke kommt Gottes Liebe durch eine Frau und strahlt auf unser Leben – und das habe ich auch getan." Ich habe die größte seiner Gaben verpasst. Deine Frau hat mir alles erzählt und ich bin so neidisch. Willst du mir nicht die Hand geben? Ich war so einsam. Du nicht wahr?"

Aber mein Mann stand am Eingang der Höhle, als würde über ihn gerichtet.

„Dieser Dreck“, sagte er, „aus der Vergangenheit. Dreck!“

Seine Stimme klang, als wäre er tot.

„Das Gesetz“, sagte er. „Ich bin gekommen, um herauszufinden, was das Gesetz ist?“

„Männergesetz?“

"Das nehme ich an."

„Aber ich weiß es nicht. Ich bin nur ein sehr unwissender alter Mann; dein Freund, wenn du mich haben willst.“

"Was denken Sie?"

„Soweit ich weiß, Jesse, kann die Frau Sie wegen Bigamie anklagen. Wenn Sie außerdem die Scheidung beantragen, kann sie sich darauf berufen, dass es die gleiche Schuld gibt, von der es keine Befreiung gibt.“

„Und das ist das Gesetz?“

„Menschengesetz. Aber, Jesse, als du und Kate in der heiligen Ehe verbunden wurden, war es das Menschengesetz, das besagte: ‚Wen Gott verbunden hat, den soll niemand trennen.‘ Was hat das Gesetz des Menschen mit der schrecklichen Gerechtigkeit des allmächtigen Gottes zu tun?

„Und hier, mein Sohn, ich bin mehr als ein dummer alter Mann.“ Er stand auf und machte das Kreuzzeichen. „Ich bin zum Anwalt ordiniert“, sagte er, „um vor der Anwaltskammer des Himmels zu plädieren. Willst du mich nicht als deinen Berater haben, Jesse?“

„Dem Gott sich angeschlossen hat“, lachte Jesse schrecklich, „dieser Hure und mir.“

„Sie hat geschworen, zu lieben, zu ehren und zu gehorchen?“

„Bis der Tod uns scheidet!“

„Und das war ein Meineid?“

„Ein Witz! Ein Witz!“

„Das war keine Ehe, mein Sohn, sondern Gotteslästerung, die Sünde, die nicht verzeihbar ist. Das bemitleidenswerte, verlorene Geschöpf war nie deine Frau. Sie hat versucht, in unsere arme Welt des Lebens und der Liebe einzudringen. Das ist verboten und sie wurde furchtbar verwundet.“ . Heute hat sie es erneut versucht und ist dort, in diesem Wald, mit der hereinbrechenden Nacht.

„Ich habe ihr direkt von der Schulter gesagt, was sie ist."

„Wer hat sie so gemacht?"

Jesse senkte den Kopf.

„Wer hat sie zum lebendigen Ankläger der Sünden der Menschen gemacht? Sie ist der Beweis des schrecklichen Staates, Gottes Beweis, der darauf wartet, am Tag des Gerichts freigelassen zu werden. Du hast es ihr direkt von der Schulter gesagt. Richte nicht, damit du nicht gerichtet wirst. Denk daran Von allen Männern, die sie auf Erden kannte, kannst du dich nur auf nicht schuldig bekennen."

„Weil ich sie geheiratet habe?" fragte Jesse bescheiden.

„Weil du es versucht hast. Du hast ihr deinen reinen Namen, dein reines Leben, deine Männlichkeit gegeben, ein Akt ritterlicher Ritterlichkeit. Arthur, Galahad, Perceval, Launcelot und viele andere Herren, die jetzt in Ruhe sind, werden später deine Freundschaft suchen." Leben. Du wirst auf die gleiche Weise geprüft wie sie in der grimmigen Flamme der Versuchung, die auch die besten Männer auf die Probe stellt.

„Nur ein Hund würde den Schwachen die Schuld geben. Nur ein Feigling würde die Verlorenen beschuldigen. Aber in deiner Männlichkeit erinnere dich an ihren Mut, Jesse. Vergib, während du auf Vergebung hoffst. Halte dein Leben sauber, von jeder Berührung des Bösen, aber steh der Welt gegenüber." für die Ehre des Namens, den du ihr gegeben hast.

"Ich werde."

"Du vergibst?"

"Ja."

„Du wirst für sie beten?"

"Ich werde beten."

„Und jetzt kommt noch die härteste Prüfung. Zur Ehre deiner Frau und für das Kind musst du ihre Namen makellos und frei von allen Vorwürfen halten, während du auf Gottes Urteil wartest. Sie müssen dich verlassen, Jesse."

„Oh, das nicht, Sir!"

„Können sie in Ehren hier bleiben?"

"NEIN."

„Kannst du weglaufen?"

"Niemals!"

„Dann musst du dich trennen."

Jesse bedeckte sein Gesicht mit seinen Händen, und dort sah ich vor der zunehmenden Dämmerung Schatten, die von ihm ausgingen, als ob – langsam nahmen die Schatten die Form von hochschultrigen Flügeln und mächtigen Schwingen an, die zu Boden fegten.

Er blickte auf und siehe, er war verändert.

„Beten Sie für mich, Herr!" er flüsterte.

Dann hob der Priester seine Hand und spendete ihm den Segen.

* * * * * *

Jesse schließt das Buch

Es ist nun Jahre her, seit meine Frau mich verlassen hat. Noch nie hat eine Axt ihre Bäume berührt, noch ist ein menschliches Wesen in ihr verschlossenes Haus eingedrungen. Das Rascheln ihres Kleides ist jeden Herbst in den Blättern zu hören, die Kiefern hallen immer noch in ihrer Stimme wider. Ich höre ihre Schritte über dem Neuschnee, ich spüre ihre Anwesenheit, wenn ich ihre Bücher lese. Ich weiß, dass ihre Gedanken Geister sind, die mich verfolgen, und alles wartet, bis sie zurückkommt. Erst als ich meine Dame verlor, hörte ich jemals dieses schwache, dünne, schwankende Echo, als ihr Hain Melodien zu summen schien. Wenn der Tau fiel, hörte ich, wie sie sagte, das Klappern von Millionen und Abermillionen kleiner Füße, die das Gras biegen ließen.

In den Zeitungen finden sich häufig Abbildungen meiner Dame, zuletzt die Elektra des Euripides. Am meisten liebe ich sie in den griechischen Gewändern, denn einmal träumte sie, dass sie und ich in einem verlorenen, vergessenen Leben Griechen gewesen wären. Vielleicht ist dies nicht unser einziges Leben oder unser letztes Leben, und wir werden vielleicht an einem zukünftigen Ort gepaart, von dem wir uns nicht trennen werden.

Tränen tropfen auf das Papier und beschämen den armen Narren Jesse. Das Buch sagt, dass Er alle Tränen abwischen wird. Wenn mein Bär nur gelebt hätte, wäre ich nicht so einsam gewesen. Ich frage mich, ob – Gott helfe mir, ich kann nicht mehr schreiben. Das Buch ist fertig.

TEIL III

KAPITEL I

Trotz Haus

Kate rezensiert das Buch

Das Buch ist noch nicht fertig. Dieses Buch über Jesses und mein Leben ist noch nicht fertig, solange sie, die uns getrennt hat, leben darf. „Mein ist die Rache“, sagt der Herr, „ich werde zurückzahlen.“ Wir warten.

Welcher Impuls bewegte meinen Mann nach vier Jahren, dieses tragische Haus zu betreten? Er las unser Buch, das so kläglich befleckt war, dieser mit rostiger Tinte bekritzelte Papierhaufen. Er fügte Teile eines Kapitels hinzu, das ich fertiggestellt habe. Es ist alles voller Tränen, diese Aufzeichnung seines Lebens – Kindheit, Knabenzeit, Jugend, Männlichkeit, Humor, Leidenschaft – wahres Wachstum eines unsterblichen Geistes – Annalen dieser Liebe, die uns über die Erde erhebt – und dann!

Was hat die Frau gewonnen, die unser Glück gestohlen hat? Ein Feengold, das sich bei Tagesanbruch in Asche verwandelt, für das sie ihre Seele verloren hat.

In den Blättern steckt eine lange Kiefernnadel. Deshalb versuchte Jesse, diesen Rekord zwischen den Bullenkiefern von Cathedral Grove zu begraben. Dann, da er wusste, dass es nicht sein ganzes Leben war, das er begraben konnte, schickte er mir diesen kostbaren Schatz und brach damit das lange, lange Schweigen.

Wie wertvoll sind selbst die kleinsten Erinnerungen an die Liebe! Hier ist der schlammige Fußabdruck unseres Kätzchens und Jesses „Zeuge meine Hand“. Hier ist ein Stück Papier, eingefärbt und abgespült, um eine geheime Schrift dieser armen Gesetzlosen zu enthüllen. Seiten des Zorns aus unserem Gästebuch – und die lange Kiefernnadel.

„Sichert euch!“ wie Jesse sagte. „Wir sind auf der Jagd nach dem Glück, während der Kummer uns verfolgt. Um das Glück einzuholen, braucht es eine scharfe Schnauze und wilde Beine, während die Zähne des Kummers nach deinem Schwanz greifen.“

Also muss ich versuchen, das Glück einzuholen. Ich habe hier Notizen vom lieben Pater Jared, die er damals gemacht hat, als er mich mit Baby David nach Hause brachte. Ich erinnere mich, wie wir in unseren Liegestühlen auf der Sonnenseite des Schiffes saßen und zusahen, wie eine Wolke über den Atlantik raste. Wir sprachen von zu Hause.

„Sehen Sie, meine Liebe", kopiere ich aus meinen Notizen, „wir haben auf unseren gesegneten Inseln eine Atmosphäre, die allen Dingen Glamour verleiht, ob der Haut einer Frau oder einer Slumstadt. Britische Porträts und Landschaften werden sogar von unseren respektiert." eigene Kunstkritiker, und sie sind alles andere als nachsichtig. Ich antwortete, dass ich Luft, Luft für König David wollte.

„Wenn wir jetzt in die Luft kommen, ist das sehr ernst. Nördlich des Tweed erzeugt die Luft Scotchness, jenseits des St. George's Channel macht sie Irisches. Im Fürstentum Wales macht sie die meisten Menschen zu Walisern, ganz zu schweigen vom Yarkshire-Jahrgang. oder Zummerzet, oder die „demütigen" Omen der Ostanglier."

„Aber das meine ich nicht. Manche Orte sind so entspannend."

„Oder erfrischend, oder einfach nur feucht, was? Weißt du, meine Liebe, dass Pilze in Frognall End vier Pence das Pfund kosten?"

"Das hat damit nichts zu tun."

"Bist du sicher?" Der köstliche Feenblick trat in seine Augen. „Natürlich bevorzugen sie die russischen Pilze mit roten Spitzen – wärmer zum Sitzen. Deshalb lieben sie Russland und russische Herzen bleiben jung. Und außerdem leben sie gerne dort, wo die Menschen wirklich und wahrhaftig abergläubisch sind."

„Das ist es, was mit England so falsch läuft. Ach, diese Internatsschulen! Ich möchte alle Internatsschulen ausgraben und rote Pilze pflanzen. Dann wird natürlich jede der Feen einen Pilz geschenkt haben, und den Kindern wird das richtig beigebracht." Bleib jung, und wir werden für immer glücklich leben.

„Wissen Sie, dass ich den Premierminister angerufen habe, und abgesehen von der Politik ist er überhaupt kein schlechter Kerl. Wir waren uns völlig einig, insbesondere hinsichtlich der Ertränke des Bildungsausschusses, aber dann würde das nonkonformistische Gewissen einen Schock bekommen, während es um die Staatskasse ging – Fanatiker, meine Liebe, werden von Tag zu Tag fanatischer."

Ich geriet durcheinander.

„Siehst du, Kate, bei Pilzen für vier Pence pro Pfund liegt es auf der Hand, dass es sie in Frognall End sehr reichlich gibt, mit Feen in strengem Verhältnis: ein Pilz – eine Fee, das heißt bei englischem Wetter. In einer Trockenzeit Natürlich *können* sie auch auf dem Boden sitzen, obwohl das nicht ganz das Richtige wäre; bei nassem Wetter hingegen brauchen sie unbedingt ihre Pilze – und Sie wissen, dass sie viel zu nachlässig sind, um sie danach aufzuräumen. Ja, in Frognall End Der junge David würde das bekommen, was moderne Kinder so dringend brauchen – etwas gesunde Unbildung.“

Dies erklärte der Vater in allen seinen Zweigen.

1. Betrachten Sie die Lilien.

2. Denken Sie nicht an morgen.

3. Selig sind die Armen im Geiste, die Reinen, die Barmherzigen, die Friedensstifter.

4. Lass die kleinen Kinder zu mir kommen.

„Sehen Sie“, fügte er wehmütig hinzu, „die Kirchen müssen einen Haufen Lehren predigen, die zwanzig Jahrhunderte hoch aufgetürmt sind – mit der Wahrheit, die darunter plattgedrückt wird. Die Armen sind auch sehr besorgniserregend, und es gibt so viele Heiden, die bekehrt werden müssen. Warum ? Alle unsere gebildeten Menschen gehören Gesellschaften zur Reformierung ihrer Nachbarn an, und doch – und doch – nun ja, Feen haben eine schönere Zeit als Pfarrer.“

Frognall End, wo mein Heiliger Pfarrer ist, liegt am Fluss in der Nähe von Windsor, und dort lebte ich mit Baby David. Dort erfuhr ich, dass Kummer eine Kulturpflanze ist, die man in den Hecken nicht kennt, dass es Frieden gibt, solange der Ginster blüht, dass die Liebe dort am sehnlichsten wächst, wo sie am wenigsten Boden hat. Im Übrigen lesen Sie bitte das *Märchenland von Reverend Jared Nisted* , das die wichtigsten Informationen für alle enthält, die müde und schwer beladen sind. Der Text stammt aus der Logia Christi: „Erhebe den Stein, so wirst du mich finden; spalte das Holz, und ich bin dort.“

Von Anfang an interessierte sich mein Himmelsgeborener für Milch, später für immer mehr weltliche Dinge, aber erst letzten Winter am Kamin erzählten wir uns wirklich ernsthafte Geschichten über das Wunderland. Es ist schwer zu erreichen, aber wenn Sie die Klippe hinuntersteigen und Ihren Hals abtasten, um sicherzustellen, dass er nicht gebrochen ist, kommen Sie zu der Hexe, die ein Holzbein hat. Sie lebt im Staubhaus, wo die Staubfeen schlafen wollen, nur sie wird sie mit ihrem Besen beunruhigen. Wenn sie sich Sorgen machen, tanzen sie mit der Sonnenstrahl-Fee, die durch das Fenster hereinkommt und das Glas nie zerbricht.

Es gibt eine Märchenstute namens Jones, die in einem Wutanfall ihren Vornamen verloren hat und immer mit den Hinterbeinen danach sucht. Es gibt einen Feenbären, der kein echter Grizzly ist, obwohl er selbst bei sehr heißem Wetter in einem Grizzlybärenfell lebt. Er ist auch ein großartiger Jäger und mag Sportler so sehr, dass es immer weniger und *immer* WENIGER WERDEN . Der letzte Sportler war ein feenhafter Doktor namens McGee, der wie die Vögel den ganzen Tag auf einem Baum saß und Vogelrufe übte, während der feenhafte Bär darunter saß und sich um sein Gewehr kümmerte.

Wonderland ist voller Geschichten, insbesondere über Mr. Man. Als Mr. Man von Räubern entführt und mit Geigenschnüren in einem Fährhaus gefesselt wurde, weigerte sich David rundweg, zu Bett zu gehen, bis wir zur Fähre über den Dream River kamen.

Davids Hund stammte aus einer Allianz zweier Adelsfamilien, daher heißt er Whiskers Retriever-Dachshund, Esq., PTO. Davids Katze, die teuer in einem Eimer Sahne starb, war Mrs. Bull Durham. Ginger war ein Eichhörnchen im Garten und der Dago war ein Dachs, der weit weg hinter der mürrischen Kuh lebte. Hund, Katze, Eichhörnchen und Dachs waren alle Räuber, aber David wäre ziemlich unglücklich gewesen, wenn er sie bei etwas Unehrlichem erwischt hätte.

Habe ich Mr. Man erwähnt? Er war ein Held, der im Märchenland lebte und nicht an Feen glaubte, der mit einem langsamen, süßen texanischen Akzent sprach, der alle Lebewesen außer Politikern liebte und beschützte, der an Gott, an Mutter England und an Onkel glaubte Sam, und der seiner Mutter immer lange Briefe schrieb. David sprach seine lustigen Gebete für Mutter, Whiskers und alle guten Freunde: „Und mach mich gut wie Mr. Man im Wunderland. Amen. Jetzt erzähl mir ein paar Wobbers, Mama."

Obwohl David beschlossen hat, Straßenbahnschaffner zu werden, interessiert er sich immer noch ein wenig für andere Lebensbereiche. Als er auf dem Treidelpfad war, fragte er einen alten Herrn, der fischte, was er fischte, und bekam die nette Antwort: „Das frage ich mich oft." Und auf diesem Weg neben der Themse schloss er eines Tages im vergangenen November eine große Freundschaft. Seine Krankenschwester unterhielt sich mit einem jungen Mann, der nach dem Weg zu meinem Haus fragte, ein paar Worte, und Baby ging seinen rechtmäßigen Aufgaben nach. Neugierig, wie es sich anfühlte, ein echter Fisch zu sein, stieg er gerade in den Fluss, um nachzuschauen, als der junge Mann sich einmischte.

„Leggo meinen Schwanz", sagte David wütend, dann mit plötzlichem Trotz: „Ich habe sowieso nasse Füße bekommen, also da!"

„Das stimmt", stimmte der junge Mann zu.

„Ich sage", David wurde zuversichtlich. „Mami sagt, es steht in der Zeitung, also ist alles in Ordnung."

„Was ist das, Junge?"

„Ein kleiner Junge, der reinging, um nach Fischen zu sehen, und dieser Mann, der schwamm und schwamm, und ich habe sein Bild in der Zeitung gesehen. Also schauen Sie jetzt mal ins Euter."

„Warum, ich kann nichts sehen."

„Sie *können* sehen. Das Spiel besteht darin, dass ich hineinspringe und du schwimmst."

„Aber ich kann nicht schwimmen. Ich bin Seemann."

„Oh, na ja? Wie heißt du dann?"

„Es ist Billy O'Flynn."

„Nein, aber das ist wirklich mein Meerschweinchen, das rosafarbene – Billy O'Flynn. Du bist keine Fee, Billy?"

„Warum, was weißt du über Feen?"

„Ganz ehrlich, weißt du? Ich glaube nicht an Feen, aber andererseits gefällt es Mama."

Also saß Billy auf seinem Absatz und freundete sich mit dem Himmelsgeborenen an, und Patsy, die Krankenschwester, kam hinter ihn und sehnte sich danach, mit baumwollbehandschuhten Händen das knackige, kurze, goldene Haar des Seemanns zu berühren, und David probierte ernsthaft die Schirmmütze des Mannes auf .

„Ja", stimmte Billy zu, „Feen sind mies, wenn echte Mädels da sind, mit rosigen Wangen und Baumwollhandschuhen."

„Laws! ‚Ach, ihr Matrosen, haltet euch doch für euch selbst", sagte Patsy, deren schüchterne Finger von dem magnetischen Gold der Haare des Mannes angezogen wurden.

„Klettere auf meinen Rücken und reite", sagte der junge O'Flynn zu David, „ich werde ein Feenpferd sein."

„Das ist eine Frechheit von ihm!" spottete Patsy, „in der Tat eine Fee!"

Oh, sicherlich waren die Feen sehr damit beschäftigt, an den Herzen zu ziehen, während Billy und Patsy sich unsterblich verliebten und mein Lieblingsamor sie beide zu Sklaven machte. David ritt Billy auf seinen erhabenen Befehl nach Hause, direkt in mein braunes Arbeitszimmer, wo ich in meinem bequemen Sessel saß.

War es meine Stimme, die dem Baby sagte, es solle trockene Füße bekommen? War es meine Hand, die Billys geile Pfote ergriff? Denn ich hörte meinen tosenden Cañon, sah meine Klippen, meine umkämpften, geformten Klippen, und es schien mir wieder einmal, als würde ich mit Jesse in Cathedral Grove spazieren gehen. Ich konnte meinen lieben Mann im Laufe der Jahre sprechen hören: „Sag mal, Junge, als du das Tischbein abgesägt hast, um das Glied deiner Mutter zu machen, was hast du dann mit der Rolle gemacht?“

Ich habe gelacht, ich habe geweint. Oh ja, natürlich habe ich mich lächerlich gemacht. Denn dieser liebe Junge kam aus dem Wunderland, dieser rücksichtslose Kerl, der von meiner zweiten Ehe wusste, der eine solche Geschichte über „Madame Scotson“ zu erzählen hatte. Oh, hast du es nicht gehört? Ihr kostbarer Baby David ist unehelich! Konnte ich meine Nachbarin, Mrs. Pollock, nicht hören, wie sie diese Geschichte im Scandal Club erzählte? Dann wäre ein diskreter Absatz von Magpie in *Home Truths Verleumdung genug, um einen öffentlichen Sänger zu brandmarken.* Meine Mutter schlug mir ganz sanft vor, dass mein Rückzug in ein wärmeres Klima, sagen wir Italien, im Interesse der Familie so *passend wäre* . Und Madames unehelicher Sohn würde von anständigen Schulen ausgeschlossen werden. Oh, ich konnte alles sehen!

Billy hatte seine Erbsenjacke offen, wischte sich mit einem roten Taschentuch das gerötete Gesicht ab, trat vor Unruhe von einem Fuß auf den anderen und wehte wie ein Meerestier, das aus den Tiefen zum Atmen aufgetaucht ist. Er willigte ein, nicht vor mir wegzulaufen Hysterie.

Da ich mich schlecht erzogen und gemein fühlte, bat ich Billy um Verzeihung, zwang ihn, sich zu setzen, und versuchte mit aller Kraft, ihn zu beruhigen. Armer Junge! Sein Vater wurde als Schwerverbrecher verurteilt, seine Mutter war ein so böser alter Harridan, sein Leben war, gelinde gesagt, ungehobelt. Doch irgendwie leuchteten aus diesem rauen, wilden Gesicht die Augen eines Gentlemans, und in allem, was er sagte, und in allem, was er tat, lag Männlichkeit. Wie konnte ich ihn nach dieser großartigen Reise meinetwegen daran zweifeln lassen, dass er willkommen war?

„Ich weiß, dass ich grob bin“, sagte er demütig, „aber du scheinst es zu verstehen. Du weißt, dass ich hetero bin. Es wird dir nichts ausmachen, direkt zu reden, es sei denn, du bist verändert, und du bist nicht verändert – zumindest nicht.“ so, Mama.

Geändert! Ah, wie verändert! Der Spiegel hatte mir bittere Dinge zu sagen, und Weinen macht mich zu einem Trottel. Ich habe mich noch nie so schlicht gefühlt. Und die Augen eines jungen Mannes sind Frauen gegenüber oft brutal offen.

„Kümmere dich nicht um mich, Billy. Sag, was du mir sagen willst.“

„Seit ich nach England aufgebrochen bin, habe ich mich darauf vorbereitet, es zu sagen. Schau mal, Mama, *ich* möchte zurück zum Anfang, zu der Zeit, als ich ein Kind war und eine Mutter dieses Hash-Haus in Abilene geführt hat. Ja Stört es dich, wenn ich spreche – ich meine darüber hier, Polly?“

Ich biss die Zähne zusammen und hoffte, dass er schnell sein würde.

„Nun, weißt du, Mama, sie hat es nur aus Spaß gemacht, und die Art, wie Jesse sie behandelt hat –“

„Ich kann das nicht hören.“

„Stört es dich nicht, wenn ich sage, dass Mutter und ich keine Verwendung für Jesse haben?“

"Ich weiß, dass."

„Nun, Mutter hat sie auf die Idee gebracht. Um ihn loszuwerden, hat sie vorgetäuscht, tot zu sein ."

„Billy, war das eine echte Ehe?“

„Das war es. Sie ist tatsächlich Jesses Frau.“

Es gab etwas, das mich in seiner gefühllosen Offenheit bestärkte. „Das habe ich gehofft“, sagte ich. "Mach weiter."

„Nun ja, Mutter hasste Jesse, etwas Chronisches. Danach, als – nun, sie musste in die britischen Besitztümer fliehen, und wir trafen Jesse zufällig wieder. Er gab uns eine Hütte und etwas Land, aber Mutter und ich hatten unsere.“ Stolz. Wie möchtest *du* Almosen annehmen? Mutter hasste ihn noch schlimmer, und kannst du dir nicht vorstellen, dass ich es ihr übel nehmen würde. Sie ist meine Mutter.

„Dann hast du Jesse geheiratet. Natürlich wussten Mutter und ich beide, dass Polly am Leben war. Vater wusste es auch – und Vater war da, als niemand außer uns ihn jemals gesehen hat. Wir wussten, dass Polly am Leben war, und Mutter hätte Jesse für tot erklärt.“ weg, nur wir haben sie aufgehalten. Vater sagte, es ginge uns nichts an. Vater mochte Jesse, ich dachte sehr an dich, und als Mutter Polly schrieb, verbrannten wir ihre Briefe.

Was für eine Flucht für uns!

„Dann hast du Mutter vor dem Verbrennen in dieser Hütte gerettet, und danach hasste sie Jesse noch mehr, weil sie ihn nicht schlagen konnte, aus Angst, dich zu verletzen. Oh, sie war wütend, weil sie dich gemocht hatte.

„Und du hast uns auf deine Ranch aufgenommen. Wieder Wohltätigkeit, und du segelst unter protestantischen Flaggen, beides. Die Art, wie Mutter für Jesse betete, reichte aus, um ihm die Knochen zu verbrennen.“ Billy kicherte. „Ich bin nicht religiös – ich trinke, und dass meine Mutter sich zur Katholikin bekennt, macht bei mir keine Rolle.“

„Dann ist da noch der Streit zwischen der Bande meines Vaters und der von Jesse. Papa wurde gehängt, Jesse bekam die Dollars. Rauer, gewöhnlicher, rücksichtsloser, weißer Müll, wie Mutter und ich, hört Jesse, wie er die Heiligen Schriften auslegt. Wir haben kein Nein.“ Die gleichen Gefühle wie du.

Armer Junge! Armer, wilder Herr!

„Du hast mich davor bewahrt, Jesse zu ermorden, und hast mich von dieser Ranch weggebracht. Seitdem bin ich dem Meer gefolgt. Dort gibt es schlimmere Männer als Jesse. Ich habe schlechtere Beute, schlechtere Behandlung und schlimmere Zeiten im Allgemeinen gesehen, seit ich diese Ranch verlassen habe.“ Fünf Jahre auf See –“

Da war der Glamour, die Größe des Meeres in den Augen dieses Jungen, genau wie in Jesses Augen. Seeleute können robust, brutal und wild sein – nicht vulgär. Männer greifen in Bereiche vor, denen wir geschützten Frauen nicht folgen können.

„Angenommen, ich wäre gewachsen“, sagte Billy. „Nun, Mama, mir kam die Idee, nach Hause zu gehen. Unter Vertrag genommen als AB in einer Viermastbark vom Typ *Clan Innes* aus Glasgow, nach Vancouver mit Stückgut. Ich habe sie in Vancouver verlassen und bin per CPR nach Ashcroft gefahren, hauptsächlich Blindgepäck. Dann machte ich mich zu Fuß auf den Weg. Ich dachte, ich würde die Fifty-Nine verlassen.

„Der alte Buschweg?“

„Schwierig, aber dann habe ich natürlich erwartet, dass Mutter auf der Ranch sein würde, und du, Mutter, und Jesse natürlich und –“

"Jones?"

Aus Angst vor seinen Neuigkeiten kämpfte ich um eine kleine Atempause, bevor er all das erreichte, was ich befürchtet hatte. Wenn Jesse lebte, wenn er nur lebte! Aber als Billy an das alte Leben auf der Ranch dachte, verfiel er in ein verlegenes Grinsen mit einem urigen Anflug von Schalk. Dann fragte er mich mit äußerster Ernsthaftigkeit, ob Patsy, mein Kindermädchen, „in Anspruch genommen“ sei.

„Es gibt viele kleine Handwerker, die ihre Farben für jemanden eintauschen, der möchte, dass ich dabei stehe, aber trotzdem –“

„Patsy ist frei.“

„Faix! Ich kann nicht anders, ich habe mein Geschwätz unterstützt.“

"Vorgeschlagen?"

„Retten Sie uns! Es ist an der Zeit, Abschleppdienst anzubieten, wenn sie am Boden liegen und eine Gefahr für die Schifffahrt darstellt. Ähm. Ich bin vom Kurs abgekommen."

„Sie müssen festgestellt haben, dass sich die Dinge verändert haben, als Sie auf der Ranch ankamen."

„Bin nicht dort angekommen. Ich wollte nach Hat Creek fahren und die Straße Richtung Norden beibehalten. Mutter war nicht mehr auf der Ranch. Sie hatte Jesses Bären vergiftet. Oh, Mama, das will ich nicht." verletzt."

„Mach weiter, lieber Junge."

„Mutter war mit Polly im Spite House zusammen."

„Spite House?"

„Es ist das Ninety-Nine Mile House. Auf der anderen Straßenseite hängt ein Schild: –

Die neunundneunzig
Frau. JESSE SMITHHOTEL, GESCHÄFT, LACKIERUNG.

„Sie hat das getan, um Jesse zu ärgern, und sie nennen den Ort Spite House."

In diesem Moment brachte das Dienstmädchen das Teegeschirr herein, und so spielte ich, feige wie immer, die Gastgeberin und verzögerte alle Neuigkeiten, die ich nicht zu ertragen wagte. Wir schwatzten über Captain Taylors Mischlingskind Wee James in der Schule unten im Osten, über den tränenreichen George, der mit dieser schrecklichen jungen Person im Eighty Mile House verheiratet war, die sich beim Essen kratzte, wie Jesse sagte. Am Hundred-and-Four, wo Hundred Mile Hill seinen gewaltigen Schatten auf das Tiefland im Norden wirft, fertigten Pete Mathson und seine Frau ein neues Geschirr für den Star Pack-Zug. Da fiel ein Schatten auf unseren Versuch, zu klatschen – warum hört das Gespräch immer nach zwanzig Minuten auf? Billy begann mir von Spite House zu erzählen.

Trotz Haus! Wie recht Pater Jared hatte. „Schwert gegen Drache", sagte er uns, „ist heroisch; Schwert gegen Kakerlake ist heroisch. Ziehe dein Schwert nicht gegen eine Kakerlake."

Das habe ich versucht, dem jungen O'Flynn zu erklären, dessen irisches Blut über einen feinen Sinn für Humor verfügt. Aber das Lächeln, das er mir schenkte, war voller Mitleid und ließ mein Herz zu Eis werden. „Jesse", sagte er, „hat diesen Fehler gemacht. Deshalb bin ich sechstausend Meilen weit gekommen, um dich zu warnen. Wie Mutter, wenn ich nur den Mut hätte, zu reden, damit man mich versteht!"

„Ich werde es mit einem anderen Kurs versuchen. Schau hier, Mama. Du hast von Cachalot-Walen gehört. Sie fahren, sagen wir, achtzig Tonnen für volle Wale – einhundertfünfzig Pferdestärken, keine Ahnung, wie viele Knoten, voller Kampf letzter Blutstropfen. Das steht für Jesse.

„Und diese Pottwale verachten den Riesenkalmar so sehr, dass sie ihn als Nahrung verwenden. Sie ist kleiner als ein Pottwal, aber sie ist gemein wie acht Pythonschlangen mit einem Teufel in der Mitte. Das reicht für Polly."

„Nun, auf der letzten Reise habe ich gesehen, wie eine dieser Albträume einen Bullen-Cachalot erwürgt hat, und der Anblick hat mich hundeelend gemacht. Verstehst du jetzt, was Polly macht? Ich habe dir gesagt, dass ich Jesse hasse. Ich habe es dir direkt gesagt Dein Gesicht, warum ich ihn hasste. Und jetzt, Mama, tut mir nur noch der arme Jesse leid."

Ich glaube, zu diesem Zeitpunkt begann ich wirklich Angst zu haben. In den alten Tagen auf der Ranch war Billy nie unvorsichtig gewesen, nicht einmal mir gegenüber. Jetzt ließ er mich sein Herz erkennen. Ich konnte nicht anders, als ihm zu vertrauen, und es war keine geringe Unruhe, die den Jungen nach England geführt hatte.

Ich hatte so hart gekämpft und mir beigebracht, mit ehrfürchtiger Zärtlichkeit an Jesse als an die Toten zu denken. Nach und nach hatte ich eine trostlose und leere Witwenschaft mit Mutterpflichten, weiblichen Diensten, meiner heiligen Gesangskunst und harmlosen Feen gefüllt und das Beste daraus gemacht, während Alter und Schlichtheit mein Schicksal waren. Doch nun wurde plötzlich mein armer Frieden zerstört, und die Gabe der Vorstellungskraft, die mir sogar Zufriedenheit eingebildet hatte, spielte Verräter und richtete Chaos an. Gesetze, Konventionen, niedrige Seriositäten schienen jetzt nur noch Spinnweben zu sein. Die Liebe riss sie alle hinweg und nichts war wichtig. Jesse! Jesse!

„Diese Teufelskalmare", sagte er, „haben die Angewohnheit, Tinte auszuwerfen, um das Wasser zu benebeln, sodass man erst sieht, was sie vorhaben, wenn sie zuschlagen und zupacken. Darin sind sie so ähnlich." Diese Polly. Sie ist ein dicker, kräftiger, gutmütiger Körper, und es ist die sicherste Tatsache, dass sie freundlich zu Männern in Schwierigkeiten ist. Jeder kann etwas trinken, eine Mahlzeit und ein Bett haben, egal wie pleite er ist; und Spite House ist kostenlos Krankenhaus für den Distrikt. Sie sitzt nachts wach und pflegt einen kranken Mann, und bis ich dort lebte und lebte, hätte ich geschworen, dass sie gut ist, wie man sie macht. Das ist die Tinte.

„Dann fängt man an herauszufinden, und was ich nicht gesehen habe, würde Mutter mir sagen. Sie war schon seit drei Jahren dort. Außerdem habe ich die meisten von dem, was wir Seemannsstädte nennen, gesehen und dachte, ich hätte es gewusst." Am härtesten war es bei den Pensionen; aber raues

Wohnen in Frisco selbst ist Heiligkeit im Vergleich zu dem, was dort unter dem Zeichen von Mrs. Jesse Smith vor sich geht. Dieser Name ist nicht gerade sauber.

„Das ist genug, denke ich, wenn es Ihnen nichts ausmacht. Ich hätte lieber Neuigkeiten über unsere alten Freunde – Captain Taylor zum Beispiel und Iron Dale, und wie geht es dem lieben Doktor McGee?“

„Lieber Doktor McGee, nicht wahr? Nun ja, er wohnte nur eine Meile von Polly entfernt. Sie brachte ihn zum Trinken, häutete ihn beim Kartenspielen und sagte ihm dann, er solle sich am besten selbst erschießen. Der Schnee weht durch sein Haus.

„Und Iron Dale? Oh, natürlich war er auch Jesses Freund. Das hatte ich vergessen. Sie hat ihn betrunken gemacht und ist durch ihn gegangen. Das Geld war dafür gedacht, dass er seine Hände bei der Sky-Line bezahlt hatte – er konnte es nicht verlieren , also hat er das Land verlassen. Die Minen wurden geschlossen und es gab keine Packverträge mehr für Jesse.“

Ich begann zu verstehen, was Billy meinte, und voller Angst fragte ich nach dem treuesten Freund meines lieben Mannes, seinem Bankier, Captain Boulton Taylor.

„Du solltest es besser wissen, Mama.“ Im Gesicht des Jungen lag Schmerz, in seiner Stimme lag Widerwillen. „Da er der nächstgelegene Richter war, versuchte er, Polly zu verurteilen, weil sie ein unordentliches Haus geführt hatte. Aber dann wusste er, wie der alte Taylor zugab, nicht genug Gesetze, um ein Rattenloch zu stopfen. Es gibt keine Gemeinde, also gibt es Spite House außerhalb des Gesetzes. Aber Pollys Freunde bewiesen, wie viel Gutes sie Männern tat, die verletzt, krank oder pleite waren. Dann zeigte sie, wie ihr Geschäft und ihr Hotel den Handel von Hundred Mile House beeinträchtigten. Sie reichte Beschwerden bei der Regierung ein , also ist Taylor jetzt kein Richter mehr. Die Bühnenställe wurden von Hundred Mile nach Spite House verlegt. Das Postamt musste folgen. Jetzt ist er allein mit nur einem Chinesen. Er ist auch blind wie eine Fledermaus, und es gibt keinen anderen Weg Darüber – Bolt Taylor liegt im Sterben.

„Gibt es keine Gerechtigkeit mehr?“

„Keine Ahnung. Sie *wendet* viel Recht an.“

Ich wagte nicht, nach Jesse zu fragen. Still sitzen war unmöglich, im Zimmer mit dem Tiger im Käfig herumzuspielen wäre nur lächerlich. Billys giftiger Tabak entschuldigte jedoch das Öffnen eines Fensters, also stand ich mit dem Rücken zu mir, während eine Novembernacht über dem Fluss und den nebligen Feldern endete.

Wie könnte ich mein Baby verlassen? Wie könnte ich mit Covent Garden brechen – wo meine Zweitstudentin, eine furchterregende Frau, sich für die Rolle gebrannt hat? Das Cottage würde vor unserer Flusssaison nie vermietet werden. „Madame Scotson wurde wegen dringender Privatangelegenheiten ins Ausland gerufen.“

„Natürlich“, sagte der Junge, „als Polly Postmeisterin wurde, kümmerte sie sich um Jesses Briefe, hielt die Umschläge in den Dampf eines Wasserkochers, bis sie sich öffneten, und verklebte sie, wenn sie fertig war – wenn sie sie abschickte.“ weiter. Sie hat herausgefunden, mit wem er zu tun hatte, und hat sie gewarnt, ihm nicht zu vertrauen. Es gibt jetzt keine Briefe mehr.

„Sie würde es nicht wagen!“

„Nein? Erinnerst du dich, dass er dir das Buch geschickt hat, das du zusammen auf der Ranch geschrieben hast?“

"Du weißt, dass!"

„Ich habe es im Spite House gelesen. Sie hatte eine Menge Spaß in der Bar mit Jesses Brief. Ihre Katzenaugen flammten wie verrückt.“

„Es gab keinen Brief.“

„Sie hat daraus ein Papierhaus gemacht und es angezündet, um zu zeigen, wie Jesse ihr Haus in Abilene niedergebrannt hat. Sie war in dieser Nacht auch betrunken. Aber das ist nichts. Ich bin froh, dass du ihre Geschichten über das Land nicht gehört hast.“ . Jesse war nie das, was ich als beliebt bezeichnen würde, aber jetzt spricht noch nicht einmal ein Weißer mit ihm. Seine Reiter haben gekündigt, seine Chinesen sind abgezogen. Dann hat sie Browns Fähre gekauft, das Kabel wegnehmen lassen, die Fähre weggeschickt, und Surly Brown machte sich auf den Weg. Sie hatte gehört, dass Jesse bei seinem Gewehr lebte, also hat sie ihn von seinen Jagdgründen abgeschnitten. Östlich des Fraser gibt es nichts mehr zu jagen.

„Er hungert?“

„Das sollte mich nicht wundern.“

„Billy!“

"Ja m."

„Wie schnell kann ich ein Schiff bekommen?“

„Keine vor Samstag.“

„Mach weiter. Erzähl mir das Schlimmste.“

„Auf den Schildern könnte raues Wetter oder Taifun stehen. Ich weiß noch nicht, was. Sie hat Siedler entlang der alten Lichtungen in der Schwarzkiefer ausfindig gemacht und den Proben, die ich gesehen hatte, nach zu urteilen, hat sie die Gefängnisse gefegt."

„Warum mehr als einer?" Ich fragte: „Warum all diese Kosten, wenn man es doch tun würde?"

„Wer würde Polly danach erpressen? Sie ist kein Dummkopf. Sie sagt direkt in der Öffentlichkeit, sie würde den Mann erschießen, der ihn getötet hat. Aber diese Schläger sind in hungrigem Land angesiedelt, sie sehen seine Weiden als die besten im Bezirk, und wissen Sie? Genauso wie ich ist er eine Gefahr für alle Räuber. Selbst wenn Sportler und Touristen vorbeikommen, gerät seine alte Waffe in Aufregung. Den Anblick von Fremden hasst er sowieso.

„Jetzt, all die Jahre, drängt sie ihn dazu, aus der Sache auszubrechen und das Gesetz zu brechen. Deshalb hat sie den Polizisten im Spite House, der sie beschützt. Sobald sie ihn dazu bringen kann, das Gesetz zu brechen, hat sie all diese Verbrecher – so viel Dollar pro Kopf – wie sie Zeugen. Es ist kein Mord, den sie will. Sie sagt, als sie damals auf seine Ranch ging, schickte Jesse ihr eine Nachricht vom alten Mathson: „Ich werde sie nicht mit dem Tod davonkommen lassen."

„Sie lässt ihn nicht mit dem Tod davonkommen. Zweimal hat sie ihn öffentlich beschämt. Sie wird nie ruhen, bis sie ihn hängen lässt. Es gibt nur eine Sache, die mich verwirrt. Ich sehe, es ist sein Schweigen, das Warten, das macht Polly wacht nachts auf und kreischt. Aber ich weiß es selbst nicht – hat Jesse die Nerven verloren?"

„Woher weißt du das alles?"

„Sie hat Mutter alles erzählt."

„Und deine Mutter hat es dir gesagt. Warum?"

„Weil – sag mal, Mama, erinnerst du dich an das Ding, das dein Mann Bull Durham nannte?"

„Brooke."

„Fantastische Brooke, das Ding, das Polly wie einen Schoßhündchen gehalten hat. Das Ding, das dazu geführt hat, dass der Staat meinen armen alten Vater hängen ließ. Brooke ist als Pollys Managerin nach Spite House gekommen. Ja, jetzt weißt du, warum Mutter keine Verwendung mehr dafür hat." Polly – hat mir gesagt, dass ich am besten zu dir kommen und dich warnen sollte. Das Ding ist im Spite House und Mutter ist weg."

„Jetzt sehe ich alles. Aber noch eine letzte Frage: Wie sind Sie nach England gekommen?"

„Erinnerst du dich, Mama, dass mein armer Vater gerade an die Welt von Jesse gedacht hat?"

„Ich erinnere mich, ein Vermächtnis für dich – ein paar Ponys."

„Nun, Jesse hat irgendwie herausgefunden, dass ich im Spite House war. Er hat mir den Wert der Ponys geschickt, mit nur einer Quittung, die ich unterschreiben muss. Ich schätze, Mama, das ruiniert und fast verhungert, er ritt hundert und 60 Meilen durch die Schwarzkiefern, weil er ehrlich ist. Deshalb habe ich das Geld ausgegeben, um zu Ihnen zu kommen. Ich möchte helfen.

KAPITEL II

Das ungeduldige Kapitel

Kates Erzählung

Der Anfang dieses Kapitels ist so schwierig. Es handelt von einer Zeit, in der das Leben unmöglich geworden war, wenn man nicht von hier zum nächsten Mittwoch und von dort aus in zwei Wochen zum Montag springen konnte. Natürlich ist das Buch nur für Jesse, für David, für mich und für diejenigen gedacht, die uns als ihre Vorfahren verehren werden. Gott sei Dank, ich bin kein Romanautor! Denken Sie an das Schicksal des professionellen Schriftstellers, dessen Scharen von „Charakteren", die körperlosen, papierartigen Geschöpfe seines Gehirns, sich im Urteil erheben, um ihren kleinlichen Schöpfer anzuklagen, ihn zu beschimpfen und seine Träume in einen Albtraum zu verwandeln. Welcher Schriftsteller würde dieser Verurteilung entgehen? Dickens könnte gerettet werden, vielleicht Balzac. Tourguenieff vielleicht, sogar Kipling, aber im Himmel werden die Schriftsteller nicht überfüllt sein.

Meine Charaktere sind griffbereit und meine Ereignisse sind real, aber wie kann ich die Notizen, die auf mich warten, zusammenschweißen, um ein harmonisches, vernünftiges, erholsames Kapitel zu schaffen, dessen eigentliches Motiv die Sorge ist? Ich gebe es auf, denn was bin ich, dass ich das tun sollte?

Zu einem Dreiviertel-Pfund künstlerischem Temperament fügen Sie eine Tasse keltisches Blut hinzu; Einen Esslöffel beste italienische Melodie einrühren, mit Humor und Faulheit abschmecken; dann im Mondlicht bei einer langsamen Hymne braten, und schon sind Sie da. Das bin ich!

Als kleines Mädchen hätte ich einen Kobold, den ich nicht sehen konnte, einer echten Puppe vorgezogen, die mit bestem Sägemehl gefüllt war. Wenn es irgendwelche Tagträume, Visionen oder Träumereien gab, spielte ich Gastgeberin und war sehr amüsiert; aber beschütze mich vor Konten, vor Geschäftsleuten und vor all den Dingen, die du dir einfängst, wie zum Beispiel Züge und Grippe. Hasswürdigen praktischen Angelegenheiten muss man sich stellen, aber ich beeile sie, um sie schnell zu erledigen.

Ist Ihnen aufgefallen, dass Künstlern, die Gefühle ausdrücken wie ein Lebensmittelhändler Zucker, immer Gefühllosigkeit vorgeworfen wird? Ich schickte David mit seiner Krankenschwester zu Pater Jared, deshalb nannte mich meine Mutter einen kaltblütigen Kerl. Ich habe meine Rolle in der Oper einer seltsamen, gefräßigen Frau überlassen, die nicht singen kann, deshalb nannte mich mein Manager eine Atheistin. Meine Dienstmädchen mussten packen und rennen, um der Lagerung mit den Möbeln im „Pecking and Tootham Emporiums“ zu entkommen; mein kleines Zuhause ging an einen Herrn mit Trauernägeln, Diamanten und einem Lispeln über; Meine Lagerbestände wurden verkauft und der Erlös der Hudson's Bay Company überwiesen. Dann folgten lockere Verabschiedungen von Baby und Vater Jared, und gerade als der Zug abfuhr, warf die Bezirkskrankenschwester einen Strauß Veilchen. Also brach ich zusammen und heulte und fragte mich feucht, warum. Schon damals sehnte ich mich nach meiner lieben Wildnis, in der jeder Wind sauber weht, nach dem Glanz eines kargen Landes, das den nackten Ewigkeiten trotzt, nach dem Herzen eines einsamen Mannes, der es wagte, seine Pflicht zu tun, nach allem, was im Leben wirklich und großartig war, ruft mich an, ruft mich nach Hause.

Das größte Vergnügen, das mir jemals Geld bereitet hat, war, als Billy und ich bei der Ausarbeitung eines Kabelauftrags von der Hudson's Bay Company in London an diesen langweiligen Magnifico halfen, der ihren Zweigpalast in Vancouver verwaltet. Man hat immer das Gefühl, dass, wenn man zufällig einen Pariser Hut, eine Tüte Nüsse und einen Affen wollte, dieser Vancouver-Potentat ein Paket daraus machen würde, ohne die geringste Angst davor zu haben, dass sie vermischt werden. Um das Unternehmen zu überraschen, könnte man genauso gut die Alpen kitzeln. Hier also das Telegramm: –

„Stellen Sie drei Schlitten mit jeweils zwei Pferden zur Verfügung, engagieren Sie zwei zuverlässige Buschführer und garantieren Sie einen sechsmonatigen Bonus für Geheimhaltung und Treue.“

„Unter Bezugnahme auf frühere Anforderungen von Jesse Smith: Beladen Sie den Schlitten Nr. 1 mit Proviant, Luxusartikeln, Munition und Büchern, die ihm über den Buschweg von 59 Mile House, Cariboo Road, übergeben wurden. Beladen Sie unter Bezugnahme auf Kapitän Taylors frühere Anforderungen und die gegenwärtige Krankheit Schlitten Nr. 2 mit Geschäften für Invalidenkomfort, versandt 100 Mile House. Jeder Fahrer muss Ladung, Takelage und Team vorführen, mit persönlichen Dienstleistungen und der Empfangsquittung weiterleiten.

„Mieten Sie für einen Monat einen dritten Schlitten mit dem Team, stellen Sie nach Genehmigung Pelze, Ausrüstung, für Buschreisen geeignete Annehmlichkeiten und den Aufenthalt einer Dame bereit. Verantwortlicher Posten eines jungen, kompetenten Bauingenieurs, der Instrumente und einen Assistenten mitbringt, um Madame Scotson Bericht zu erstatten, Ankunft bei Ashcroft Pacific Limited.“ 20 Inst.

„Absolute Geheimhaltung erforderlich. Anklage gegen Scotson.“

Bisher hatte mich der Drang bewegt, schnell zu sein, bevor ich Buße tat, und die Reise gab mir Zeit dafür. Ich ließ die süße Majestät und die heitere Ordnung der englischen Landschaft hinter mir und machte die übliche Fahrt mit der *SS Charon* über den Styx nach New York, wo ich einen stickigen Zug für die Durchreise durch einen unordentlichen Kontinent bestieg. Und so traf man mich mitten in einer sternenklaren Nacht in Ashcroft.

Der von der Hudson's Bay Company entsandte Bauingenieur war Mr. Sacrifice T. Eure. Er stand unbedeckt da, und während seine Ohren erstarrten, buchstabierte er mir seinen Namen und erklärte mir, dass „Eure" zwei Silben mit Akzent auf der ersten habe. Er schien ein Schutzangebot zu überbringen, meine Freundschaft zu beanspruchen, die Verantwortung für meine Angelegenheiten zu übernehmen und mich mit vollkommener Bescheidenheit wissen zu lassen, dass er kompetent war. Schlammfarbenes Haar hing feucht über einem feinen, blutleeren Gesicht mit Augen wie Stahl und Kiefern wie Eisen, was vielleicht den magnetischen Charme seines Lächelns ausmachte. Sein Englisch war das von sanftem Volk gesprochene, das die Klarheit von Wasser und den Glanz von Champagner hat. Sein Akzent? Wie rätselhaft das in der Stimme eines Fremden ist! Außer wenn wir Shakespeare-Dramen spielen, sprechen wir alle mit amerikanischem oder britischem Akzent. Diesem Herrn fehlte die ursprüngliche Männlichkeit, die die Männer der Dominions auszeichnet. Danach gestand Herr Eure, dass er aus Neuengland stammte.

Er stellte seinen Assistenten vor, führte mich zum Schlitten, zeigte Billy, wo er das Gepäck verstauen sollte, steckte mich in warme Pelze, gratulierte mir, dass ich den örtlichen Hotels entkommen konnte, forderte dann meinen Mann und seinen Mann auf, einzusteigen, übernahm die Zügel und fragte in welche Richtung wir gingen. Ich diente als Pilot auf einer Spur ergreifender Erinnerungen. Als wir einmal die großen Steilhänge nach Norden hinaufstiegen, nahm ich den Duft der Bullenkiefern wahr und hätte geweint, wenn nicht die Kälte gewesen wäre, die es viel klüger machte, zu schnüffeln. Tränen gefrieren.

Wir schliefen in dieser Nacht am Bahnhof Hat Creek, wo sich Tearful George als äußerst freundlicher Gastgeber erwies. Er erzählte mir von einem beladenen Schlitten, der letzte Woche auf dem Weg zu Jesses Ranch vorbeigekommen war. Der Fuhrmann war Iron Dale. Bisher hatte ich mich gefragt, ob sich mein Name Buchstabe für Buchstabe von Madame Scotson in Mrs. Grumble änderte, aber jetzt beruhigte der Duft der Kiefern das Gemüt, und in der großen Stille der Wildnis schämt man sich, sich Sorgen zu machen.

Unser nächster Marsch brachte uns ziemlich spät zum Mittagsessen zum Fifty-Nine Mile House, das den Gipfel des langen Aufstiegs von Ashcroft zum Rand der Schwarzkiefern markiert. Das Licht begann zu schwinden, als wir uns auf den Weg in dieses Land der stillen Bedrohung machten, wo schwarze Wälder blaue Schatten über tödlichen Schnee warfen und die Kälte der des Raums zwischen den Sternen ähnelte. Einmal mussten wir anhalten, um eine Spur zu korrigieren, und in diesem Moment schien es, als hätten die Bäume vor schrecklicher Bewegung plötzlich eine Pause eingelegt. Ein schneebedeckter Felsbrocken stand vor uns wie eine Herausforderung: „Glaubst du, ich habe mich bewegt?“ Ein toter Baumstamm schien uns zu fragen: „Habe ich gestöhnt?“ Ein hohler Baum versteifte sich, als ob er schwankte, eine dürre Kiefer neigte sich, als wäre sie gerade dabei, auf unseren Schlitten zu fallen, gestoppt worden. Sie alle beobachteten uns wachsam und bedrohlich. Die Bäume waren tot, das Wasser war gefroren, der Schnee war nur noch eine Decke, die sich zu heben und zu kriechen schien. Was machten wir hier im Land der Toten? Die Schatten schlossen sich auf uns, ein Nebel stieg auf, überschwemmte uns, und in der Ferne spaltete die Kälte einen Baum mit lautem Knall, als ob ein winziges Geschütz abgefeuert worden wäre.

Wir fuhren frierend weiter und waren wirklich froh, mit der ganzen Wärme und der freundlichen Fröhlichkeit von Eighty Mile House empfangen zu werden. Dort tranken wir Tee und sicherten uns frische Pferde für die letzte Etappe unserer Reise. Ich erfuhr auch, dass der von der Hudson's Bay Company mit der Versorgung von Hundred Mile House beauftragte Kutscher mit dem Team losgefahren war und seinen Schlitten noch beladen im Hof von Captain Taylor zurückgelassen hatte.

Der bösartige Busch schien von der schieren Unermesslichkeit des glitzernden Sternenlichts eingeschüchtert zu sein, als wir weiterfuhren. Nur einmal wagte ich es zu sagen und bat Mr. Eure, nach Ninety-Nine Mile House Ausschau zu halten . Pferde, die es gewohnt waren, dort zu ködern, versuchten, anzuhalten. Ich wollte nicht aufhören.

Er nickte zustimmend, und ich hockte mich neben ihn und wartete, bis aus allen erleuchteten Fenstern von Spite House eine tapfere rote Wärme über den Schnee schien. Mr. Eure peitschte seine Pferde, und einen Augenblick später waren wir wieder in der Nacht angekommen. Bald überquerten wir die kleine wackelige Brücke über Hundred Mile Creek und bogen dann nach links in den Hof von Kapitän Taylor ab. Rechts konnte ich die alten Scheunen sehen, links das niedrige Haus und am Ende ein schwach beleuchtetes Fenster, das mir verriet, dass mein Freund noch lebte. Während Tom, der Assistent, das Gespann unterbrachte, holten Mr. Eure und Billy Schneeschaufeln aus der Scheune und gruben einen Weg zu der tief verwehten Tür am nahen Ende des Gebäudes. Bald darauf ließ uns der chinesische Diener ein, und ich ging durch die Bar und den Speisesaal zu der gegenüberliegenden Tür auf der rechten Seite. Wie verändert war das große alte Jahrhundert seit den Tagen der pompösen Gerichtsessen, Bankette und Tänze vor nur fünf Jahren, als diese Räume von Licht, Wärme und Komfort überströmten, jetzt dunkel, in arktischer Kälte, in gespenstischer Stille! Ich schlich in das Zimmer des Kapitäns, wo der alte Mann in einem Sessel neben dem Ofen lag. Ich kniete neben ihm und nahm seine furchtbar geschwollene Hand.

„Liebe Frau“, murmelte er, dessen Frau seit genau vierzig Jahren tot sein muss, „dieser Koloss wird bald in der Rotten Row begraben. Können wir nicht alle in Aktion scheitern?“

Ich renne weg. Aber dann gab es noch viel zu tun, Feuer, Licht, Abendessen, Betten und das Ausladen des Schlittens voller Krankenhauskomfort, was meinen Patienten viel entspannter machen würde.

Als ich meinen Patienten sehr spät in der Nacht verließ und davon ausging, dass alle glücklichen Menschen im Bett lagen, traf ich Herrn Eure, der sich Tee machte. Gerne gesellte ich mich zu ihm neben den Küchenherd, sehr erfreut über die Wärme und den Tee, denn ich war müde und hatte keine Hoffnung mehr auf Schlaf. Außerdem starb der arme Mann gerade vor Neugier auf unsere Reise und seine Verpflichtung als mein Ingenieur. Also erzählte ich dieses eine und einzige Mal die Geschichte von Jesses Schicksal und meinem. Das Geschöpf hielt mich manchmal an, um die Aussprache von Wörtern zu überprüfen oder die englische Art, Akzente zu setzen, zu bemerken, seine eigene seltsame Art, Mitgefühl zu zeigen.

Und dann versuchte ich, den Plan zu erklären, der seine Dienste als Ingenieur erforderte.

„Mal sehen“, überprüfte er meine weitschweifige Aussage. „Versuchen Sie, ob ich das alles richtig verstanden habe. Diese Cariboo-Wagenstraße verläuft von Ashcroft nach Quesnelle, genau im Norden, außer an einer Stelle, an der die Regierung nicht für eine Brücke über die Hundred-Mile-Schlucht zahlen wollte.

„An der 95-Meilen-Marke biegt die Straße also fünf Meilen nach Osten ab, vorbei am Spite House bis zum Kopf der Schlucht, wo sie genau hier den Hundred Mile Creek überquert.

„Von hier aus biegt die Straße auf der Nordseite der Schlucht wieder nach Westen ab und fällt nach einer Meile auf der Ebene den Hundert-Meilen-Hügel hinab, der drei Meilen hoch ist und für die Schifffahrt ein Schrecken darstellt.

„Am Ende biegt die Straße wieder nach Norden nach Quesnelle ab, zu einer Hütte namens One Hundred and Four, in der der alte Pete Mathson lebt, ein haariger kleiner Mensch, wie ein Skye-Terrier mit einem treuen Herzen.

„Und besagter Mathson hat einen Cut-Off gebrannt, indem er den Fuß der Schlucht überquerte und dann in leichtem Gefälle bis zur 95-Meilen-Marke hinaufstieg. Der besagte Cut-Off ist fünf Meilen lang. Er wurde in eine Wagenstraße umgewandelt würde ein besseres Gefälle für den Verkehr schaffen, vier Meilen einsparen, örtliche Arbeitskräfte beschäftigen, wenn das Geld knapp ist, und ein umfassender Segen für die Menschheit sein. Am Fuße der Schlucht würden wir das neue Hundert-Meilen-Haus errichten.

„Übrigens würde Spite House abgelenkt und vier Meilen vom Nirgendwo entfernt in den hungrigen Wäldern zurückgelassen."

„Sag mir", drängte ich, „was du denkst."

„Meine liebe Frau, wenn ich eine Vermessung gemacht habe, werden Sie Daten und Zahlen für eine provisorische Schneestraße, einen dauerhaften Weg und ein Haus haben."

„Es ist machbar?"

„Warum, sicherlich."

„Sind Sie damit einverstanden?"

„Ja. Ich sehe darin Dollars für mich."

„Du hältst mich für dumm!"

„Es wird eine ausgezeichnete Straße sein."

„Aber das Ergebnis?"

„Bitte geben Sie nicht dem Ingenieur die Schuld."

„Oh, sag mir, was du als Mann denkst."

„Nun, lass uns so tun, als wäre ich Polly."

Ich lachte.

„Als Polly und aus meiner Polly-Sicht bin ich ehrlich gesagt zufrieden. Hier sind Hunderte neuer Kunden, die das Geld von Madame Scotson im Spite House ausgeben können."

„Meine Männer werden eine Vereinbarung unterzeichnen. Der Mann, der Spite House besucht, verliert einen Bonus für gute Dienste, verliert alle ausstehenden Gehälter und verlässt an diesem Tag mein Lager."

„Ist das so? Natürlich wechseln die Trainer im Spite House die Pferde."

„Wenn ich die Bühnengesellschaft aufgekauft habe, werden sie im New Hundred die Pferde wechseln."

„Und nur wegen der Post im Spite House anhalten?"

„Ich werde mich an den Generalpostmeister wenden.“

„Mit der Begründung, dass Sie ein Konkurrenzhaus leiten? Kapitän Taylor, sagen Sie, war das.“

„Mein Haus soll nichts verlangen. Es soll kostenlos sein und die Besucher meine Gäste.“

„Dann fürchte ich, auf meine kleine Polly-Art, dass ich Spite House an die neue Straße verlegen muss.“

„Auf zu meinem Land?“

„Ihre Grausamkeit rührt mich zu Tränen. Ich bin ein Märtyrer. Ich appelliere an die ritterliche Öffentlichkeit, diesen neuen Weg zu boykottieren.“

„Wenn ich Geld ins Land gebracht habe? Oh, du kennst dieses hungrige Viertel nicht!“

„Gnade! Mein Kunde ist erledigt. Ich bin Madame Scotsons leitender Ingenieur. Darf ich eine einfache Frage stellen?“

"Sicherlich."

„Gibt es in dieser Schlucht Wasserkraft?“

„Es gibt einen schönen Wasserfall.“

„Ich werde mich morgen umschauen.“

Und dann kam das Geständnis von Herrn Eure. Der Assistent, nicht er selbst, war Landvermesser. „Ich bin nur ein Papierhersteller. Ich suche nach billigem Holz, gutem Schnee für den Transport, Wasserkraft, um das Holz zu Papierbrei zu verarbeiten, und einer Straße zum Markt. Ich bin jetzt schon seit einigen Monaten unterwegs Suche nach dieser Kombination, und wenn dein schöner Wasserfall mir fünftausend Pferdestärken gibt, muss ich mir deine abgeschnittene Straße bauen, auch das Haus. Dann wird es Krieg gegen diese schwarzen Kiefern geben, deine Feinde. Was Spite House angeht, so scheint es, dass Sie sich kaum damit befassen müssen. Vielleicht überlassen Sie das mir.“

KAPITEL III

RETTUNG

Jesses Brief

Mutter im Himmel:

Bitte danken Sie Gott für mich und sagen Sie, dass ich dankbar bin. Sagen Sie den Nachbarengeln, wie kleine Mütter, die auf der Erde Söhne haben, von hungernden Sterblichen sehr vermisst und missbilligt werden. An den Himmel gerichtete Gebete werden beantwortet, Briefe jedoch nicht. Ich schätze, niemand hier könnte jemals einen Brief schreiben, der glücklich genug ist, so leicht vor Freude, dass er dort hochfliegen könnte. Und als ich in den letzten Jahren die Idee hatte zu schreiben, wusste ich, dass ein schwerer Brief möglicherweise an die falsche Adresse gelangte und an anderer Stelle noch mehr Kummer hervorrief. Ich habe die Stunden mit Schreiben verbracht, Zeiten, in denen ich Papier hatte, aber die Dinge, die ich schrieb, würden niemanden glücklich machen, außer vielleicht Kritikern, die gerne spotten. Was nicht glücklich machen kann, ist schlimmer als Dreck.

In den Tagen, als ich dachte, dass diese Person Jesse wichtig sei, las ich das Alte Testament, das voller Menschlichkeit, Stolz und Arroganz der Menschen ist. Aber seit ich gelernt habe, dass diese ganze Welt nur ein Traum ist, aus dem wir erwachen werden, ist das Neue Testament meine Weide. Vor vielleicht drei Monden, als meine Munition aufgebraucht war und meine Nachbartiere all die kleinen Geheimnisse meiner Fallen und Schlingen erfahren hatten, gab es für den irdischen Teil von mir keine Nahrung, und ich fragte mich, was Gott dagegen tun würde . Natürlich konnte ich seine Angelegenheiten nicht hinterfragen, aber da er wahrscheinlich wollte, dass ich meine kleinen Sorgen hinter mir ließ, machte ich in der Hütte ein gutes Feuer, legte mich in die Koje und richtete meinen Körper für den Fall der Fälle in ordentliche Ordnung Ich ließ es liegen und nahm meine Bibel, um mir die Zeit zu vertreiben.

Ich glaube, ich war eingeschlafen, als etwas Schlimmes passierte, das mich zurück in die Welt des Trubels riss. Ein Mann in einem Wildlederhemd und schlechter Laune, der den Schnee von seinen Mokassins stampft und mich am Arm schüttelt. Er war mein alter Freund Iron Dale, ein Mann von Welt – was ihn umgehauen hat.

Er schien besorgt zu sein, und das war natürlich für einen Mann wie Iron normal, der voller Energie und Gier war und einen Appetit auf Geld hatte – wohingegen die arme Polly ihr Bestes getan hatte, um ihn von seinen Dollars zu befreien. Sie ist wie ein pflichtbewusster Sündenbock, der bereit ist, die

Lasten aller Menschen zu tragen, aber Iron versteht das nicht und würde in einer Welt voller Arbeiter lieber Steine zu den Klippen tragen, als keine Last zu haben. Erinnerst du dich nicht, Mutter, an die Lektion des Labradors: „Der Herr hat gegeben, und der Herr hat genommen; gepriesen sei der Name des Herrn.“ Er nimmt die Dinge weg, die uns von Ihm fernhalten.

Aber hier sprang Iron durch die Hütte, geschäftig wie ein Streifenhörnchen, mit der gleichen hastigen, komischen Art zu lästern. Er musste Feuer machen, Suppe kochen und Dinge von draußen herbeischleppen, während er mir Neuigkeiten über ein Gespann, einen Schlitten, jede Menge Vorräte für mich und seine eigenen Dienste erzählte, die er sechs Monate im Voraus bezahlt hätte, wenn ich es erlaubt hätte Arbeit auf der Ranch. Er war wie ein kleiner Junge, der Lagerhaltung spielt, wobei man so tun muss, als würde man handeln, ohne zu lächeln, damit er es nicht sieht und das ganze Spiel unwirklich wird. Also setzte ich mich für die Suppe auf, wodurch meine schlaffe Haut beim Füllen wieder fit wurde. Ich würde für alles verantwortlich sein, was er tat, ernst wie ein Polizist, und das Spiel des Lebens genauso spielen wie früher.

Wir alle müssen spielen, im Handel, im Krieg, in der Liebe, in Königreichen und Republiken. Wir spielen Empire ohne zu grinsen, wir spielen mit ernster Miene im Lernen und in den Künsten. Doch alle Geschäfte der Menschen sind wie ein Spiel von Kindern, die im Sand spielen, als gäbe es keine Flut, die unsere Fußabdrücke wegfegen könnte.

Ich habe mit Iron gespielt, als wäre er am Leben, und er wurde so verdammt nachsichtig, dass ich ihm ins Gesicht hätte schlagen können.

Als er sich um die Pferde gekümmert hatte, stellte Iron eine Uhr auf das Regal, damit ich das Ticken hören konnte, während die Zeit verging. Er trug Armladungen vom Schlitten herein, er öffnete Kisten, er schüttete Säcke aus. Er zeigte mir Ahornsirup, Zigarren zum Ausprobieren, ein schickes Gewehr mit reichlich Munition, Bücher, Kleidung, Süßigkeiten, ein Klavier, das von selbst spielt, dann Gartensamen und alles Mögliche, wofür man sich in der Zeit gefeilt hätte vor langer Zeit. Der Ort war wie ein Tauschladen, bis auf die Balken gefüllt mit Reichtümern, die an mich verschwendet wurden, der keinen Nachbarn mehr hatte. Sogar Iron, der früher nur für sich selbst gedacht hatte, hatte ein Kätzchen für mich, warm in seiner Tasche und vergessen, bis eine Kiste Hardware seinen besten Sonntagsschrei ausstieß. Wer hätte auch jemals gedacht, dass ein so kleines Bündel aus Fell und Krallen so schnurren sollte, dass es mein ganzes Bett mit Freude erfüllt. Sicherlich liebte ich diese Welt, die ich fast verlassen hätte, als Iron nach dem Abendessen ein Grammophon losließ. Der Mann aus Hudson's Bay hatte ihm eine besondere „Platte“ aus England gezeigt, das Engelslied in Chopins *Marche Funèbre* . Wir hatten zuerst dieses Lied, das sie in dieser Hütte immer gesungen hat, zu Zeiten, als ich es für eine Schande für jeden Mann hielt, zu weinen.

Es war Kates Stimme.

Oh, sag Gott, Mutter, dass ich sehr dankbar bin. Ich hörte, wie ihre Stimme diesen Ort erfüllte, der früher ihr Zuhause war. Obwohl meine Frau und ich seit all unseren Jahren getrennt sind, findet die Liebe einen Weg.

Eine Woche oder länger war vergangen und ich hatte wieder Kraft. Der Fluss war zugefroren, sodass wir zu den dahinter liegenden Jagdgebieten gelangen konnten, und als wir zurückkamen, war unser Lager voller Fleisch.

Ich war einst reich, bevor mein Reichtum an Erinnerungen verfiel und sich in Schmerz verwandelte. Ich hatte einmal Frieden oder dachte so, bis ich feststellte, dass es keinen Frieden für Männer gibt, die immer weiter wachsen. Aber der Reichtum an Erinnerungen, der Seelenfrieden und die Demut des Geistes sind nichts als Leere, und das Leben ist eine Verschwendung, bis es mit Liebe erfüllt ist. Irons Freundlichkeit mir gegenüber, die Wohltätigkeit, die mir Kates Stimme geschickt hat, die Liebe hinter dem Geschenk, das mich sterben ließ – das sind die Dinge, die meine Seele am Leben gerettet haben. Mein Leben muss voller Liebe sein, meine Stunden müssen Hilfstaten für andere sein, es darf überhaupt kein Ich mehr in mir sein. Es wäre besser, in der Hölle verdammt zu sein und Gutes zu tun, als die Liebe dort zu verschwenden, wo sie im Himmel vergeudet wird.

Die Wahrheit ist rar, sie wird von vielen Predigern ausgesiebt, und wenn ich versuche, sie zu essen, sind meine Körner größtenteils Schalen. Iron nennt mich einen Feigling. Aber Polly wiegt nur 98 Pfund und ich 200, so dass ich es nicht geschafft hätte, mich im Kampf gegen sie mutig zu fühlen. Dann behauptet Iron, es sei nicht die kleine Frau, gegen die ich kämpfen sollte, sondern das große Übel, das sie angerichtet hat, indem sie alle unsere Siedler in den Tod oder in den Ruin gebracht hat. Die Laune einer Frau ist leicht wie Distelflaum, aber Disteln ersticken die Weide, wenn man sie nicht bekämpft, und Christus selbst kämpfte bis zum Tod gegen das Böse, das um ihn herum immer stärker wurde. Ich bezweifle, dass ich ein feiger Christ war.

Hatte ich Recht, alleine zu leben? Denn wenn diese Welt eine Schule ist, habe ich geschwänzt. Kann ich für mich selbst leben, während alles, was ich für mich selbst tue, nur Verschwendung ist? Mein Platz war in der Welt, für andere zu arbeiten.

Ich war so weit gekommen, zu glauben, meine Moral müsse verbessert werden, als etwas Neues geschah und den Weg zeigte. O'Flynn ritt über die brennende Spur der Hundert. Meine Frau ist da! Auch wenn wir uns vielleicht nicht treffen, hat ihre Liebe sie aus England hierher gebracht, um in meiner Nähe zu sein.

O'Flynn hat meinen Sohn gesehen, er hat mit Pater Jared gesprochen, er ist mit Kate aus England gekommen und er hat sie beim Stillen an Bolt Taylors Bett zurückgelassen. Sie schickt Surly Brown mit einem Kabel von Soda Creek, um eine neue Fähre zu bauen und die Fähre wieder in Betrieb zu nehmen. Ransome Pollock soll die Trevor-Ranch leiten. Iron will die Sky-Line wieder eröffnen, während sie mit den Eigentümern Frieden schließt – O'Flynn will das Packen übernehmen. Sie sucht einen Arzt, der McGees Praxis übernimmt. Der tränenreiche George will einen importierten Hengst kaufen und ihn mit einem Haufen Stuten aus Ost-Oregon treiben, um meine leeren Weiden zu bestücken. Die tote Siedlung soll wieder zum Leben erwachen, als gäbe es unter unseren Pionieren keine Polly, die ausgeraubt, ruiniert und ermordet hätte. Und dann wird meine Frau junge Engländer zur Ausbildung mit mir zur Schule schicken.

Schlag für Schlag peitscht dieser Mr. O'Flynn die Neuigkeit in mein Fell, als würde ich ausgepeitscht. Er sagt, er habe mich immer gehasst, mich aber noch nie so verachtet wie jetzt. Meine Frau und ich sollten uns umziehen, nur wäre ich für eine Frau zu nutzlos. Iron sagt das Gleiche, und auf höchst unchristliche Weise habe ich die beiden verprügelt und ihre Köpfe aneinander geschlagen, weil sie mir zu viel Unrecht getan haben, während ich mein Frühstück wollte. Sie denken, dass an meiner Argumentation etwas dran ist.

Über die Neuigkeiten kann man besser reden, und am besten halte ich diesen Mann, Eure, der Polly ablenken und am Fuße der Hundred Mile Falls eine Stadt bauen soll. Die Kiefern auf dem Hochland, ein zu kleiner Müll für Bauholz, sind gut genug für Zellstoff, um eine Mühle zu ernähren, während Papier der Teller ist, von dem wir unser Wissen essen. Ich sehe, wie sich der schwarze Busch in Bücher verwandelt, die Ländereien in Hafer oder Weiden, bis sie für den Weizen erwärmt werden, und wenn wir zu den Felsen kommen, gibt es dort Marmor, um Colleges für unsere Söhne zu bauen, und Gold, um sie auszustatten. Das Land, das für jede andere Ernte zu dürftig ist, eignet sich am besten für die Aufzucht von Menschen.

Das liegt nur daran, dass ich froh bin, dass ich Unsinn schreibe, und dass es mir in dieser Nacht so vorkommt, als würde ich von all meiner Blindheit geheilt. Ich habe das Gefühl, dass meine Frau bei mir ist, obwohl ich im Dunkeln sitze, und wenn meine Augen geöffnet würden, würde ich sie sehen. Ist es unsere Schwäche, die der Liebe so viel Kraft verleiht?

KAPITEL IV

IM HUNDRED MILE HOUSE

Kates Erzählung

Herr Eure inspizierte die Wälder und die Wasserkraft und machte sich dann auf den Weg zur Küste, heimlich, um Holzgrenzen zu kaufen, und angeblich, um eine Krankenschwester und einen Arzt zu finden.

Herr Tom Faulkner, sein Ingenieur, begutachtete und vermietete dann Verträge für eine provisorische Schneestraße, Blockhäuser an den Wasserfällen und eine Telegrafenleitung, die dafür sorgen würde, dass unser Unternehmen nicht bei Pollys Postamt bekannt wird.

Herr Dale hat die Sky-Line-Minen wiedereröffnet, bis ich eine Vereinbarung mit den Eigentümern getroffen habe.

Herr Surly Brown platzierte ein Kabel und baute eine Fähre, um sein Fährgeschäft zu erneuern.

Mr. Tearful George verteilte jede Menge Futter im Abstand von einem Tagesmarsch durch den Wald und trieb dann Vieh auf Jesses Ranch.

Pater Jared suchte nach jungen Herren, die an Jesses „School of Colonial Instruction“ ausgebildet werden sollten.

Herr William O'Flynn wurde Barkeeper, Absender, Stallmann, Generalberater und Oberbefehlshaber der Hundred.

Ein verwirrter Chinese mit einem gelben Lächeln kochte, schrubbte, plapperte Pidgin-Englisch und zündete Joss in der Küche Weihrauch an.

Und ich, Kate, war mit der Pflege und dem Haushalt beschäftigt und hatte keine Zeit für die Gespenster, die unseren Wald bevölkerten. Nachdem die verschneite Straße den Verkehr umgeleitet hatte, war mein einziger Besucher Pete Mathson, der samstags den langen Hügel hinaufstieg, um seine Verpflegung zu holen. Wenn es meinem Patienten gut genug ging, sprach er mit „Bolt“ Taylor über die alten Zeiten in den Goldminen oder über die hohe Technik des Zuggeschirrs, das über das Verständnis einer Frau hinausging.

Bis die Krankenschwester kam, war ich immer bei meinem Patienten und schlief im selben engen Raum. Bei ihrer Ankunft – wie ich diese hübsche Uniform beneidete – machte sich Schwester Panton daran, uns alle in Ordnung zu bringen. Sie war ein farbloses Geschöpf, das von der Routine wie von einem Korsett getragen wurde, und Billy teilte mir mit, dass sie gründlich geschockt werden müsse. Er erzählte ihr, dass die Patientin, da sie

Seemann sei, die Pflege auf Schiffsform und Bristol-Art wünschte. Die Krankenschwester und ich sollten jeweils vier Stunden Wache und vier Stunden Pause haben, mit zwei Hunden oder einer halben Wache, die täglich die Reihenfolge umkehrte, sodass wir abwechselnd die mittlere Wache bekamen. Die Krankenschwester war über die bloße Idee empört und da sie mich auf Billys Seite sah, protestierte sie beim Kapitän. "Hauptstadt!" sagte er und freute sich über jede Chance, die lange Monotonie der Krankheit abzuschütteln. „Sie werden die Glocken läuten, wie wir es auf See tun", sagte er, „zwei für jede Stunde."

Das erste der zehn Pflegegebote lautet natürlich: „Tu so, als ob du mit dem Patienten einer Meinung bist." aber dann erwachte der Marineoffizier, wenn er seine Glocken vermisste, mit schrecklichen Tiefseeschwören und „Hör auf mit ihrem Grog", so dass sie keinen Tee bekam, außer durch Gehorsam.

Ob Erleichterung um Mitternacht oder um vier UHR MORGENS . M . Für einen kleinen Streifzug im Freien würde ich meine Pelze anziehen. Das Haus zu verlassen, als es vierzig Grad unter Null war, fühlte sich an wie ein Sprung in ein eiskaltes Bad, verschaffte aber danach die gleiche Erfrischung. Und es war schön zu sehen, wie die geisterhaften Tänze der Nordlichter den ganzen Himmel mit sichtbarer Musik erfüllten.

Als ich zu einem solchen Ausflug aufbrach, durchquerte ich den Speisesaal, betrat den dunklen Schankraum und öffnete die Innentür, die auf die Veranda führte. Aber dieses Mal konnte ich die Sturmtür nicht aufstoßen. Etwas leistete Widerstand, etwas von draußen stieß gegen die Paneele, etwas Lebendiges. Ich lehnte mich mit dem Rücken gegen die Bar und stellte mir Bären, Einbrecher, Drehgestelle und alles andere vor, während ich zuhörte und Angst hatte zu atmen.

Da hörte ich draußen in der arktischen Kälte eine Stimme, eine Mädchenstimme, die im Singsang rezitierte, als wäre sie in der Schule:

„Bruce, Bruce; Huron, Desoronto; Chatham Cayuga; Guelph – nicht Guelph – oh, was kommt nach Cayuga?" Dann schlugen schwache Hände gegen die Tür: „Lehrer! Lehrer!"

Aber als ich die Tür öffnete, trat das Mädchen ängstlich zurück.

„Du bist nicht die Lehrerin", sagte sie; „Oh, sag es mir, bevor sie kommt. Sechsundsechzig Landkreise und Städte sind alle gemischt."

„Kommen Sie herein und lassen Sie es mich Ihnen sagen."

„Ich wage es nicht! Ich wage es nicht! Du bist nicht der Lehrer. Das ist nicht die Schule. Du wirst mich zurückbringen!"

Sie drehte sich um und versuchte wegzulaufen, aber ihre Beine schienen aus Holz zu sein, und sie rutschte herum, als ob sie Holzschuhe trug.

„Das werde ich nicht“, schrie sie, „Ich werde nicht zurückgehen!“ Dann fiel sie.

„Liebes Kind, du wirst nicht zurückgehen.“

Aber sie schreckte immer noch vor mir zurück. „Oh, lass mich in Ruhe!“ sie flehte.

„Darf ich dir nicht etwas Tee geben?“

„Du bringst mich nicht zurück nach Spite House?“

„Nicht an diesen schrecklichen Ort.“

„Behalten Sie auch Mädchen?“

„Es gibt nur eine Krankenschwester und einen armen Sterbenden.“

„Und Sie hören mir die Grafschaften von Ontario zu?“

„Warum, ja, Liebling.“

„Dann komme ich“, aber als sie versuchte aufzustehen, „ist es ein Krampf“, stöhnte sie.

„Liebes Kind, du frierst.“

„Mir ist nicht kalt, es ist ein Krampf.“

Sie muss durch den Schnee gefallen sein, der unser Wasserloch bedeckte, denn sie war buchstäblich bis zu den Brüsten von Eis umhüllt.

Als ich feststellte, dass ich nicht die Kraft hatte, sie zu tragen, rief ich nach der Krankenschwester, die Billy weckte, und dann nach dem Chinesen. Zusammen trugen wir sie ins Haus, gaben ihr Brandy und legten sie, so gekleidet wie sie war, in Captain Taylors Badewanne. Während Billy dann hart zum Arzt fuhr, füllten die Krankenschwester und ich das Bad mit eiskaltem Wasser, das wir acht Stunden lang immer wieder mit Eis erneuerten. Sanft von ihrem Körper gezogen, bildete der Frost einen Eisfilm auf der Oberfläche, aber sie versicherte mir, dass sie sich ganz warm fühlte, ohne den geringsten Schmerz. Um sie zu ernähren, gab ich ihr in regelmäßigen Abständen flüssige Nahrung, und jetzt vertraute sie mir völlig klar und sogar fröhlich ihre Geschichte an.

Sie erzählte mir von einem Dorf inmitten von Weinbergen mit Blick auf den Ontariosee, genau dort, wo ein Bach aus den Niagara-Höhen herabstürzt. Ihr Vater, ein pensionierter Geistlicher, verschwendete seine knappen Mittel bei dem Versuch, die richtigen Trauben für den Abendmahlswein zu züchten. Mutter war tot, und neun kleine Kinder mussten ernährt und gekleidet werden, um in Kirche und Schule anständig zu erscheinen, damit sie sich bei den Nachbarn nicht schämen würden. „Sehen Sie“, fügte sie steif hinzu, „ich bin die Älteste, die Einzige, die erwachsen ist, also konnte es mir natürlich nicht erspart bleiben, auf dem College zu bleiben.“ Und im Dorf gab es wenig zu verdienen, viel zu tun, um den Platz einer Mutter einzunehmen.

Dann fand Onkel John eine Anzeige in der Zeitung. Irgendwo in British Columbia wurde eine Gouvernante für vier Kinder gesucht. Der Lohn war so großzügig, dass genug übrig blieb, um Vater zu helfen. Es bedeutete so viel richtiges Essen und gute warme Kleidung für die jüngeren Kinder. Also wurden Referenzen mit Mr. Brooke ausgetauscht, der äußerst bezaubernde Briefe schrieb, und Onkel John lieh Geld für die Reise. Meine kleine Schulfrau schürzte streng die Lippen über den Kredit, der in Raten zurückgezahlt werden muss. Dann glänzten ihre Augen vor Tränen, und ihr Gesicht zitterte, die ganze scholastische Art war ganz verschwunden, denn sie sprach von dem traurigen Abschied von allen, die sie liebte, dann von den langen Nächten, den einsamen Tagen dieser endlosen Reise über den Kontinent.

Mr. Brooke traf Jenny in Ashcroft und nahm sie fast hundert Meilen mit dem Schlitten mit, wobei er ihr immer vertrauter und schrecklicher wurde, bis sie in einem Zustand wilder Angst vor ihm in Sicherheit flüchtete und in einen betrunkenen Aufruhr im Spite House geriet. Die Kellnerinnen waren unhöflich und grausam, Polly lag betrunken auf dem Boden. Es gab keine Kinder.

Später erfuhr ich von Herrn Eure, dass ich ein voreingenommener Zeuge war, der nicht den geringsten Beweis hatte, dass kein Gericht auf Hörensagen hören würde und dass das Geständnis des sterbenden Mädchens vor Gericht nur dann zulässig wäre, wenn es vor einem Richter unter Eid abgelegt würde. Die arme Jenny hätte niemals einem Mann erzählt, was im Spite House passiert ist; sie hätte die letzten vernünftigen Momente ihres Lebens nicht der Rache gewidmet; und so gab es weder gegen Brooke noch gegen Polly ein Verfahren wegen eines Verbrechens, das ihnen eine Zuchthausstrafe eingebracht hatte.

Rache? Ich denke, dass unsere gemeinsamen Gebete mehr Gutes bewirkten, und als es an der Zeit war, Jenny auf ein Bett aus mit Karbolöl getränkten Flusen zu legen, war sie bereit, sich den kommenden Schmerzen zu stellen.

„Soll ich sterben?“ Sie fragte. Ich konnte sie nur küssen.

„Dann“, sagte sie, „sagen Sie Papa, dass ich gestorben bin, auch wenn es nicht wahr ist.“

Sie war Kanadierin, und in ihrem Blut liegt Tapferkeit.

Bevor sie verlegt wurde, hatte Doktor Saunderson aus Clinton die Leitung übernommen, und da wir nicht genug Petroleum für ein Bad hatten, genehmigte er, was wir getan hatten. Er benutzte Opiate, aber der Schmerz nach dem Auftauen einer Erfrierung ist der, der auf das Brennen folgt. Am dritten Tag kam die Erschöpfung – und die Befreiung.

Ich musste bei der gerichtlichen Untersuchung aussagen, und mein Beruf hat mir Ruhe, Zurückhaltung und Einfachheit beigebracht. Der Gerichtsmediziner redete vielleicht über Jura, aber ich hatte es mit Männern zu tun, es war meine Aufgabe, sie zum Weinen zu bringen. Es gab kein Verfahren gegen Brooke, aber von diesem Zeitpunkt an wurden Besucher des Spite House als Aussätzige behandelt, bis sie das Land verließen.

Im Übrigen würde ich weder bei der Beerdigung noch bei der öffentlichen Versammlung anwesend sein, noch den Pressemann treffen, der aus Ashcroft hergekommen ist, oder die Angelegenheit mit einem meiner Nachbarn besprechen.

Das Thema war für jede Frau, die den Anspruch auf Anstand hegte, abstoßend. Diese Dinge werden nicht besprochen. Und selbst wenn meine Beziehung zu Jesse durch Unglück zu einem allgemeinen Skandal wurde, muss ich das Gespräch zumindest nicht teilen. Eine Szene zu machen, meine Angelegenheiten mit Fremden zu besprechen, öffentliches Mitgefühl zu erbitten, war unmöglich. Dennoch habe ich genug gehört. Die Kellnerinnen waren aus dem Spite House verschwunden, der Polizist wurde seines Postens enthoben; Der Betrieb des Postamts und der Bühnenbahn wurde auf Mr. Eures Haltestelle an den Wasserfällen übertragen. Brooke und Polly blieben allein zurück und hatten, so schien es, keine Kraft mehr, noch mehr Unfug zu treiben.

Bis es tatsächlich passierte, hätte ich nie damit gerechnet, dass Brooke mich besuchen würde, aber vielleicht war das Ereignis aus seiner Sicht pikant. Sein Verrat an Billys Vater an den Galgen, an Jesse und mir an Pollys Rache und an einer unschuldigen Dame in den Ruin und den Tod durch Kälte hätte sogar Brooke vermuten lassen, dass er nicht willkommen sein würde. Aber dann war Billy weg, der Herr hatte einen Revolver und weder die Krankenschwester, der Chinese noch ich selbst waren gefährlich. Als ich ein Pferd an der Tür hörte, ging ich in die Bar und versteckte mich hinter der Bar, sonst hätte er mir die Hand geschüttelt.

Während er tatsächlich anwesend war, kam mir nicht der Gedanke, dass eine Gefahr bestehen könnte. Ich war mir der Gerüche von abgestandener Kleidung und Zigarren, Alkohol, Parfümen und Haaröl bewusst; Ich bemerkte die fettige Blässe, die ein Leben im Lampenlicht mit sich bringt;

und während Brooke Brooke war, musste er seine Rolle anziehen. Als professioneller Spieler trug er langes Haar, einen Schnurrbart und einen Kaiserbart, Wollstoff und einen schwarzen Schlapphut, „Leinen" aus Zelluloid und Scheindiamanten. Dazu kamen aufgrund des Klimas leuchtend gelbe Mokassins und ein Pelzmantel der haarigsten Art, das ganze Kostüm war auf Sonntagsmode abgestimmt. Schmutzig und gewöhnlich natürlich, aber ich muss ehrlicherweise zugeben, dass Brooke schon immer gutaussehend, offenherzig und anziehend war. Sogar die verheerenden Auswirkungen jedes Lasters hatten ihm etwas Charme hinterlassen, sein einziges Kapital anstelle der Männlichkeit.

Nein, ich hatte keine Angst, aber als Tochter Evas war ich ein wenig neugierig, was ihn hierher brachte, und nicht dumm genug, das Risiko einzugehen, Jähzorn zu zeigen.

Als ich ihn aufforderte, sein Anliegen zu äußern, nahm er mit einer großen Geste das Getränk des Besuchers entgegen. Es ist ein alter Brauch, den ich gebrochen habe.

„Du denkst, ich bin ein Bösewicht?"

Ich habe keinen Kommentar abgegeben.

„Ich bin gekommen, um Ihnen zu danken, Ma'am. Wenn Sie den Fall dieses Mädchens vorangetrieben hätten, wäre es vielleicht – peinlich gewesen."

Ich sagte ihm, wenn ich das Gesetz gekannt hätte, hätte ich mein Bestes tun sollen, um ihm eine lebenslange Haftstrafe zu verschaffen.

„Das ist klar", antwortete er nachsichtig, „Sie waren immer klar und deutlich, und deshalb möchte ich – nun, Ma'am", er senkte den Blick, „ich werde gestehen. Stört es Sie nicht?" er fügte hinzu.

Meine Augen verrieten meinen einzigen Wunsch, zu fliehen, aber er stand in der Tür, die zum Haus führte.

„Ihre Anwesenheit", sagte ich, „ist geschmacklos. Bitte, lassen Sie mich passieren?"

„Nicht, bis ich die Dinge klargestellt habe."

Es gab keine Glocke, mit der man Hilfe rufen konnte, und ich hätte mich schämen müssen, eine Szene zu machen.

„Mach weiter", sagte ich.

„Ich weiß nicht, wie du über das Leben denkst, Mama. Ich wurde enttäuscht, ich habe mit Idealen angefangen, und sie sind verschwunden. Ich bin so hetero, wie die Welt es zulässt, ohne dass ich hungere."

Lassen Sie mich hier einen von Jesses Briefen an seine Mutter zitieren. „Dieser Brooke und ich haben unser Rindfleisch angebaut und unsere Hörner auf derselben starken Weide reifen lassen, aber wo ein heimeliges Gesicht mich von der Versuchung abhielt, hatte er das, was man Schönheit nennt, und ich würde Eitelkeit nennen. Anstatt zu versuchen, er zu sein . " wollte handeln. Er würde Cowboy, Räuber oder Spieler spielen, Dinge, die er niemals *sein könnte* , weil er kein Mann ist. Er könnte die Kleidung, die Manieren, das Gerede tragen und sich als echt ausgeben. Das Frauen, die ihn streichelten, sanken und wurden im Stich gelassen. Die Männer, die ihm vertrauten, wurden erschossen und gehängt. Das machte ihn einsam, gab ihm die melancholische Vergangenheit, das romantische Flair, den Charme – alles an der Tagesordnung. Langes Haar kostet nichts, Er zahlt keine Hundesteuer, aber das Leben ist zu reich für sein Blut, und am Ende wird er daran sterben wie Judas. Sag mal, Mutter, gab es nicht eine Frau Judas Iskariot? Sie muss eine vielbeschäftigte Frau gewesen sein urteilen Sie nach der Größe der Familie Ischariot."

„Ja", seufzte Brooke, „ich bin ein desillusionierter, enttäuschter Mann."

Ich hatte das merkwürdige Gefühl, dass dieser Schauspieler des Lebens versuchte, real zu sein, und das tat er auch.

„Ich behaupte nicht", fuhr er fort, „dass Spite House überhaupt heilig ist. Das ist es nicht. Natürlich erfüllt ein Sport- und Spiellokal eine Forderung, eine bedauerliche Forderung, etwas, das wir beide verabscheuen und von dem wir gerne fernbleiben würden." . Aber da die Nachfrage das Angebot schafft, lasst es uns in gediegener Manier angehen und nicht von Schlägern regieren. Das ist es, was ich sage."

Sein großzügiges Wohlwollen schien eine Partnerschaft zu vermitteln, ließ sich jedoch von meinen unmoralischen Tendenzen nicht schockieren.

„Aber", seufzte er, „es ist vorbei. Es ist erledigt, beiseite geschoben. Es war Geld darin, aber wenig Geld, und wir geben es weiter. Der alte Taylor hat Ihnen vielleicht erzählt, dass wir bereits im November beschlossen haben, Mrs. Smith und ich, um das Haus als erstklassiges Resort für Touristen zu betreiben. Wir haben den Star Pack-Zug von Taylor gekauft, und der alte Frachter fertigt unsere neuen Takelagen."

Das waren wirklich Neuigkeiten!

„Natürlich sind Packzüge als solche veraltet wie die Arche Noah, und wir müssen mit der Prozession marschieren. Das werden Sie in diesem Prospekt sehen", er hielt ihm ein Papier hin, „nun, ich werde es lesen. " . Mal sehen – ja – „Forest Lodge, lange unter der kompetenten Leitung von Frau Jesse Smith, mit großer Erfahrung in" * * * Nein, es geht weiter – „Forest Lodge ist das natürliche Zentrum für Gruppen, die die wundersame Wildnis betrachten.“ Das dürfte sie fesseln, nicht wahr? „Erfahrene Führer mit Pack- und Satteltieren aus dem berühmten Star *Atajo* “, wir können sie natürlich nicht Maultiere nennen, „werden Gruppen begleiten, die die Landschaften und Jagdgründe der Coast Range, der Cariboo, besuchen.“ , die Omenica, die Babine und die Cassiar.' Das soll spritzen!“

Billy hatte mich vor bösen Gestalten gewarnt, die sich auf dem Land in der Nähe von Jesses Ranch niederließen. Waren das Brookes „erfahrene Führer“?

„Natürlich“, faltete Brooke seinen Prospekt zusammen, „musste der Sporthandel geschlossen werden, bevor die touristischen Verbindungen Einzug hielten. Millionäre Sportler, die ihr Geld ausgeben wollen, erwarten, dass die Dinge genau richtig sind. Sie wollen ausgesuchte Mahlzeiten und einzigartige Dekorationen.“ , echter Champagnerwein und alles „importiert“, auch wenn es vor Ort hergestellt wird. Sie machen keinen Aufruhr darüber, ein paar Tausend beim Kartenspielen zu verlieren, aber sie werden es einfach nicht ertragen, Polly betrunken in der Bar herumliegen zu sehen Ich sage dir, wenn sie kommen, werde ich Polly nicht in meiner Nähe haben. Das ist klar. Sie wird ihren Marschbefehl PDQ bekommen.

Also war Polly die nächste wegen Verrats.

"Ja." Brooke wurde sehr vertraulich. „Was ich in der Forest Lodge verlange, ist eine echte Gastgeberin der Gesellschaft, eine Dame.

Er wurde ziemlich schüchtern, als er die Tür verließ und sich über die Theke beugte.

„Würden Sie –“, begann er, „wären Sie bereit, Ma'am, …“

Mein Weg war frei und ich rannte.

Mir kam es oft so vor, als wären Jesses und meines Leben in den seltsamen Glanz eines bestimmten Schicksals gehüllt. Nach und nach, ganz langsam, lichtete sich dieser Nebel, und ich hatte das Gefühl, dass die Luft bald klarer werden würde und wir wieder in die gesegnete Alltäglichkeit zurückkehren würden. Durch keine meiner Taten, sondern durch Brookes Inkompetenz war das florierende Geschäft von Spite House ruiniert worden. [A] Polly trank sich zu Tode und würde bald feststellen, dass sie von demselben gefühllosen Verrat betrogen wurde, der so viel Chaos im Leben meines lieben Mannes und in meinem angerichtet hatte.

Billy hatte in den letzten Wochen behauptet, Pollys Geld sei aufgebraucht, sie sei mittellos. Er bat mich, das große Schild auf der anderen Straßenseite zum Spite House zerstören zu dürfen. Würde man das nicht wiederholen, wäre das tatsächlich ein schlüssiger Beweis für die Not der Frau, aber die

Gemeinheit einer solchen Prüfung empörte mich, denn einen gefallenen Gegner schlägt man nicht.

Gab es Mittel, um Schwarzkiefern und Mücken als Attraktion für Millionäre zu fördern? Brooke hatte in seiner Torheit diesen törichten Plan preisgegeben, der ausreichte, um den Ruin einer armen, elenden Frau zu vollenden, bevor er ihre Interessen aufgab, um seine eigenen zu verfolgen. War es wahr? Ich ging direkt zu Captain Taylor.

Seit einer Woche hatte mein widerspenstiger Patient darauf bestanden, sich ausschließlich von Käse zu ernähren, eine scheinbar tödliche Diät, die ihm, um ehrlich zu sein, sehr gut getan hatte. Bis auf den Verlust seines Augenlichts war er ganz der alte Mann und freute sich über Klatsch und Tratsch.

„Ja, Kate“, kicherte er, „der Mord ist endlich aufgeklärt. Du siehst, ich bin nicht gerade wohlhabend, und mein Ruhestandsgehalt ist nur ein Tropfen auf den heißen Stein meiner Schulden. Und dann hat unsere gute Freundin Polly ihr gesamtes Vermögen in den Kauf investiert.“ die Hypothek auf dieser Ranch erhöhen.

"Aber warum?"

„Zum Spaß. Aus dem Vergnügen, mich rauszuschicken. Sie hat mir freundlicherweise erlaubt, in dem alten Fass zu schlafen, das früher meinem Fuchs gehörte, aber Sie sehen ja, ich konnte der Dame gegenüber wirklich keine Verpflichtungen haben.“

„Haben Sie die Hypothek abbezahlt?“

„Das habe ich. Also klimpert Polly auf meinem Klavier zu Rag-Time-Melodien, Brooke trägt meinen frühen viktorianischen Gehrock, sie servieren Bohnen und Speck zu meinem Familienteller, der Herr trägt mein Wappen, die Dame hat die Diamanten meiner lieben Mutter, die es wirklich sind einfügen. Meine Liebe, das ist eine Kreisgesellschaft – Sie müssen wirklich anrufen und Karten hinterlassen.

„Aber die Porträts!“

„Sie starrten mich so unhöflich an, dass ich sie verbrannte. Vorfahren sollten sich daran erinnern, dass sie tot sind, und sie würden lieber auch verbrannt, als als Pollys Tanten bezeichnet zu werden.“

„Und der Star Pack-Zug?“

„Ein halbes Interesse, meine Liebe, ein halbes Interesse, das ist alles.“

„Sie sind also in einer Partnerschaft?“

„Warum, nein. Tatsache ist, dass der alte Pete seit fünfunddreißig Jahren arbeitet und seine treuen Augen hinter seinem Haar leuchten – es ist jetzt silbern, nicht wahr? Nun, ich konnte ihn nicht im Stich lassen. Und da ist die Hudson's Bay zu bedenken, da die Festungen im Norden auf unsere Versorgung angewiesen sind. Und wenn ich darüber nachdenke, bin ich ziemlich stolz auf die Ausrüstung. Also habe ich auf meine sentimentale Art eine Tat vollbracht, mit der Pete zurechtkommt Eigentümerin mit halber Beteiligung, während Polly die schlafende Partnerin ist und kein Recht hat, sich einzumischen.

„Du hast es Pete erzählt?"

„Nein. Ich nehme an, ich muss es eingestehen?"

„Du willst nicht, dass Pete von seinen Partnern betrogen wird."

„Da hast du recht. Öffne einfach meinen Schreibtisch und schau hinein. Da liegt das Papier oben."

Ich habe die Urkunde gefunden und gelesen.

„Du hast es natürlich gelesen", sagte ich.

„Der Anwalt hat es mir vorgelesen. Ist das nicht in Ordnung?"

„Oh ja", schaffte ich es zu sagen, „ist schon in Ordnung – so komischer Juristenjargon."

Ich habe mir die Namen der Zeugen angesehen, Cultus McTavish und Low-lived Joe, die schlimmsten Charaktere in unserem Bezirk. Das dem alten Blinden vorgelesene Dokument war zweifellos vernichtet worden. Die tatsächlich unterzeichnete Urkunde machte Polly zur alleinigen Eigentümerin des berühmten Rudelzuges. Mein Freund war betrogen worden.

KAPITEL V

DER CARGADOR

Kates Erzählung

Es war sechzig Grad unter Null. Das Mondlicht lag in Silber auf den Kiefern, die Hundertvier-Meilen-Hütte, tief in den Schneewehen vergraben, glitzerte mit Eiszapfen entlang der Traufe, der Rauch stieg in die Stille des Todes auf, und das Licht im mattierten Fenster schien leuchten bis fast zum Morgengrauen.

Drinnen saß Pete auf seiner glänzenden Bank, rollte das gewachste Ende auf seinem glänzenden Knie und straffte die ganze Nacht über seine Doppelnähte, ohne das Bedürfnis nach Schlaf zu verspüren. Seine neuen *Aparejos* , gestapelt, als sie fertig waren, hatten die arme Frau Pete nach und nach in ihre letzte Festung gedrängt, die Ecke zwischen der Holzkiste und der Koje. Es ärgerte sie zutiefst, dass ihr einziges Zimmer mit Geschirr und ihre Koje mit Altleder gefüllt war, das sie zerkratzt habe, sagte sie. In ihre letzte Ecke gedrängt, flickte sie schändliche alte Socken, während Pete beim Nähen „ *One More River*“ oder eine unanständige Ballade über die Goldminen sang.

„Mutter“, Pete blickte von seiner Bank auf. „Stört es dich, als ich sie hierher gebracht habe, genau in diese Hütte, mit Pater Jared und dem Baby David?“

„Was bringt dich zum Schweben, Pete?“

„Stört es dich, Baby David?“

„Habe ich ihn nicht gestillt?“ sagte die alte Frau leise. „Er hatte rotes Haar wie seine hochnäsige Mutter, blaue Augen wie Jesse und ein Muttermal auf seiner Niere. Hast du sie nun nach diesem Muttermal gefragt?“

„Ich habe ihr gesagt“, sagte Pete, „dass eine misstrauische Frau mit einem Gesicht wie ein Haubentaucher und einem forschenden Geist den Wunsch hegt, Daves Nieren zu untersuchen.“

Mutter schüttelte den Kopf. „Ich gebe zu, ich würde gerne glauben, dass Kate Smith wieder in diesem Land ist, aber Sie sind so eine ständige und ausdauernde Lügnerin.“

„Das ist so“, sagte Pete.

Eines Tages, als die Sonne hell in die Hütte schien, kam Billy mit einem Brief von Kapitän Taylor. Pete würde es seiner Mutter nicht geben, es nicht laut vorlesen oder auch nur die Neuigkeit erzählen. Er tanzte eine unbeholfene Hornpfeife, und Mutter musste ihn schütteln.

„Kann die zärtliche Fürsorge einer Frau
für das Kind, das sie zur Welt bringt, aufhören? Heute Abend
in der Altstadt,
meine kleine Biene!"

„Was zum Teufel ist denn mit der Eibe los?" Mutter kochte über.

„Ja, sie mag vergessliche Biene sein,
doch werde ich mich an mich erinnern.

„Stellen Sie die Takelage bis zum ersten Mai fertig", sagt er.

„Sagt der alte Obadiah
zum jungen Obadiah, Obadija, Obadiah! Oh, sei verdammt!

„Er sagt, ich bin Partner und Chef der Truppe und leite den ganzen Schießwettbewerb, und ich werde mehr Reichtum bekommen, als ich eine Meile zurücklegen kann, und

„Das ist keine wie Nancy Lee, ich glaube,
Au! Au!

„Oh, Mutter, Bolt gibt mir einen halben Zins, und ist das nicht ein glückliches kleines Zuhause, mein Liebling!"

Daraufhin warf Mrs. Pete ihre mageren Arme um seinen Hals, und die beiden albernen alten Dinger schluchzten gleichzeitig.

Als Billy eine Woche später mit den Verpflegungsrationen dorthin ritt, um Pete ein langes Trampeln zu ersparen, stellte er fest, dass die alten Leute „wegen dieser Partnerschaft" besorgt waren.

„Mutter gibt zu, dass Brooke Müll ist", sagte Pete und schüttelte seinen schneebedeckten Kopf, „und bei allem Interesse, das er zeigt, ist er größtenteils eine Leiche. Das sind Küstenlöcher in meiner Skito-Bar."

Billy las den Brief nachdenklich.

„Brooke hat sich die Takelage angeschaut?" er hat gefragt.

„Einmal im Dezember. Er weiß auch nichts."

„Ich frage mich, was er will?"

„Riecht gemein, was?"

„Ein gemeiner Geruch, Pete."

Billy hatte die Woche damit verbracht, die beiden bösen Charaktere aufzuspüren, die als Zeugen einer falschen Vereinbarung gedient hatten. Ihr Geständnis lag nun gegen Brooke vor, für den Fall, dass er es wagen sollte, Mathsons Rechte als Partner abzulehnen, aber es bestand kein Grund, den Cargador zu beunruhigen. Also wechselte Billy das Thema, verlangte Tee, und es gab einen schönen Klatsch.

„Mr. O'Flynn", fragte Mutter, „bist du verliebt?"

„Verlobt", sagte Billy triumphierend.

„Tau, erzähl es!"

„Ja, zu Madame Scotsons Krankenschwester drüben in England."

„Flickt sie deine Socken?"

„Nun, Mutter", unterbrach Pete, „als du mir den Hof gemacht hast, hast du meine Socken geflickt?"

„Wall, ich-"

„Ich denke mal", sagte der Cargador, „ich hatte sie nicht, da ich damals in der Armee der Konföderierten war. Aber, Mutter, du hast mir wirklich das Gesicht zerkratzt!"

„Wall, das ist kein Traum", sagte Mutter zügelnd.

Einmal kam Pete nach seinem Samstagsausflug auf den großen Hügel zurück und sah sehr alt aus. „Ich habe Bolt gekündigt", erklärte er, „wegen dieser Partnerschaft."

"Also?" fragte Mutter scharf. "Also?"

„Bolt sagt, dass es Schweine mit rosa Schleifen am Schwanz gibt, die sich immer wieder um seinen Stall strecken."

Die alte Frau drehte sich um, denn Pete weinte.

Im April kam ein Wärmeschwall aus dem Westen und leckte den ganzen Schnee auf, außer auf dem Hochplateau, wo das Hundred and Spite House in der weißen Stille zu warten und zu warten schien.

Die Frühlingsstürme kamen, der Regen verwandelte sich in Schnee, der Schnee verwandelte sich in Regen, mit Hagelstürmen und Donnergrollen über dem Schnee. Die frechen kleinen Butterblumen lugten durch die Schweife der Schneewehe empor, und weit weg, unterhalb von Jesses Ranch im Fraser Cañon, beteten die Maultiere der Star-Marke zwischen den Ringelblumen ihre alte Glockenstute an. Der Boden um Petes Hütte herum war jetzt kahl, nur noch durchnässte Kiefernspäne bis zum Rand des regennassen Busches, und die Weidenknospen platzten.

Pete saß unter einem Dach aus Zedernholzschütten, das er gebaut hatte, um die neuen „Takelagen“ zu schützen. Um ihn herum standen in Hufeisenform fünfzig komplette *Aparejos* , jeder mit zusammengerollter Peitsche und Schleuderseil darunter, Hosenträger und Schweifriemen, *Sovran-Helmo* und *Cinchas* , Schweißunterlage, Decke und *Korona* , während die Kopfseile die *Mantas* über alles festschnallten. Er fesselte die letzten von sechzig Hackamores, während er vom großen Nordpfad, von offenen Wiesen am Hagwilgaet, von der himmeldurchdringenden Turmspitze von Tsegeordinlth an den Forks of Skeena träumte.

„Mutter“, sagte er, „ich bin kein fauler Cargador. Diese roten Ginkisten müssen noch für Küchenkisten hergerichtet werden, und alles ist fertig. Die Maultiere machen gut, wie ich höre, und die Männer sind die gleichen wie zuletzt.“ Sommer, alle sind auch ihr Futter wert.

Aber Mutter, grimmig und grimmig während ihres Frühjahrsputzes, hatte es nicht geschafft, sie zu bewundern. „Pete“, schrie sie, „noch zwei Eimer Wasser, und scherzhaft, mach weiter. Und wie lange verspricht er mir, die Wäscheklammern zu schnitzen? Jetzt scherzhaft, Pete, oder ich kriege es.“ richtig hässlich.

Pete schnitt nur den Stöpsel in seine Handfläche und rollte den Tabak klein für seine Maiskolbenpfeife. Seine Winterknechtschaft war beendet und er war Herr, der Cargador, vor dem sich alle Männer in den schrecklichen Nordlanden verneigen. Mutter ging zufrieden damit fort, ihr eigenes Wasser zu tragen, und Pete zündete sich mit etwas Schwung seine Pfeife an.

"Mutter!" Pete stieß einen scharfen Ruf aus, und Mutter vergaß ihr Geschäft und kam ganz demütig, als wolle sie beiseite treten. „Ja, Pete?“

Er zeigte mit seiner Pfeife auf einen entfernten Reiter, der den Hügel umrundete.

„Brooke?“ flüsterte sie, beide knorrigen, rheumatischen Hände umklammerten ihr Herz.

„Ich schätze“, sagte Pete fröhlich. „Denkt, er ist ein Zirkusumzug. Der Sauerampfer klappert mit einem losen Hinterhuf, und ihr Maul blutet, als er mit dem Spatenstück sägt. Er ist ein echter Iltis. Trabt auch bergab und leidet unter seinem Schwanz. Inkompetent, Mutter. Schau dir seine Füße an! Er ist so schlimm wie ein abgestandener Lachs, bis auf die Knochen verfault. Er hat auch getrunken.“

Brooke hielt an und stieg ab, wobei er die Zügel am Hals des Pferdes ließ, anstatt es zu Boden fallen zu lassen. Als Brooke sich auf einen *Aparejo* setzte , befahl Pete ihm, in eine der Küchenboxen zu gehen. „Bolzen selbst darf nicht auf *meinen* Takelagen sitzen“, sagte der alte graue Cargador.

„Ich dachte“, sagte Brooke ganz freundlich, „dass dieses Geschirr mir gehörte.“

„Ein halbes Interesse“, sagte Mutter, „sicherlich.“

„Ich fürchte“, sagte Brooke, „Sie haben es irgendwie missverstanden. Der alte Taylor hat etwas über Ihre Nützlichkeit als Arbeitspartner gesagt, und wenn wir diesen absurden Vertrag mit der Hudson's Bay Company nicht gekündigt hätten, gäbe es natürlich keinen Zweifel Ihre Kenntnis des Landes im Norden hätte sich gelohnt. Es war, wie Sie sagen, verdammt peinlich, weil er blind wie eine Fledermaus war; tatsächlich hatte ich ziemliche Mühe, die Vereinbarung bezeugen zu lassen. Allerdings, „Er zog ein Dokument hervor, das meine Mutter mir schnappte. „Es ist alles schwarz auf weiß da, und da ist die Unterschrift des alten Narren – sie gilt vor jedem Gericht – und beweist, dass ich das ganze Atajo gekauft und bezahlt habe. Das brauchst du *nicht* . “ Behaupte, ich habe keinen klaren Titel – also brauchst du mich nicht anzustarren, als hätte ich die Unterschrift gefälscht. Das ist reine Ware, sage ich dir.“

Mutter taumelte zurück, während sie Pete an den Schultern packte, sodass die Vereinbarung zu Brookes Füßen flatterte. Sie beruhigte sich und sagte dann mit heiserem Krächzen: „Du hast Bolt dazu gebracht, *das zu unterschreiben* – blind, sterbend, also weiß er nicht, was auf dem Papier steht.“

„Können Sie das beweisen?“ fragte Brooke nachsichtig, als würde er mit Kindern sprechen. „Wenn du so etwas sagst, handelt es sich um eine kriminelle Verleumdung, und ihr seid beide gegenüber dem Skookum-Haus haftbar. Allerdings“, er zuckte mit den Schultern und legte die Vereinbarung beiseite, „ich möchte nicht hart zu dir sein, Pete.“ ."

„Mister Mathson“, zischte Mutter ihn an.

Pete erhob sich mit einem geflüsterten Wort an seine Mutter von seiner Bank und ging, ohne Mr. Brooke zu sehen, an ihm vorbei über den sonnenbeschienenen Hof und langsam die große Kurve der Straße hinauf zum Hundert-Meilen-Haus.

Die Sonne ging gerade hinter ihm unter, als Pete sich schließlich auf dem schneebedeckten Gipfel ausruhte, und weit unter ihm lag die Dämmerung in Seen aus Schatten. Im Hundred fand er die Lampen brennend vor, und Billy bot ihm wie üblich einen Drink an. „Ich trinke nicht“, sagte Pete heiser, als er an der Bar vorbei in den Speisesaal und weiter in das kleine Zimmer auf der rechten Seite taumelte, in dem Captain Taylor lag.

"Bolzen!" er flüsterte.

„Das bist du, Pete? Setz dich“, sagte der Chef fröhlich. „Wie ist die Behauptung, Pete? Grobes Gold bekommen, was?“

„Gold? Sag mal, Bolt, was ist los, alter Kerl?"

„Materie? Warum nichts, Pete?" Die blinden Augen leuchteten scharf; „Natürlich bin ich noch nicht annähernd auf dem Boden, und was ich dir schulde, musst du noch lange warten. Wie geht es dem alten Calamity? Ich habe Lost Creek Jim endlich zum Arbeiten gebracht."

Träumte der Chef von alten Zeiten am Lightning Creek?

„Watty ist mit der Post da", sagte Bolt.

Watty war seit dreißig Jahren tot.

Dann setzte sich Pete ans Bett, und die beiden Bergleute unterhielten sich über die neue Wasserrinne und den Preis für Mehl in einem Lager, das jetzt mit Dschungel überwuchert war.

Ein Wort an Billy hätte ausgereicht, um die *Aparejos* an einen sicheren Ort zu bringen, bis Petes berechtigter Anspruch als Partner geklärt war. Aber der Cargador wusste genau, dass der Tod gekommen war, um den einzigen Mann zu holen, den er liebte. Dies war keine Zeit für schmutzige Geschäfte, die Bolt Taylors Frieden stören würden. Es war besser, ruhig zu gehen.

* * * * * *

Der Himmel war voller Sterne, als Pete nach Hause ging. Die Sterne waren groß und rund; Der Wald hielt in Ekstase Wache, ganz wachsam, ganz still, und die kleinen Bäche des Tauwetters sprachen ihre Gebete vor dem Frostschlaf der späteren Stunden. Der Mann hatte Frieden. Es geht nicht so sehr darum, Cargador zu sein; aber es ist tatsächlich eine sehr große Sache, selbstlos zu sein. Die Bäume hielten Wache, die kleinen Bäche sangen schläfrige Gebete, die glorreichen Sterne dienten demütig als Lampen und der Mann schrie vor Schmerz nicht. Weit unten im Tal sah er eine rote Flamme aufsteigen.

* * * * * *

Mutter sah, wie Brooke losritt, um seine Star-Maultiere auf ihrer Weide weit unten am Fraser Cañon zu inspizieren. Sie schwärzte den Ofen mit Bosheit, sie schüttelte feindselig das Bettzeug, stellte die Möbel in Ordnung, als ob sie bestraft würden, und saß dann grübelnd auf dem feuchten Boden, während die Dämmerung über einer Welt voller Verrat hereinbrach. Brooke war ein Dieb, der verlogene Boss hatte Pete ausgenutzt und ihn ausgewrungen weggeworfen. Und Pete war ein alter Narr, der verzeihen würde.

Sie hatte sich vor dem einsamen Sommer gefürchtet, in dem sie nur noch Eichhörnchen als Gesellschaft hatte. Jetzt würde Pete ruiniert und arbeitslos herumliegen, der Mann, der ausgenutzt und beiseite geworfen worden war, der Gespött der Fuhrleute, die sahen, wie sein Stolz geschwächt wurde.

Abwechselnd kalt und heiß bereitete sich Mutter auf Petes Rückkehr vor, bereitete das Abendessen vor und saß da und beobachtete die Türschwelle. Sie rauchte seine übrig gebliebene Maiskolbenpfeife und sinnte auf Rache, während sich die Nacht über ihrem Kopf senkte.

Die Grenze bringt wilde Frauen hervor, die den Feinden des Hauses eine enge, giftige Feindseligkeit entgegenbringen. Selbst wenn Pete leiden würde, sollte es weder Brooke noch dem Chef gut gehen, der ihren Mann im Stich gelassen hatte. Mutter schleppte zwei Fünf-Gallonen-Kanister Petroleum aus dem Unterstand, schwankte unter ihrem Gewicht und goss das Öl über Brookes gesamtes Geschirr. Schwer atmend trug sie schwere Lasten von sumpfigem Heu und Brennholz, bis die *Aparejos* nur noch Teil eines Lagerfeuers waren. Dann zündete sie mit einem Feuer vom Ofen das Heu an. Es sollte keine öffentliche Schande geben, die Pete das Herz brechen könnte, es sollte keinen Rudelzug geben, es sei denn, er wäre Cargador.

Pete stand neben der Asche und suchte mit seinen langsam grübelnden Augen das Gesicht der Mutter. Ihre brennende Wut war verflogen, und sie hatte Angst, denn jetzt dachte sie zu spät an all seinen liebevollen Stolz auf die Arbeit, an die Größe der Sache, die sein Wissen und Können geschaffen hatten. *Dass* sie verbrannt war. Pete verstand, wie sehr die Liebe zu diesem Fehler geführt hatte, und sagte kein Wort. Er wusste nur, dass Bolt ihm siebenhundert Dollar in bar und in Form von Sachleistungen gezahlt hatte, die zurückgegeben werden mussten. Schweigend wandte er sich ab und blickte erneut auf den schrecklichen Hügel, der zum Hundert-Meilen-Haus führte.

* * * * * *

Der Frühling lag mir im Blut und ich konnte nicht schlafen. Kann irgendein Geschöpf schlafen, wenn die süße, unruhige Luft des Frühlings die ganze Natur ruft? Die Bären waren nach ihrem Winterschlaf wieder unterwegs und beschäftigten sich mit den Beeren des letzten Jahres. Die Hirsche weideten unten im Tiefland am neuen Gras, die Vielfraße und Pumas schlichen nach der nächtlichen Jagd heimwärts. Sogar die kleinen Vögel kehrten in den Norden zurück, denn während ich die Straße entlangschlenderte, hörte ich ab und zu ein schläfriges Zwitschern. „Ist es noch nicht Morgen?" „Noch nicht, mach noch ein Nickerchen." So kam ich zum Gipfel des großen Hügels, von wo aus ich die Morgendämmerung sehen sollte.

Unten im Unterland lagen auf jedem Teich die Wasservögel, von der größten Gans bis zur kleinsten Krickente, den Kopf unter dem Schutz eines Flügels versteckt und ein wunderliches Auge nach oben gerichtet, um das Glitzern der Morgendämmerung zu erhaschen. Ein schwaches Licht breitete sich am nordöstlichen Himmel aus, und bald enthüllte die schneebedeckte Kuppe des Hügels seine faltige Vorderseite, seine gefrorenen Rinnsale. Die Wächter des Wildgeflügels sahen den ersten Schimmer des kommenden Tages, riefen das Wecksignal von Teich zu Teich, riefen den Donner unzähliger Flügel auf, stellten ihre Staffeln in aufsteigenden Heerscharen auf und brachen im nördlichen Frühlingsflug auf. Weit im Osten trompetete ein einsamer Elch.

Ich wandte mich erfrischt wieder meiner Pflicht zu, als ich etwas stöhnen hörte. Das Geräusch kam unter einer Kiefer, ganz oben auf dem langen Anstieg, den Pete mit der Aufschrift „Got thar“ markiert hatte. Mit schlagendem Herzen machte ich mich auf die Suche nach der Ursache und entdeckte dabei den alten Cargador, der am Kofferraum hockte.

„Pete“, fragte ich mit sehr zittriger Stimme, „was zum Teufel ist los?“

„Sterben, Mama.“

„Aber es ist zu feucht hier. Na ja, du wirst dir den Tod holen.“

„Das würde niemals gehen. Sag mal, Mama, wie geht es Bolt?“

„Oh, viel besser.“

„Das geht nicht“, sagte Pete, „wenn ich zuerst sterbe, würde er den Witz auf mich richten.“

„Möchten Sie nicht einen heißen Rum?“

Pete kam taumelnd auf die Beine. „Das würde ich machen“, seufzte er, „genau wie ein Mann.“

Also nahm er meinen Arm und ich half ihm auf dem Weg.

„Sie hat die Takelage verbrannt“, sagte er.

"Mutter?"

„Ja. Brooke kam, um die Takelage zu inspizieren, also hat Mutter sie verbrannt.“

„Wäre das nicht ziemlich umständlich?“

„Einige. Weißt du, Mama, Bolt hat mir vierhundertfünf Dollar in bar bezahlt, also bin ich gekommen, um ihm das Geld zurückzugeben.“

Ich habe es nicht ganz verstanden. „Sehen Sie, Pete“, schlug ich vor, „Sie und Brooke sind die Eigentümer. Schulden Sie nicht zur Hälfte sich selbst und zur Hälfte Brooke?“

„Nun, wenn das so ist, bezahle ich es selbst und schulde den Rest Brooke. Aber dann beansprucht er das ganze Star- *Atajo* .“

„In diesem Fall schulden Sie Brooke das gesamte Geld.“

„Es macht mir nichts aus, Brooke etwas zu schulden." Pete fühlte sich so viel besser, dass er ohne Hilfe gehen konnte. „Brooke ist weitergegangen, um Maultiere zu inspizieren. Ich frage mich, wie er mit den Maultieren zurechtkommen wird?"

Zufällig war Jesse tatsächlicher Zeuge von Mr. Brookes Inspektion der Star-Mules auf ihrer Weide unterhalb seiner Ranch. Hier ist seine Erzählung:

„Maultiere sind die religiösesten aller Tiere. Sie glauben an die Glockenstute, die Gras, Wasser, Schlammlöcher und Mücken erschafft und sie auf die Pfade der Tugend führt, wo sie keinen Spaß haben. Und wenn sie anbeten." Sie ist zu sehr, sie tritt ihnen in den Bauch.

„Das Problem für diese armen Maultiere war, dass sie einer falschen Göttin folgten. Ihre Glockenstute Prue hätte alt genug sein sollen, um es besser zu wissen, aber im Alter von dreiundzwanzig Jahren, mit grauem Haar und kahlem Widerrist, war sie immer noch weiblich.

„Sie und ihre Maultiere hatten etwa eine halbe Meile gegrast, als mein neuer Hengst, der junge Josaphat, mit seinem Harem aus fünfundzwanzig Stuten vorbeikam und nach Wind roch, um etwas zu trinken. Die Stuten sahen so gemütlich und grasfett aus, dass sie es kaum konnten watscheln, aber Josaphat war voller sündigem Stolz und machte beim Anblick von Prue hohe Walzerschritte.

„Man hätte sehen sollen, wie Prue vor Josaphat unschuldige Bescheidenheit an den Tag legt, so tut, als wäre sie nicht da, und so tun soll, als sei er zu plötzlich, habe den Herrn nicht gemocht, und schmeichelt seiner Eitelkeit mit allen möglichen Allüren. Er ist aufgestanden mit seinem Schwanz und gab an, tänzelte erfreut wie Punch herum. Prue stolzierte vor dem Harem, um die verheirateten Stuten zu ärgern, und alle ihre Maultiere kamen anbetend hinterher. Diese Stuten versetzten den Maultieren die heftigsten Tritte, die Sie je gesehen haben dein Leben.

„Da lag ich auf Face Rock wie ein kleiner Junge im Zirkus, und die Aufführung verlief so fröhlich, dass ich Brooke erst sah, als er mitten in den Spaß hineinritt. Josaphat wurde wütend und ging auf Brooke los und jagte Prue jagte Josaphat, die Maultiere jagten Prue, die Haremsstuten bissen und traten jeden, Brooke galoppierte wahnsinnig in alle Richtungen und ich lachte, bis ich die Felsen kaum noch festhalten konnte.

„Natürlich, wenn Brooke nicht ein bloßer Fehler auf Erden gewesen wäre, wäre er sanft zum nächsten Pferch gelaufen und hätte die beiden Gruppen auseinandergeschnitten. Aber Brooke verlor allmählich die Beherrschung, zog seine Waffe und sprang mit seinem elenden Sauerampfer hinterher einen Baum und ließ ihn fahren. Er verfehlte den Hengst. Er schoss Prue durchs Herz.

„Danach gab es nichts mehr, was die sechzig Star-Maultiere zusammengehalten hätte. Einige stiegen den Canyon hinauf, einige hinunter, einige schwammen sogar den Fraser, aber ihre Schwere kletterte die großen Klippen hinauf und verschwand im Wald.

„Ich schätze, Pete und seine *Arrieros* könnten diese Maultiere einsammeln und sie dazu bringen, eine neue *Madrina zu lieben* . Aber mit Brooke als Laderin gehört der große Star Pack-Zug der Vergangenheit an, und Mathsons Partnerschaft ist kaum einer Diskussion wert.“

„Es tat mir leid, die schönen Maultiere verloren zu sehen, und in meiner Trauer habe ich Brooke etwa eine Drittelmeile auf dem Heimweg zu Fuß getreten.“

KAPITEL VI

DIE SCHWARZE NACHT

Kates Erzählung

„Ich, Boulton Wemyss Taylor, Commander RN, im Ruhestand, bei gesundem Verstand in einem sterbenden Körper, gebe hiermit mein letztes Testament ab:

„Und ernennen Sie die Dame namens Madame Scotson zu meiner alleinigen Testamentsvollstreckerin und Treuhänderin allen Eigentums, dessen Besitz ich möglicherweise sterben werde;

„Um meine gerechten Schulden zu begleichen und den Rest im Namen meines Enkels James Taylor zu verwalten,

„Bis zu seiner Volljährigkeit soll er das gesamte Vermögen erhalten, sofern vorhanden;

„Abgesehen davon, dass ich Madame Scotson mein Schwert und das Victoria-Kreuz vermache;

„Und in Bezug auf die Beerdigung ist es mein Wille, dass keinerlei Geld ausgegeben wird, sondern dass mein Körper, der im Auftrag Ihrer Majestät in die Flagge gehüllt ist, von meinen Nachbarn der Erde übergeben wird; dass kein Freund von mir Es ist erlaubt, unbedeckt zu stehen und sich zu erkälten, oder beim Gottesdienst der Auferstehung unziemliche schwarze Kleidung zu tragen, oder Glocken zu läuten, die geläutet werden sollen, wenn die Seele zu Gott übergeht, oder um jemandem, der sich freut, einen Kummer vorzutäuschen oder ihn zur Schau zu stellen gehen."

Die Monate der Krankenpflege waren beendet. Schwester Panton und ich sollten keine Angst mehr haben, wenn es unserem Patienten gut ging, oder uns freuen, wenn widerspenstige Launen und schwierige Absurditäten jene Kundgebungen kennzeichneten, in denen er gegen den Tod kämpfte. Schließlich, nach vielen Stunden des Schweigens, fragte er mich mit jungenhafter Stimme, ob er nach oben gehen dürfe, um seine Uniform zu sehen. In seinen Träumen verließ er die Schule, um in die königliche Marine einzutreten.

Billy war unterwegs zu den Wasserfällen, und es war die Wache von Schwester Panton, als ich um zehn Uhr abends sah, wie die Veränderung ganz plötzlich kam. Das Gesicht meines lieben Freundes, nicht mehr alt, aber zeitlos, spiegelte eine überirdische Majestät wider.

Die nächste Stunde war ich damit beschäftigt, in Eile die letzten Dienste zu leisten, denn die Lampe roch höchst eigenartig. Ich nahm sie weg und zündete Kerzen an, aber es war nicht die Lampe. Ich breitete den Union Jack auf dem Bett aus und rannte aus dem Zimmer. Eine Zeit lang saß ich im Speisesaal, konnte aber dort nicht bleiben. Sogar in der Bar musste ich gegen etwas Unfassbares ankämpfen, das Gefühl, beobachtet zu werden, eine Vorahnung, dass das Böse schnell näher rückte.

Ich schloss die Tür, die ins Haus führte, öffnete die Tür zum Hof, stellte dann eine flackernde Kerze auf die Theke und stellte meinen Stuhl davor, der Dunkelheit zugewandt. Den ganzen Abend über war der strömende Regen gefallen, mit tropfenden Traufen. Nun ertönte an der offenen Tür laut und eindringlich das große Diapason des Regens als Choral zu den kleinen traurigen Stimmen, die ganz in der Nähe flöteten, pochten und murmelten, die Klage der Wassertropfen, der flüssige Ton aus jedem Teich, die Klage von rieselnden Bächen.

Es ist die Anwesenheit der Toten, die ihren Ruhestätten eine heitere, stille Schönheit verleiht und einen Instinkt voller Zärtlichkeit gegenüber allen lebenden Herzen. Diese Präsenz hatte Einzug in das gute Blockhaus gehalten, ein Zuhause voller menschlicher Wärme, freundlicher Behaglichkeit, geheiligt und geweiht, wo die Menschen ihre Stimmen zum Schweigen brachten und zur Ehrfurcht gezwungen waren.

Und in der anmutigen Monotonie des Regens, der sich zu einem Requiem zusammenfügte, spürte ich eine beruhigende, melancholische Schönheit, wohl wissend, wie Frieden, der nicht von dieser Welt war, in das Gehöft eingekehrt war.

Aber draußen, im Schreckenswald, erfüllte eine Bedrohung, eine Bedrohung die äußere Dunkelheit. Angst packte mein Herz, eine Vorahnung verkündete mir das Böse, eine unmittelbare Gefahr. Dann, als ob der Schrecken der Nacht auch andere Herzen berührt hätte, kam der chinesische Koch durch den Speisesaal getastet und kratzte demütig an der Tür. Ich ließ ihn herein und er kroch zu einem Hocker in der nächsten Ecke. Ich flüsterte ihm zu:

„Hast du Angst, Sam?“

„Zu viel“, zitterte er, „mir ging es schlecht.“

Er zündete sich seine Pfeife an und schien, genau wie ich, von der menschlichen Gesellschaft beruhigt zu sein. Nur einmal bewegte er sich und berührte mich auf die seltsamste Art und Weise mit seinen langen gelben Fingern, dann kroch er schüchtern, aber beruhigt zurück zu seinem Hocker in der Ecke.

Bald gesellte sich Schwester Panton zu uns, ihr Haar war wie ein Korkenzieher, und sie sah sehr unscheinbar und mürrisch aus, weil sie um Mitternacht nicht gerufen worden war. "Was ist los?" fragte sie verärgert und als Antwort zog ich die Jalousien herunter. Sie zitterte, als sie an der offenen Tür vorbeikam und sich dahinter auf einen Stuhl setzte. Sie flehte mich an, die Tür zu schließen, aber die Nacht war warm, und außerdem wagte ich es nicht. Die Krankenschwester und der Chinese tranken jeweils ein Glas Portwein, ich auch und fühlte mich danach viel besser.

Eine Stunde verging, der Chinese nickte wie diese lächerlichen Mandarinengestalten mit losen Köpfen, die Krankenschwester wirkte blass im Dämmerlicht und starrte mich an, bis sie mir auf die Nerven ging. Ich mochte diese Frau mit ihrer präzisen Routine und den großen Plattfüßen immer nicht.

In der Ferne hörte ich den Knall eines Schusses, dann insgesamt drei Schüsse und schließlich einen fünften. Das Böse in der Nacht kam näher und ich sagte mir: „Wenn ich wirklich Angst hätte, sollte ich diese Tür schließen. Ich bin ein halber Feigling.“

Der Held selbst hatte sein Victoria-Kreuz an einem Band befestigt, das ich um meinen Hals trug. Könnte ich das Kreuz tragen und ein Beispiel der Feigheit gegenüber diesen armen Geschöpfen sein, die in den Ecken des Raumes kauerten? Angst zu zeigen ist ein Privileg der Unterzüchteten. Aber ich sehnte mich nach Jesse.

Durch das Murmeln des näherkommenden Regens spürte ich ein Pochen im Boden und hörte dann das Geräusch eines galoppierenden Pferdes. Der schnelle, sanfte Rhythmus, mal laut, mal wieder sehr leise, dann ganz nah, hallte von den Scheunen wider, donnerte über die Brücke, plätscherte durch den überfluteten Hof und verstummte abrupt.

Billy war von den Wasserfällen nach Hause gekommen, er stellte seinen Rotschimmel ab, er überquerte eilig den Hof, seine Sporen klirrten an der Türschwelle, und aus Angst vor seinen Neuigkeiten erfasste mich plötzlich Panik. Ich flüchtete hinter die Bar.

Er trat ein, stromaufwärts vom Regen, und beschattete seine Augen vor dem Kerzenlicht; Dann, als ich mich bewegte, rief er, als wäre ich aus der Ferne, und flehte mich um Brandy an. Sein Gesicht war abgezehrt, seine Hand war beim Trinken mit getrocknetem Blut bedeckt, er schlug das Glas so auf die Arbeitsplatte, dass es zerbrach.

„Haben Sie die Schüsse gehört?“ er sagte.

„Im Spite House?“ Ich flüsterte.

Er nickte.

"Du warst da?" Ich fragte.

„Eine halbe Meile weiter. Als ich dort ankam, war alles dunkel. Ich schaute durch das Fenster am Ende hinein, aber der Regen lief mir bis zum Hals, also ging ich umher. Die Vordertür stand offen. Ich lauschte eine Weile. Das war nicht nötig Ich werde selbst erschossen. Ich dachte, der Ort wäre verlassen. Dann hörte ich Stöhnen.

„Dann habe ich ein paar Streichhölzer angezündet, die Flurlampe gefunden und sie angezündet. Ich wünschte, ich hätte eine Waffe, aber außer dem Schürhaken war nichts zur Hand, also nahm ich das und das Licht – folgte einfach dem Stöhnen. Er lag auf dem Boden der Bar."

„Brooke?"

„Ja. Durch die Kehle geschossen, Blut spritzt seitlich an seinem Hals herunter und bildet eine große Lache auf dem Wachstuch. Weißt du, was man mit einem Stock und einem Schal zum Zusammendrehen macht? Eine Aderpresse, ja. Nun ja, Es erstickte das Schwein, also gab ich auf. Er flüsterte etwas darüber, dass mein Daumen die Wunde verletzte, also erzählte ich ihm, dass der Hals meines Vaters noch schlimmer schmerzte.

„Bis dahin dachte ich, er würde nur schauspielern und sich erbärmlich verhalten, um meine Gefühle zu berühren. Einmal murmelte er deinen Namen, und dann war er tot."

„Brooke tot!"

„Ja, er hat auch auf Polly geschossen. Ich habe ihre Blutspuren bis zur Haustür verfolgt. Hallo, was ist das? Ich dachte, ich hätte gehört –"

Ich lauschte und da war nur das Geräusch des Regens.

„Ich nehme an, es ist in Ordnung", sagte Billy, „aber wir sollten die Tür besser schließen."

Doch bevor er die Tür erreichen konnte, rief Schwester Panton ihn in ihre Ecke, wo sie flüsternd sprach, damit ich es nicht hören konnte, und ihn vielleicht nach ihrem Umhang schickte. Mittlerweile kam ich hinter der Theke zu meinem früheren Platz vor der offenen Tür hervor, wo ich saß und in die Dunkelheit starrte, unfähig, etwas mehr zu empfinden, sondern einfach betäubt. Durch meine Müdigkeit flackerte der traurige Monolog eines armen Haustürhuhns: „Gestern ein Ei, morgen ein Staubwedel! Was nützt alles, warum, nichts."

Dann hörte auch ich in der Nacht ein Geräusch, und weil Billy und die Krankenschwester murmelten, stand ich mit dem Kerzenlicht im Rücken auf und versuchte, in die Dunkelheit zu sehen. Billy sagte hinterher, er sei schnell gegangen, um die Tür zu schließen, aber ich winkte ihn zurück, gerade als der Schuss fiel.

Die Explosion machte mich blind, taub, schien mich sogar zu verbrennen, während der Spiegel an der Wand herunterstürzte. Fassungslos, geblendet, entsetzt verspürte ich eine dumpfe Wut über diesen Mordversuch.

Ein zweiter Revolverschuss bewegte meine Haare, und ich fürchtete, dass ich die Beherrschung verlor. Ich bin kein Fischschwuchtel und würde mich dazu herablassen, gegen eine Kreatur wie Polly zu kämpfen, aber ich wäre lieber gestorben, als sie auch nur eine Spur von Angst sehen zu lassen.

Billy eilte an der Feuerstelle vorbei, um zur Tür zu gelangen und sie zu schließen, aber ich befahl ihm, damit aufzuhören, dann ergriff ich die Kerze und hielt sie hin, um ein besseres Licht zu zeigen.

„Machen Sie das Licht aus!" Ich schrie in die Dunkelheit: „Du hast zu hoch geschossen!"

Ein Revolver krachte auf die Türschwelle, und tief unten, nur einen Meter über dem Boden, sah ich ein schreckliches Gesicht, das vor Wut zuckte und sich in Angst verwandelte. Die Frau sank auf die Knie, vergrub ihr Gesicht in den schmutzigen, blutverschmierten Händen und schaukelte in schrecklicher Selbstlosigkeit vor Kummer hin und her.

Die Gefahr war nun vorüber, die Bedrohung durch das Böse in der Nacht war verschwunden. Ich verspürte eine enorme Erleichterung, mit nassen Händen, ausgetrocknetem Mund, zitternden Knien und einem großen Verlangen nach Tränen. Ich wusste, dass die Anstrengung unerträglich gewesen war, aber jetzt war sie weg, obwohl sich eine samtene Dunkelheit um mich herumschloss, schwarze Nacht um mich schwappte, Krankheit – ich durfte nicht in Ohnmacht fallen, wenn ich kämpfen musste, um das Kommando zu behalten, um ein Beispiel zu geben der Frau Jesses würdig. Und da saß ich in meinem Stuhl, während sich Schweißtropfen bildeten und auf meine Stirn liefen. Billy, der zu meinen Füßen auf dem Boden herumtastete, hatte die Kerze gefunden und angezündet und hielt die Flamme in seinen Handflächen, bis sie ruhiger wurde und klar loderte. „Beruhigen Sie sich, Frau", sagte er. „Cheer-oh. Lass sie nicht merken, dass du ohnmächtig geworden bist, Mama. Halte dich an diesem Kreuz fest und mache es stolz auf dich. Genau. Lache, Mama! Lache! Ich wünschte, ich würde dich halbieren."

Ich war zu mir gekommen und nur Billy wusste, wer treu war. Als die Kerze aufflammte, sah ich, wie der Chinese schnatterte wie eine zahnlose Maske aus gelbem Kautschuk, aber die Krankenschwester schrie immer noch albern, bis ich ihr befahl, den Mund zu halten, was sie vor lauter Überraschung tat.

Da lag Polly auf dem Gesicht auf der anderen Seite der Tür, von krampfhaftem Schluchzen geplagt, bis sie vermutlich den peitschenden Regen auf ihrem Rücken spürte und sich auf Hände und Knie erhob wie ein verlassenes wildes Tier, das zum Schutz kroch, während sich hinter ihr eine Spur erstreckte aus Nässe und Blut. Ich starrte sie an, bis sie sich beschämt aufsetzte, still um jeden Preis wie ein Tier, das den menschlichen Gefühlen und der Würde einer Frau verloren gegangen war, bis sie mich ansah und ein blasses, beschämtes Lächeln zu entschuldigen schien. Dann lehnte sie sich an die Blockwand zurück, schlaff und entspannt vor Schwäche.

„Krankenschwester", rief ich, immer noch den Blick auf Polly gerichtet, „diese Frau ist verwundet. Sie sind Krankenschwester. Sie haben behauptet, Krankenschwester zu sein."

Aber Miss Panton geriet in Hysterie, also wandte ich mich an Billy. „Lauf ins Haus, hol das Sitzbad, warmes Wasser, Decken, Bandagen."

„Aye, aye, Mama", er berührte seine Stirnlocke und schwang den Chinesen auf die Füße: „Komm mit, Sam", grunzte er und schickte ihn zum Dienst.

Polly blickte auf und vertraute mir mit ihren gelbbraunen, blutunterlaufenen Augen. Ihre Stimme war eine trostlose Heiserkeit und verlangte nach Alkohol. Aber bei einer offenen Wunde könnte es tödlich sein, die Herztätigkeit zu beschleunigen, und Polly wusste genau, dass es keinen Sinn hatte, zu flehen. Stattdessen zeigte sie auf die Krankenschwester und sagte: „Schick *das* weg."

Ich wandte mich an Schwester Panton, die verlassen und protzig in ihrer Ecke saß. „Geh", sagte ich, „und mach Rindfleischtee."

Schnüffeln.

Ich nahm sie bei den Schultern und führte sie aus dem Zimmer, während Polly zustimmend grinste. Ich kam zurück und fragte, wo sie verwundet sei. Sie zeigte auf die linke Hüfte, aber ich wagte nicht, Kleidung auszuziehen, die den Blutfluss hätte auffangen und verschließen können. Eine ausschließliche Alkoholdiät und monatelange Vernachlässigung hatten ihren Zustand so verschlechtert, dass ich davor zurückschreckte, sie zu berühren.

„Du bist also Kate", sie lag am unteren Baumstamm der Wand, den Kopf zurückgelegt, die Augen fast geschlossen, und sah mich entlang ihrer Nase an, „Carroty Kate."

Ihr eigenes gelbbraunes Haar, zerzaust und in Schlangen herabhängend, war von schmutzigen grauen Strähnen durchzogen.

„Du hast Jesse genommen", sagte sie mit müder Verachtung, „also habe ich ihn ruiniert. Dann hat sich dieser Brooke in dich verliebt, also habe ich ihn ermordet. Nimm alles, gib nichts; das bist du, Karotten, gib nichts." Das bist du, Karotten, gib nichts weg, nicht einmal einen Drink. Und ich habe alles gegeben.

„Also bist du gut, und ich bin schlecht; du gehörst zur anspruchsvollen Gesellschaft, und ich bin eine arme Sportlerin. Oh, ich habe gesehen, wie du deinen Rock hochgezogen hast, als du an mir vorbeigegangen bist – und dich selbst als Christen bezeichnet hast Nur ein einziges Wort christlicher Freundlichkeit hätte Menschen wie mich gerettet.

„Du brauchst nicht über meinen Kopf hinwegzusehen, als ob ich nicht da wäre. Ich bin keine Fee, das bin ich nicht – kein Traum. Ich bin Tatsachen, und du solltest ihnen besser ins Auge sehen. ‚Schwestern der Trauer' Sie nennen uns, die wir alles gegeben haben, die wir uns selbst gegeben haben.

„Und ihr *guten* Frauen seid stolz auf eure Tugend, die nicht in Versuchung geführt wird. Eure Tugend war nie draußen im Regen und wurde nass. Weil sie noch nie in der Wäsche waren. Du kannst nicht zwischen Gut und Böse unterscheiden, und du bist darauf aus, mich zu verurteilen.

„Tränen laufen dir übers Gesicht, was? Du denkst, du hast es hart getroffen, als du gegen mich aufgestanden bist. Die armen Karotten spielen einen christlichen Märtyrer. Ich habe dir gut getan, wenn du es wüsstest. Ich bin die ganze Schule, die du besucht hast." Wirkliches Leben. Ich habe euch aus Träumen zum Leben erweckt. Und ihr und ich sind Frauen, Schwestern in Schmerzen. Ich wünschte, ich hätte kastanienbraunes Haar wie deine, Kate, und einen kleinen David, der mich mit Haaren beschenkt ' Augen. Und wenn ich ein Zuhause gehabt hätte! Aber ich habe nie eine faire Show bekommen, und jedes Mal, wenn ich Gutes getan habe, habe ich es in den Nacken bekommen. Nun, wie stehen die Chancen?

„Es war nicht du, der mich zu Fall gebracht hat, Kate. Weine nicht so, Liebes. Es spielt keine Rolle. Nichts ist wichtig. Es war diese Brooke, die für mich getan hat, nicht du oder Jesse. Brooke ist nur etwas, das ich genommen habe." Er kam herein wie ein verlorener Hund, weil er hungrig war. Er sagte, er würde sich um mein Geschäft kümmern, und das tat er auch – er investierte alles, was ich hatte, in eine Gouvernante, ein Lagerfeuer bei Mathson und einen Ansturm von Maultieren. Dann täuschte er sich Eine Witwe kam nach Ashcroft, um ihm die Leitung eines Touristenlokals zu überlassen, und ich sollte rausgeschmissen werden. Und er hat sich in dich verliebt.

„Ich schätze, das ist alles, außer dass ich Ihnen eines sagen muss. Es war, dass ich die kranken Männer pflegte, die mich all die Jahre aufrecht hielten, mich vom Trinken fernhielten. Sie sehen, ich war für eine Krankenschwester bestimmt und wurde bis dahin zur Krankenschwester ausgebildet – bis – na ja, egal. Brooke hörte mit der Krankenpflege auf und ich trank. Ich bin nur eine Krankenschwester, die einen Fehler gemacht hat.

„Ja, deine Augen fragen sich, warum sie nicht mit den Verbänden und dem Bad zurückkommen. Mach dir darüber keine Sorgen, denn ich werde bei Tagesanbruch tot sein. Jesse hat dich geliebt. Brooke hat dich geliebt, und irgendwie. " ‚naja, da bin ich selbst freundlicher. Und wenn ich gehe, bekommst du zurück, Jess, oder?"

Ich sammelte meinen letzten Mut, kniete nieder und küsste meine Schwester, meine arme Schwester. Einen Moment lang ließ ich sie mein karottenrotes Haar streicheln, was ihr gefiel. Dann rannte ich los, um meine Leute zu beeilen, den Rindertee, das heiße Wasser und die Verbände zu bringen. Ich fand diese elende Krankenschwester, die Billy und den Chinesen festhielt, unter dem Vorwand, ich dürfe nicht gestört werden. Ich sagte ihr gerade, sie solle aus meinem Blickfeld verschwinden und in ihr Bett gehen, als ein Revolverschuss durch das hallende Haus hallte.

Polly war zur Türschwelle gekrochen und hatte ihren Revolver gefunden. Sie, die im Leben alles gab, hatte mich Jesse zurückgegeben und lag tot da, ihre Stirn war vom Revolverschuss zerschmettert. Einige Sekunden lang blieben Billy und ich zurück und sahen von der Tür aus zu, wie sich im schwachen Licht der Morgendämmerung langsam eine Rauchwolke entfaltete. Der Regen hatte aufgehört und der Osten erstrahlte in goldenem Glanz.

Billy kniete nieder und berührte die arme gebrochene Stirn, dann sah er zu mir auf: „Diesmal", sagte er, „ist es echt."

EPILOG

Noch einmal mit Jesse in Cathedral Grove! Der Hauch des Abends bewegte seine verworrenen Korallen, die langen Nadeln, die in Kugeln gebündelt waren, schwankten wie Zensoren, mit schwerem Weihrauch. Dahinter fegte die violette Nacht über glühende Klippen bis zu dem Ort, an dem der obere Wald wie ein Flammenrand vor den Tiefen des Himmels brannte.

„Kommt auf den Hügel: Amselchöre
läuten ihre klare Hymne zum knienden Ginster."

Jesse lag träumend da, während ich für ihn sang. Kräftiges silbernes Haar und die tief eingravierten Linien seines lieben Gesichts verliehen ihm im Ruhezustand eine süße, traurige Würde; Aber bald blickte er auf, sein großer Mund war humorvoll, seine Augen leuchteten vor Spaß, ein Mann mit Macht, der in Weisheit, Mitgefühl und Tapferkeit gereift war, um seine Mitmenschen zu führen.

Durch das Ostfenster des Hains konnte ich eine kleine Prozession meiner engsten Freunde auf ihrem Sonntagsspaziergang vorbeiziehen sehen. Zuerst kam Pete, der sich in seinem schwarzen Sabbatkostüm unwohl fühlte, und mit ihm Arm in Arm Frau Pete in Seide, weitrockig, stachelig und sehr grimmig. Dann ging Billy langsam vorbei, seine Mutter stapfte neben ihm her und musste unbedingt mithalten. Sie hatten das neue Kaninchen bei sich, mit Halsband und Ketten wie eine Bulldogge, und ihnen folgte Davids Amme, die liebe Patsy, Billys Frau – sie pflückte meine jungen Anemonen – der Elende!

Draußen am gefährlichen Rand des Apex Rock konnte ich den jungen Mr. Nisted sehen, den Neffen von Pater Jared, einen Schüler in Jesses Kolonialschule. Mit Rute und Leine fischte er ernsthaft – nach Vögeln!

„Glauben Sie nicht", sagte Jesse und zündete sich eine abgestandene Zigarre wieder an, „dass es an der Zeit ist, mit unserem Buch aufzuhören?"

"Oh doch-"

„Es ist eine verlockende Vorsehung, junge Frau; es ermutigt die Polizei. Von dem Moment an, als du mit der Sache angefangen hast, haben wir mehr als nur unsere Menge an Abenteuern erlebt. Hänge einen Aushang an: ‚Buch geschlossen. Es müssen sich keine weiteren Abenteurer mehr bewerben. Versuch es mit Surly.' Zur Abwechslung mal Brown.'"

„Aber was sollen wir tun?"

„Veröffentlichen Sie die beschuldigte Sache und geben Sie ihr Recht. Werfen Sie sie den Kritikern vor."

„Aber es sind alles Geheimnisse!“

„Ändern Sie die Namen und Orte. Wir werden ‚Mr. und Mrs. Smith‘ sein, wohlmeinende Privatpersonen irgendwo im Westen. Ich werde blaue Augen haben.“

„Aber meine *sind* blau.“

„Ich habe den ersten Griff gemacht. Du kannst grün sein und einen großen Mund, und dein Vorname ist Karotten. Hallo, hier ist Baby David.“

Mein Sohn kam durch die duftende Dämmerung und in seinen Armen trug er einen großen Hund, einen Porzellanhund mit vergoldeter Schnauze, von der Nase bis zum Schwanz gespalten, aber sorgfältig geflickt.

„Sonny“, sagte Jesse, „lass Maria nicht fallen, sonst bekommt sie Welpen.“

„Das habe ich getan, und sie nicht. Da ist aber etwas ausgefallen. Schau, Mama.“

David hatte Maria auf meinen Schoß geworfen und tanzte in der Dämmerung mit einer seltsamen Trophäe, dem Schwanz eines großen Tieres, umher.

„Erinnert mich irgendwie daran“, sagte Jesse, „dass ich ein kleiner Junge war. Das ist die Geschichte des Inspektors. Auch das ist weit entfernt vom Labrador.“

Der Wind sorgte für ziemliche Unruhe und befahl den Kiefern, sich zu beruhigen, während sowohl mein Sohn als auch Jesse mit dem Wolfsschwanz spielen wollten und nicht still waren, obwohl die Sterne und die Glühwürmchen bereits Cathedral Grove und den großen Fluss erleuchtet hatten Eine Orgel sang die ersten tiefen Töne des Abendliedes der Natur. Eine ehrfürchtige, erwartungsvolle Stille überkam uns.

„Erhelle unsere Dunkelheit“, sagten die ernsten alten Bäume, „wir flehen dich an.“

„Bei Deiner großen Barmherzigkeit“, flehten die kleinen Blumen.

„Verteidigt uns vor allen Gefahren“, zwitscherten die kleinen Vögel.

„Und Gefahren der Nacht“, zitterten die Espen.

„Aus Liebe zu Deinem einzigen Sohn“, rief der Südwind.

„Unser Retter Jesus Christus“, antwortete eine Frauenstimme.

„Amen“, die Klippen atmeten.

„Amen“, hallten die hohen Wolken.

„Amen“, sagte der Orgelfluss.

Und aus den ehrfürchtigen Wäldern kamen:

„Amen. Amen.“

Fußnote

[A] Anmerkung: Jesse sagt, ich hätte Polly ruiniert, was nur zeigt, wie *voreingenommen* Männer sind, selbst im besten Fall.

Milton Keynes UK
Ingram Content Group UK Ltd.
UKHW011140220424
441551UK00007B/704

9 789359 251820